JEAN-PAUL DELFINO

LES VOYAGES DE SABLE

roman

LEPASSAGE

La vie n'est qu'un fantôme errant ; un pauvre comédien
Qui se pavane et s'agite durant son heure sur la scène
Et qu'ensuite on n'entend plus : c'est une histoire
Racontée par un idiot, pleine de bruit et de fureur
Et qui ne signifie rien.

William Shakespeare, *Macbeth*

CHAPITRE I

Ou comment Jaume et Virgile lient connaissance en plein cœur de Paris, débattent de la nécessité ou non de voyager, et écoutent un cheminot tout à la fois en retraite, triste et cocu.

À dire vrai, la Table des Arts ne possédait d'artistique que son nom. Et encore, cette appellation ne devait rien au hasard puisque le fondateur de cette gargote, quarante ans plus tôt, s'était simplement inspiré de la rue Saint-André-des-Arts pour baptiser son bouclard. Au cœur du 6e arrondissement parisien, la Table – comme ses habitués la désignaient entre eux – n'était en fait qu'une resserre de vingt mètres carrés tout au plus, mal foutue, en forme de couloir biscornu qui s'ouvrait dans le même mouvement sur la rue Saint-André-des-Arts, donc, et sur celle des Grands-Augustins. Si l'on y crevait de chaud l'été, l'on y claquait des dents dès le premier froid venu tant les vents coulis et les courants d'air balayaient cette pièce basse de plafond, mal isolée, dont les deux portes vitrées couinaient sur leurs gonds.

C'était un troquet à l'ancienne, comme l'on n'en fait plus. Bien sûr, le matin, dès 7 heures, les rares travailleurs de l'aube venaient y boire le café, debout face au zinc. Laveurs de vitrines, éboueurs, voyageurs de commerce, apprentis ou livreurs en vadrouille, ils parlaient peu, se contentaient de grognements. Depuis longtemps déjà, le blanc limé ne coulait plus avec l'aube et les croissants avaient remplacé les tartines de rillettes, la rosette vermeille et la soupe à l'oignon. Le titi parisien et le poulbot avaient définitivement disparu. L'époque était révolue. Durant la journée, l'on ne rencontrait plus à la Table que des étudiants pressés, des touristes perdus ou des alcooliques en manque, venant se ravitailler là comme ils auraient pu le faire n'importe où ailleurs. Le soir, tout de même, les véritables alcooliques reprenaient possession du territoire. Ils n'étaient plus qu'une poignée maintenant, le regard vide et le pif calaminé. Les éclats de voix s'étaient affaiblis avec l'âge, mais ils grommelaient toujours, débattant sans fin de sujets dont ils ignoraient tout mais sur lesquels ils discouraient avec l'air docte de ceux qui ont déjà tout vu, tout entendu et à qui on ne la fait pas.

Derrière son comptoir, frottant avec mollesse mais sans discontinuer ses verres et ses chopes, le tenancier de la Table répondait au joli nom de Virgile Alighieri. La soixantaine bien sonnée, des origines italiennes dont il se foutait éperdument, il faisait l'ouverture, le service et la fermeture du café avec un égal désintérêt. D'un naturel taiseux, il ne parlait jamais de lui. Par expérience, il savait que ses clients ne venaient noyer leur désespoir entre les murs défraîchis de la Table que pour se répandre, eux, et tenter de déclencher dans les regards de leurs voisins une étincelle de sympathie. Derrière son tablier de coton bleu délavé, Virgile ne prenait jamais part à ces discussions sans fin et se contentait de les suivre d'une oreille distraite. Dès qu'arrivait la nuit, les solitaires venaient immanquablement s'amarrer à son comptoir et, impassible, il entendait leurs bêlements résignés. Tout y passait alors, d'une voix étale : les politiciens escrocs, le réchauffement climatique, le voisin cocu, sa rombière et ses mœurs dissolues, les prêtres qui devraient avoir le droit de se marier, les impôts, le sport qui ne faisait plus rêver, les femmes en général, la jeunesse en particulier, la violence, le respect qui foutait le camp, le coût de la vie, les derniers navets joués dans des cinémas où ils ne mettaient jamais les pieds, la prochaine guerre qui ne tarderait plus. Lorsqu'ils avaient déversé leur trop-plein de lieux communs, le cerveau engourdi par la bière ou le pastis, ils regagnaient leurs existences à pas mal assurés, la trogne enluminée, la solitude en bandoulière. Virgile Alighieri, lui, n'avait pas décroché trois mots. Une fois seul, il lavait les derniers verres, passait un coup de balai et pliait boutique. La retraite ne tarderait plus. Dans ce quartier bourgeois, il vendrait son bouge à un prix d'or à une quelconque franchise et se contenterait, en toute modestie, d'aller crever quelque part en province, loin de Paris, loin de la Ville lumière.

Lorsque la porte vitrée donnant sur la rue Saint-André-des-Arts se referma sur Jaume tout dégoulinant de pluie, Virgile Alighieri poussa un soupir dont il n'aurait pu dire lui-même s'il était teinté de soulagement ou de plaisir. Ils se connaissaient depuis des années, peut-être même que leur rencontre remontait à ce jour où le bistrotier avait accroché son enseigne de la Table des Arts. C'était par une belle après-midi de 1977, au cours du mois de juin, pour être exact. Avec son tablier bleu flambant neuf, les mains sur les hanches et la moustache frémissante, Virgile attendait les premiers clients. À cette période, il ne doutait de rien. Du haut de ses 23 ans, il était sûr de son charme, la taille bien prise, le ventre plat et la chevelure drue qu'il devait faire domestiquer tous les quinze jours sans faute chez le merlan du coin. D'où venait-il ? Cela n'avait plus, désormais, la moindre importance. Il était alors jeune, beau, nouvellement parisien et propriétaire d'un petit café dont il avait repeint lui-même les murs d'un blanc de lumière. Ni femme, ni enfant. Cela viendrait plus tard. Ou pas.

Virgile se souvint que monsieur Jaume était arrivé sur le tard de l'après-midi, alors qu'un vent de miel promenait dans le quartier Saint-Germain les effluves des tilleuls en fleurs. Il avait à peine esquissé un salut poli de deux doigts portés à la tempe. Puis, il était allé s'asseoir sur la banquette de moleskine neuve, couleur sang de bœuf. Il avait commandé un café crème et avait passé deux bonnes heures à fumer cigarette sur cigarette, parfaitement seul et, semblait-il, heureux de l'être, se contentant du simple plaisir de fumer et de voir se disloquer les volutes sous ses yeux. À bien y repenser, monsieur Jaume avait déjà, à l'époque, la même apparence, celle d'un homme respectable d'une petite cinquantaine d'années. De taille moyenne, des cheveux poivre et sel coiffés en arrière et fixés méticuleusement avec de la gomina, il possédait dans son visage sec et taillé à la serpe quelque chose du loup. Un loup solitaire et fatigué. Un loup à la mâchoire carrée, aux yeux de jais étonnamment immobiles, au nez aquilin. Un loup discret, habillé d'un costume noir impeccable. Chacun de ses gestes était rare et semblait empreint d'une élégance lasse et surannée.

Dès qu'il le vit s'asseoir, comme à son habitude sur la banquette de moleskine aujourd'hui crevée et griffonnée d'insanités et de serments d'amour désespérés, Virgile prépara un petit crème. Pendant que le percolateur ahanait et crachotait dans des nuages de vapeur, il se dit que monsieur Jaume, en quatre décennies, n'avait décidément pas changé. Ses costumes, peut-être. Et encore. Le loup n'avait pas pris une ride de plus alors que lui, le patron de la Table, s'était modelé sous les coups de boutoir de la vieillesse. Le cheveu s'était fait plus rare. Des tavelures marquaient le dessus de ses mains. Le ventre s'était relâché. Désormais, il le promenait devant lui à la façon d'un corps lointain, un estomac tendu et lardé d'une graisse honteuse qu'il ne parvenait pas à reconnaître comme sien.

À pas comptés, un torchon humide sur l'épaule, Virgile vint déposer le café crème devant monsieur Jaume qui, avec sa lenteur coutumière, porta son index et son majeur à sa tempe. Ce soir-là, les désespérés du comptoir avaient plié les gaules plus tôt que de coutume. Au zinc, ne restait plus qu'un habitué, un ancien cheminot qui buvait sa retraite en égoïste, ne payant jamais sa tournée et se trouvant, par là même, tenu à l'écart de la bêlante solidarité des buveurs de mousse et des téteurs d'anis. Il en était à sa septième mauresque. Murmurant pour lui-même des mots sans suite, piquant du nez sur le miroir d'acier brossé, il ne tarderait plus à repartir dans la nuit. Noël approchait. L'élastique distendu des familles éparpillées reprenait un semblant de vigueur et, depuis quelques jours, les gosiers en pente devaient prendre sur eux afin d'éviter les scènes de ménage. C'était du donnant-donnant. Dès la mi-décembre, il fallait filer doux, faire semblant de ne pas trop boire, participer aux agapes de la tribu reconstituée sous l'arbre enguirlandé en feignant d'y prendre du plaisir. Il convenait de tenir son rôle de patriarche, midi et soir, et de ne plus passer à la Table qu'en douce et en vitesse. Le 26, s'ils étaient parvenus à contenir leur soûlographie dans des proportions acceptables, la récompense tombait. Pour bonne conduite, ils gagnaient le droit de se noircir méthodiquement tout au long de l'année.

Avant de regagner son comptoir, Virgile Alighieri ne put empêcher ses lèvres de formuler des mots. Il s'entendit alors demander, d'une voix qui lui sembla étrangère à lui-même :

« Eh bien, monsieur Jaume ? Ça n'a pas l'air d'aller bien fort, aujourd'hui ? »

S'il l'avait pu, il se serait aussitôt botté les fesses. Mais quel bougre d'idiot il faisait ! Qu'est-ce qu'il lui avait pris de prononcer cette phrase ? Que monsieur Jaume aille bien ou pas, ce n'était pas son affaire.

Alors qu'il allait repartir en direction de son zinc, Jaume répondit d'un ton hésitant :

« Vous avez raison, monsieur Virgile. Ça ne va pas bien fort, aujourd'hui. Pas bien fort, vraiment… »

Le bistrotier répondit par un hochement de tête compatissant, signifiant tout à la fois qu'il avait compris, que c'étaient des choses qui arrivaient, que ça allait passer. À l'instant où il allait s'enfouir dans sa tranchée, il se surprit à nouveau à parler :

« Ce ne serait pas la grippe, des fois ? Notez bien que je ne suis pas docteur mais, en ce moment, il paraît qu'il y a une épidémie. Enfin, moi, ce que j'en dis…

– Ce n'est pas la grippe, monsieur Virgile. C'est autrement plus… Comment dirais-je ? C'est autrement plus compliqué. »

En une minute à peine, les deux hommes s'étaient plus parlé qu'en quarante années de petits crèmes et de doigts portés à la tempe. Debout, ne sachant plus trop quoi faire maintenant, le bistrotier prit son chiffon humide sur son épaule et commença à nettoyer machinalement le guéridon de marbre voisin de celui de Jaume. Celui-ci, les yeux sur son café fumant, laissa passer quelques secondes de silence. Puis, il reprit en frissonnant :

« C'est bien ça, oui. C'est plus compliqué. »

Virgile gratifia son visiteur d'un sourcil soupçonneux, avant de s'entendre à nouveau lâcher :

« Ce n'est peut-être pas la grippe, mais je vous trouve bien fatigué. Ce ne serait pas, des fois, à cause de Noël ? Quoique… Vous ne donnez pas dans la guirlande, vous. Ça se voit tout de suite.

– C'est de la fatigue. Sur ce point, vous avez parfaitement raison. Juste une immense fatigue.

– Ça arrive, remarquez bien. Peut-être que vous devriez partir ?

– Partir ? Pourquoi ? Vous fermez déjà ? »

Virgile replaça son torchon sur son épaule et, sans malice, il expliqua :

« Ce n'est pas ça. Je ne vais pas tarder, mais on a encore le temps. Quand je dis partir, ça veut dire partir.

– Pardon ?

– Partir, quoi ! Voyager, si vous préférez. Prendre un peu de repos pour casser la routine.

– Où voulez-vous que j'aille ?

– Ça, je n'en sais rien. C'est vous qui voyez. Tout ce que je sais, c'est que ça doit bien faire dans les quarante ans que j'ai ouvert la Table et que, depuis quarante ans, je vous ai toujours vu ici, tous les jours, vous asseoir à la même place pour prendre votre petit crème.

– Et alors ? »

Derrière les deux hommes, le cheminot retraité racla bruyamment sa gorge pour signaler qu'il était en cale sèche et qu'il demandait à être resservi. Embarrassé, Virgile finit par argumenter :

« Quarante ans, c'est long, non ? Surtout dans la même ville, le même quartier. Vous devriez peut-être voir du pays, comme on dit.

– Pourquoi ?

– Pour vous changer les idées, tiens ! Je suis sûr que vous n'avez jamais voyagé, je me trompe ? »

Avec un plissement amer au coin des lèvres, Jaume se contenta de retourner la question :

« Et vous ? Avez-vous déjà voyagé, comme vous dites ? »

Le bistrotier gratta son crâne dégarni du bout de ses doigts, le temps de la réflexion. Puis, il se défendit :

« Voyager ? Moi ? Avec un commerce ? Ce n'est pas possible.

– Et ça ne vous manque pas ?

– Voyager ? Sincèrement, non. Je ne vois pas l'intérêt. Courir le monde pour courir le monde, ça me semble idiot.

– Pourquoi me le conseillez-vous, alors ? »

D'une voix embarrassée, Virgile bredouilla :

« Parce que ce sont des choses qui se disent, quoi ! Il paraît que, quand ça ne va pas, il faut partir.

– Vous raisonnez comme Socrate, monsieur Virgile.

– Je sais que vous êtes professeur de philosophie. Ça aussi, ce sont des choses qui se disent.

– Vous faites donc de la philosophie sans le savoir. »

Avec un haussement d'épaules, le bistrotier protesta mollement :

« Ne vous moquez pas de moi, sauf votre respect. L'école, je n'étais pas bien doué pour ça, à dire vrai. Je ne suis pas allé jusqu'à la philosophie. Mais je ne m'en porte pas plus mal. Je sais ce que j'ai à savoir et ça me suffit bien. Mon frigo est plein et mes traites sont payées le 30 de chaque mois. Qu'est-ce que vous voulez demander de plus ? »

En voyant Jaume porter en tremblant sa tasse de café à ses lèvres, il ne put se retenir d'ajouter :

« En tout cas, vous ne m'empêcherez pas de penser que vous n'êtes pas flambant-flambant. Vous êtes blanc comme un linge. On dirait que vous avez vu la mort.

– Si seulement… »

À nouveau, la voix du cheminot retentit dans le café, éraillée par l'alcool :

« C'est une histoire d'amour qu'il a, ton monsieur Jaume. Ça lui passera… »

Comme les deux hommes ne répondaient pas, le timbre grasseyant enchaîna :

« Une histoire d'amour, je te dis. Ou une histoire de fesses. C'est égal. Et je sais de quoi je parle, moi… »

Sans se retourner, Virgile gronda :

« Fous-nous un peu la paix, Pierrot. On ne t'a pas sonné. »

Toujours sans détacher son regard du zinc, le retraité de la SNCF reprit :

« Je te dis qu'il y a une femme, là-dessous. Les hommes qui sont malheureux en amour, ils se reconnaissent entre eux. Mais toi, tu peux pas savoir. Pour savoir, il faut avoir aimé.

– Qu'est-ce qu'il ne faut pas entendre… Excusez-le, monsieur Jaume. Il a trop bu. »

Après s'être décramponné du comptoir, le cheminot Pierrot avança jusqu'à la banquette de moleskine nichée sous une minuscule volée d'escaliers condamnée, finissant sa course dans un plafond. Les yeux pisseux et bordés de cernes noirs, la lèvre inférieure humide, il tituba dangereusement jusqu'au guéridon. Là, il posa ses mains gonflées sur le marbre et tenta de fixer son regard sur la silhouette floue et mouvante de Jaume. Avant que Virgile n'intervienne à nouveau, il marmotta :

« C'est pas vrai qu'y a une femme là-dessous, professeur ?

– Si on veut, oui.

– Y a aucun homme qui mérite de souffrir à cause d'une femme. Et c'est comme qui dirait un expert qui vous parle. Et qui vous parle en ami, notez bien…

– Pourquoi ? Vous souffrez, vous ? »

Avant de répondre, l'homme reprit son souffle. Puis, il cligna des paupières à plusieurs reprises, avant de répliquer :

« Vous voulez savoir si, moi, je souffre ? Moi ?

– Oui…

– Oui, monsieur. Je souffre. Et si je souffre, c'est parce que je suis comme qui dirait cocu. Parfaitement : cocu. Cocu et fier de l'être. »

Comme Jaume ne répondait pas, saisi par un nouveau frisson plus long et douloureux encore que le précédent, le cheminot poursuivit, les yeux cette fois dans le vide :

« Vingt-sept ans de vie commune, jamais un mot plus haut que l'autre, trois salopiauds de gamins. Une vie tout ce qu'il y a de rangé, quoi. Et elle m'a quitté pour un autre. Comment vous expliquez ça, vous ? Cocu. Cocu et tout seul. Seul comme un chien. Non, pire qu'un chien. Seul comme un cocu. »

Posant une main sur l'épaule de Pierrot, Virgile tenta de l'écarter de la table, tout en blaguant sur un ton forcé :

« Allez, file chez toi, maintenant. Tes histoires n'intéressent pas monsieur. Puis, peut-être que ta rombière est rentrée ? Qui sait ? »

Sourd à l'intervention, le soûlographe replongea sa face pivoine sur Jaume et le questionna :

« Et votre femme ? Elle est où ?

– Loin d'ici.

– Ça, c'est pas bon. Loin des yeux, loin du cœur, comme dit le poète. Mais elle est loin comment ? En kilomètres, je veux dire. Elle est loin de combien ? »

Remontant son col de costume sur son cou, Jaume souffla :

« Ça ne se calcule pas en kilomètres, monsieur.

– Comment ça ? Si vous, vous êtes ici et qu'elle, elle est pas là, c'est qu'il y a de la distance entre vous, non ?

– Non, monsieur. Ce n'est pas de la distance. C'est du temps.

– Si vous voulez. Alors, ça fait combien de temps que vous avez plus vu votre moitié ? »

Jaume serra frileusement ses bras sur sa poitrine et sembla hésiter sur la réponse à donner. Puis, il enfouit son menton dans son écharpe de laine blanche et répondit, sur un ton toujours plus las :

« Ça fait une éternité.

– Foutaises. Les séparations, on a toujours l'impression que ça dure une éternité. Mais c'est faux. C'est exagéré. Alors, ça fait combien ? Quelques jours ? Quelques mois ? Plus ? Nom de Dieu… Des années ?

– Ce soir, ça fait deux cent trente.

– Deux cent trente quoi ?

– Ans. Ça fait deux cent trente ans. »

À peine ces mots étaient-ils lâchés que Jaume s'affala sur le guéridon à la façon d'un sac de sable. Aussitôt, Virgile se pencha sur lui. Ne sachant que faire ni que dire, ignorant s'il s'agissait d'un véritable malaise ou d'une mauvaise farce, il le poussa tout d'abord doucement à l'épaule. Puis, constatant que ses narines pincées respiraient, il le remonta de son mieux sur la banquette. Pendant qu'il tentait de le ranimer en lui tapotant le visage, Pierrot le cheminot resta immobile. Durant quelques secondes, il ne fit plus un geste. Puis, il repartit en titubant vers le zinc, saisit sa casquette et l'enfonça sur son crâne. Sans vider le fond de son verre, il abandonna quelques billets sur le miroir d'acier. Une nouvelle fois, il se figea, une main accrochée à la barre du comptoir. Enfin, il s'ébroua, ouvrit avec nervosité la porte donnant sur la rue des Grands-Augustins et se retrouva dans le crachin nocturne. Là, indifférent à la pluie, il alluma une cigarette. Avançant droit devant lui de façon mécanique, tête baissée jusqu'à retrouver son appartement déserté de la rue des Poitevins, il bredouilla pour lui-même :

« Deux cent trente ans… Et puis quoi, encore ? Moi, ça fait trois ans. Trois ans et des poussières. Trois ans que je suis cocu. Trois ans, merde… Ça, c'est un chiffre sérieux. Trois ans, c'est presque toute une vie. Ça se comprend, trois ans. Mais deux cent trente ? Je t'en foutrais, moi, des deux cent trente… »

CHAPITRE II

Comment, à cause de la grande peste, Jaume perdit à Marseille son honneur, son travail, ses amis, sa famille, la femme qu'il aimait, son pays. Et comment il s'embarqua pour Cythère afin de ne pas perdre le seul bien qu'il lui restait en propre : sa liberté.

« Allez, les couleurs vous reviennent. Voilà... Vous êtes sûr que vous ne voulez pas que j'appelle le SAMU ? Vous faites encore peine à voir, vous savez ? »

Debout face à Jaume, Virgile considérait son client avec perplexité. Des malaises et des comas éthyliques, il en avait vu passer plus qu'à son tour, à la Table. Comme pour le professeur, l'instant d'avant, ils s'écroulaient d'un seul coup, sans le moindre signe avant-coureur. La faute à l'alcool ou aux cachets, cela dépendait. Parfois, les deux. Mais monsieur Jaume ? Un homme qu'il n'avait même jamais vu lever le coude de sa vie, si ce n'était pour déguster son petit crème quotidien.

À nouveau, il se pencha sur lui et s'inquiéta :

« Si ce n'était que de moi, j'appellerais les urgences. Vous ne pouvez pas rester comme ça. »

La mâchoire secouée par une nouvelle série de tremblements, Jaume sourit faiblement. Puis, il tenta de rassurer le bistrotier de son mieux :

« Ce n'est pas la peine. Les médecins ne pourront rien pour moi.

– Mais si ! Ils savent ce qu'ils font, tout de même !

– Vous croyez ?

– Ils vont vous prendre la tension et vous faire une piqûre. Après, vous pourrez rentrer chez vous. Je vais les appeler. »

Joignant le geste à la parole, Virgile repartit derrière son comptoir et, après avoir empoché les billets froissés, il décrocha le combiné du téléphone. Pendant qu'il composait le numéro, Jaume essuya d'un revers de main une sueur désagréable qui sourdait à son front. Puis, il lança :

« Laissez les urgences. Et apportez-moi une bouteille de rhum.

– Dans l'état où vous êtes ? Si vous voulez vous tuer, faites-le. Mais faites-le chez vous. Je ne veux pas d'histoires, moi.

– Qui vous parle de mourir ? Apportez plutôt la bouteille et deux verres. Ce que j'ai à vous dire risque de vous surprendre. »

Le doigt figé sur le clavier, le bistrotier hésita. Les pleurnicheries de sa clientèle, il les connaissait par cœur. Tous racontaient invariablement la même histoire. Avec des péripéties différentes, des variantes liées aux cahots rencontrés par les existences de chaque ivrogne. Mais le fil restait identique. Avec des mots choisis et hésitants, ou vomissant d'un seul coup leur détresse, ils en revenaient systématiquement à leur solitude et à son corollaire, le mal d'amour. Alternant les pleurs rentrés dans la gorge ou les rires forcés, ils venaient à la Table comme l'on se rend au confessionnal ou chez son psychanalyste.

Voyant qu'il ne parvenait pas à se décider, Jaume se redressa sur la banquette, se débarrassa de son écharpe blanche et dégrafa son col de chemise. Sur un ton qu'il voulut plus détaché et rassurant, il répéta :

« Apportez-nous donc cette bouteille de rhum, monsieur Virgile. Je ne compte pas mourir ici et je serai aussi bref que possible.

– Qu'est-ce que vous avez à me raconter ? Je ne vais pas tarder à plier boutique et…

– Venez. Venez et vous le saurez. Vous ne serez pas déçu, parole d'homme. »

Pourquoi Virgile Alighieri accepta-t-il cette invitation ? Il ne le sut sans doute pas lui-même. Toujours est-il qu'il reposa le combiné du téléphone sur sa base, choisit sous le comptoir une bouteille de rhum ambré à moitié entamée – qu'il réservait à sa consommation personnelle – et qu'il finit par s'asseoir sur la chaise faisant face à la banquette. Jaume le remercia d'un sourire. Puis, dès que le bistrotier le servit, il descendit son petit verre d'alcool d'un seul coup de poignet. Très vite, le rhum alluma dans ses yeux assombris des éclats de plaisir électrique. Alors que Virgile allait lui poser une nouvelle question, il le devança d'une voix douce :

« Monsieur Virgile, j'ai assez vécu et fréquenté les bars pour savoir que vous avez déjà entendu à votre comptoir toutes sortes d'histoires. Mais la mienne sort du lot... Vous pouvez sourire, mais je vous assure que ce que vous allez entendre maintenant dépasse l'imagination. Vous allez très certainement me prendre pour un fou, un dément, un rêveur, un illuminé quelconque. Peut-être même que vous regretterez d'avoir accepté de m'écouter. Mais je vous le jure : tout ce que je vais vous dire sera la stricte vérité et il n'y aura à cela ni un mot à ajouter, ni un mot à soustraire. »

Surpris par la longueur inhabituelle de la tirade, le bistrotier concéda :

« Allez-y toujours. Mais faites vite.

– Bien... »

Se rencognant sur la banquette, Jaume inspira profondément. Enfin, à la façon dont le bateau largue l'amarre qui le retient encore au port, il débuta son récit par ces mots :

« Si je vous disais que je suis né en 1702, à Marseille... Vous seriez sans doute surpris, n'est-ce pas ?

– Non.

– Comment ça ? Pas même un peu ?

– Non.

– Vous êtes un homme que l'on n'étonne pas facilement, monsieur Virgile.

– Le jour où vous tiendrez ce bar, ne serait-ce que quarante-huit heures, vous comprendrez.

– Pourtant, je suis réellement né en 1702.

– Si vous le dites... Que ce soit en 1702 ou en 1515, pour moi, c'est du pareil au même. »

Pour toute réponse, Jaume foudroya le bistrotier du regard, puis il reprit :

« Je suis donc né à Marseille, en l'an 1702, d'un père tripier de profession et d'une mère lavandière qui faisait de son mieux pour élever dans le respect de Dieu toute une nichée piaillarde de frères et de sœurs. Ils m'ont prénommé Jérôme sans que je sache le pourquoi de la chose et c'est dans la rue que Jérôme, à la manière provençale, est devenu Jaume. À cette époque, je vivais au-dessus du quartier du port, sur la place des Treize-Cantons et mon existence – j'ai eu le temps de m'en apercevoir par la suite – s'écoulait d'une façon heureuse. Comme à chaque fois que souffle le mistral vigoureux entre la butte Saint-Laurent, la butte des Moulins et celle des Carmes, aucun nuage ne venait obscurcir mon ciel, obstinément bleu et tout dévoué au plein soleil. Dès que je vins au monde et poussai mon premier cri, je… »

Marseille, à cette époque déjà, ne vivait que par la mer et pour la mer. Depuis les hauteurs du quartier du Panier, Jaume s'habitua rapidement à contempler chaque jour par les fenêtres la noria incessante des bateaux – goélettes, barcasses de pêcheurs ou fiers trois-mâts au long cours. Les cargaisons de ces derniers, ensemble de marchandises exotiques venues de l'Orient, étaient déchargées à ses pieds avant d'être exportées tout aussitôt à travers l'Europe entière. Affirmer que la jeunesse de Jaume ne fut qu'une vallée de lait et de miel serait exagéré. Mais la ville, à cette époque, était prospère. Paris, avec son Roi-Soleil et sa Cour, n'espérait rien de Marseille, sinon qu'elle serve de mouillage aux vaisseaux regorgeant d'épices, de tissus précieux, d'huiles rares et parfumées, de vin de palme, de jarres de camphre et de bois tinctoriaux. Les jours se succédaient donc les uns aux autres, sans heurts, sous le soleil de plomb de cette cité paraissant bénie des dieux et où chacun tentait de vivre en paix.

« Mon père, continua Jaume, était un grand gaillard fruste qui sentait à plein nez la tripe morte et le sang caillé. Ma mère, elle, parfumait tous les tissus qu'elle lavait et amidonnait avec de l'huile de lavande. J'ai donc passé mon enfance entre ces deux odeurs qui, parfois, juraient entre elles ou se combinaient à merveille, créant ainsi un fumet incomparable et reconnaissable entre tous, celui de mes premières années. Dans la rue, entre les chiens et les rats, je jouais sans discontinuer aux osselets que mon père, pour Pâques, prélevait sur les jeunes moutons et qu'il nettoyait de son mieux. Coups de cent, omelettes ou têtes de morts, j'étais à ce jeu de première force et, remportant des parties acharnées en cinq ou dix mille points, c'est ainsi que je gagnai mes premiers sous aux dépens d'autres garnements qui venaient parfois me défier. Hélas, l'oisiveté fait filer le temps bien vite et un matin, alors que je venais d'atteindre mes 11 ans, mon père résolut de faire de moi son apprenti… »

Durant sept années, Jaume pataugea ainsi dans le sang et la tripaille, la viande et la merde que les animaux suppliciés abandonnent volontiers aux quatre vents au moment de passer de vie à trépas. Avec la fascination troublante que la mort exerce sur la majorité des enfants, il apprit l'art de saigner, écorcher, éviscérer, trancher, découper, dénerver et débiter les porcs hurlant à la mort, les agneaux bêlant et les poulets. Agile de ses dix doigts, il découvrit dans le plaisir de tuer une seconde nature et il ne s'en trouva bientôt pas un comme lui dans tout Marseille pour tirer la couenne d'une truie, laver la crépinette à la façon d'une dentelle de Calais ou parer un foie de veau avec autant de dextérité. De son lever jusqu'à son coucher, il malaxait de la tripe et la vendait sur les marchés en beuglant dans un patois fleuri des chapelets d'insanités et de mots crus.

Alors que Virgile, peu à peu, se laissait charmer par ces visions d'un océan de sang se déversant dans le bleu de la Méditerranée, Jaume resservit à ras bord les deux verres de rhum. Puis, d'une voix maintenant mélancolique, il reprit :

« Ce fut alors que j'atteignais mes 18 ans que l'amour porta en mon cœur son premier coup de dague assassin. Elle s'appelait Blanche Beaupré et était la fille unique d'un couple de bourgeois négociants installés sur la place de Lenche… »

Blanche Beaupré, d'un an la cadette de Jaume, accompagnait parfois les domestiques chargées d'acheter sur le marché de quoi garnir en abondance la table de leurs maîtres. Petite, menue, d'une blondeur absolue, elle était depuis sa naissance destinée par son père à conclure un mariage d'intérêt, quitte à être vendue à un barbon pour peu que celui-ci apportât en retour dans la corbeille des noces la particule faisant encore cruellement défaut à ce bourgeois rapidement enrichi par le commerce des Nègres. Lorsqu'il la vit pour la première fois s'avancer sur la place des Treize-Cantons, Jaume manqua défaillir. Au-dessus de la crasse et des détritus qui couvraient les pavés, elle semblait flotter à la façon d'un ange sur une marée d'ordures, la peau d'une blancheur immaculée, ses petits seins parfaitement mis en valeur dans un décolleté d'organdi d'un bleu tirant sur l'azur. Le couteau bien en main, couvert de sang de la tête aux pieds, il se mit immédiatement à trembler comme une feuille. Lorsque cette apparition, un mouchoir sur le nez, tourna au coin de la rue, l'apprenti se retrouva dans un tel état de trouble qu'il dut s'y reprendre à quatre reprises avant de trouver la jugulaire d'un agneau qui déféquait de terreur et ruait à tous les diables entre ses cuisses.

Les yeux humides encore d'évoquer Blanche Beaupré, Jaume toussota afin de masquer sa gêne, puis il déclara :

« Le premier amour, l'on dira ce que l'on voudra, est par essence unique et reste un don de Dieu à nul autre pareil, n'est-ce pas ? »

Avec une moue entendue, Virgile acquiesça d'un mouvement du menton. Son premier amour, à lui, se nommait Magalie. C'était une prostituée d'abattage qui travaillait sur le bord des routes nationales. Elle possédait de grands yeux tristes, des seins mous et sentait à plein nez le latex des préservatifs dont son sac débordait. Avec elle, le bistrotier avait dans le même temps perdu sa virginité et gagné une colonie de morpions qui lui avaient ravagé le bas-ventre durant d'interminables semaines. Sa Magalie faisait bien piètre figure à côté de Blanche Beaupré, bien entendu. Mais les amours d'antan étaient ce qu'elles étaient et il n'en souffla mot à Jaume qui poursuivait déjà :

« Cette fille de bourgeois, avec son frais minois et ses airs de Sainte-Nitouche, m'a tout pris. Ou plutôt, je lui ai tout donné. Pour commencer, j'ai perdu l'appétit et je n'ai très vite plus eu goût à rien. J'écorchais et je dépeçais toujours, je continuais à vider les lapins de leur sang, certes. Mais je le faisais machinalement, l'esprit ailleurs. Dès que j'avais un instant de libre, je guettais l'angle de la rue, dans l'espoir de la voir apparaître à nouveau. La nuit, je m'effondrais sur ma paillasse, l'esprit en feu, rêvant passionnément de celle dont j'ignorais alors tout mais que, dans ma passion amoureuse, je parais de toutes les qualités et de toutes les vertus. »

À 18 ans, après sept années passées à débiter de la tripe et de la viande, Jaume était un homme fait. Déniaisé depuis longtemps, il passait de fille en fille avec la même facilité qu'entre ses mains se succédaient les pintades et les oies, les hases et les pigeonnes. Pourtant, dès l'instant où il découvrit Blanche, il prit subitement en horreur ces coups de reins donnés à la va-vite dans le cellier familial dévolu aux salaisons – une petite cave sombre et humide tout enguirlandée de jambons et de saucisses. Ces créatures, dont il faisait jusqu'alors son ordinaire, lui parurent vulgaires, indignes de lui. Elles sentaient fort l'ail et la saumure, étaient le plus souvent poilues, négligées, et leurs gencives étaient plantées de chicots verdâtres qui ne parvenaient pas à trancher dans le hâle et la crasse qui maculaient leurs visages. Sans véritable nom, se contentant de répondre à des diminutifs ridicules, elles avaient poussé en sauvageonnes dans la rue, à la façon des mauvaises herbes. Vêtues de hardes, déchirées pour la plupart ou grossièrement raccommodées pour les autres, elles ne possédaient pas une étincelle d'esprit et lui faisaient l'amour sans une once d'imagination, comme la chose la plus naturelle du monde.

Mais Blanche Beaupré... En garçon débrouillard qui sait parvenir à ses fins, quel qu'en soit le prix à payer, Jaume se mit à l'épier depuis le renfoncement d'une porte cochère située sur la place de Lenche. Dès que sa silhouette apparaissait à la fenêtre, son cœur bondissait dans sa poitrine et son ventre se mettait sur l'instant à battre la breloque. Très vite, il s'acoquina avec le petit personnel de la maison Beaupré – hommes de peine, chambrières, cuisinières, mitrons, lavandières, jardiniers, cochers et autres serviteurs. Moyennant de petites attentions pour les unes et de fréquentes tournées de vin venu du Rhône pour les autres, il apprit mille petits riens sur l'objet de son amour qui firent ses délices. Il sut ainsi qu'elle aimait le clavecin et la danse baroque, l'opéra-ballet et la lecture de l'*Histoire comique des États et Empires de la lune*, de Cyrano de Bergerac. Que son péché mignon était le fruit confit de la ville d'Apt et qu'elle changeait de tenue trois fois par jour. Qu'elle avait été présentée, par deux fois déjà, à Jean-Baptiste Estelle, premier échevin de la ville, et qu'elle ne tarderait plus à faire son entrée à Paris, au château de Versailles. Qu'elle n'était pas dévote – bien qu'elle aimât à se confier une fois l'an à la Vierge noire de l'abbaye de Saint-Victor – et qu'elle se souciait de la Bible et de ses génuflexions comme autant de guignes. Qu'elle rêvait de faire un mariage de princesse et qu'elle ne haïssait rien moins que la pauvreté, l'ignorance et la crasse.

Après avoir croisé ses jambes l'une sur l'autre et posé ses deux mains réunies sur le même genou, Jaume avoua :

« Pour elle, je quittai tout. Mon emploi, tout d'abord. Puis mes hardes, mon tablier de cuir et mes surins. Ma famille et mes amis ont suivi, tout comme mon quartier. J'ai tout laissé, jusqu'à mon langage. Je me mis à fréquenter les églises, non pas par amour de Dieu, mais parce que l'on y rencontrait un grand nombre de novices et de jésuites qui, contre de menus travaux, entreprirent de m'apprendre trois mots de latin, à peu près autant de grec, et à remplacer par des vocables français le patois qui était, jusqu'alors, ma seule façon de dire et de comprendre le monde. Afin de gagner ma pitance, je trouvais à me louer sur le port comme simple portefaix. J'embauchais avant même que le soleil ne se lève et je ne regagnais mon galetas de la Montée de l'Observatoire qu'à la nuit tombée, les reins cassés, les mains en feu à force de tirer sur des filins, des câbles et des cordages. À ce rythme, je compris rapidement que ce ne serait jamais en restant honnête que je parviendrais à sortir de ma condition et à rouler carrosse. Si je voulais séduire Blanche Beaupré, il me faudrait quitter ma probité. Ce que je fis d'ailleurs, sans l'ombre d'un scrupule, tant pour les yeux de ma bien-aimée j'étais prêt à tricher, à voler, à mentir, à me renier. Et même, à tuer – une extrémité à laquelle j'ai hélas dû me rendre.

– Vous avez tué quelqu'un ?

– Pas tout de suite, non. Mais ne vous impatientez pas. Cela va venir en son temps.

– Vous êtes sérieux ?

– Est-ce que j'ai l'air de plaisanter ? »

Après quelques semaines de ce régime passé à trimer comme un esclave, Jaume ne tarda pas à s'acoquiner avec une bande de gros bras, des tatoués aux oreilles percées qui faisaient régner sur les docks une loi bien différente de celle qui régit les existences du commun de la population. Les quais étaient une jungle qu'ils administraient en seigneurs et maîtres, le guinchou à la main et le couteau à la ceinture. Rien ne pouvait se faire sans leur approbation. Maures, Corses, Calabrais, Siciliens, Napolitains ou gitans, leurs activités étaient totalement illégales, mais les forces de police fermaient pudiquement les yeux sur leurs agissements afin de préserver ce que l'on ne nommait pas encore la paix sociale. Quoi qu'il en soit, chaque embarcation, de la plus modeste à la mieux armée, devait payer son écot si elle voulait pouvoir continuer à mouiller dans le port de Marseille. Avec eux, Jaume apprit vite et bien. Il se fit tout d'abord la main sur les huiles et les coques. Puis, ce furent les dattes, le sucre, des couffins puis des charretées entières de charbon qu'il détournait des hangars et faisait ensuite fructifier en ville, au détail. Jaume-le-bleu devint ainsi Jaume-le-mal-blanchi puis Jaume-le-pourri, à cause des marchés de dupes qu'il passait avec les uns et les autres, escroquant sans remords tout son monde, volant jusqu'à la veuve et l'orphelin, subtilisant dans les troncs d'église et les sébiles l'argent destiné aux plus miséreux.

Un soir, il reçut chez lui la visite d'un individu dont il ne sut jamais le nom. À voir la qualité de son habit, son manteau de bon drap et sa canne marquée aux armoiries de la ville, il s'agissait vraisemblablement d'un homme qui travaillait aux écritures ou au bureau des douanes. À voix basse, il lui proposa une affaire à réaliser en toute discrétion. Le 25 mai, un bateau baptisé le *Grand Saint-Antoine* avait accosté à Marseille. À son bord, de la soie en quantité et des balles de coton embarquées successivement à Smyrne, à Larnaca et à Saïda. En tout, plus de trois cent mille livres de marchandises ayant pour destination finale la grande foire de Beaucaire où elles devaient être vendues. Prélever dix pour cent de la totalité dans les entrepôts serait un jeu d'enfant pour Jaume-le-pourri. Sauf que...

« Sauf que quoi ? relança Virgile, agacé par la longueur du silence qui suivit les derniers mots de son interlocuteur.

– Sauf que le bateau était suspect. Avant son arrivée à Marseille, le *Grand Saint-Antoine* avait eu à déplorer des morts inexplicables dans l'équipage. Le 5 avril, c'est un Turc qui était décédé pour des raisons obscures que le médecin de bord avait imputées à la mauvaise qualité de la nourriture. Sans autre forme de procès, son corps avait été jeté à la mer, au large de Tripoli. Huit autres décès s'étaient succédé, sans que le capitaine ne signale quoi que ce soit dans son livre de bord. Plutôt que de risquer de subir la quarantaine, il avait détourné son bâtiment vers l'Italie, à Livourne. Puis, il avait mouillé en secret au Brusc, non loin de Toulon, le temps pour lui de prendre des consignes auprès des armateurs et propriétaires, messieurs Jean-Baptiste Estelle, Jean-Baptiste Chataud, Guilhermy et Chaud, sans oublier Antoine Bourguet. Enfin, après s'être vu refuser le mouillage dans le port principal de Marseille, il avait dû mettre le cap sur l'île de Jarre puis vers Pomègues, dans l'archipel du

Frioul. Quant aux soieries, elles avaient reçu l'autorisation d'être débarquées sur les docks des Infirmeries... »

Le 5 juin, Jaume-le-pourri s'introduisit donc avec une bande de coupe-jarrets dans les entrepôts où dormait la soie. À grand renfort de charretons, il préleva bien vingt pour cent de la totalité de la marchandise, une véritable petite fortune tant la qualité et la finesse des tissus étaient dignes de vêtir jusqu'au roi en personne. Avec ce trésor, il fit avant l'aube le tour des grossistes et regagna sa mansarde de la Montée de l'Observatoire plus lesté d'or qu'il n'avait jamais espéré l'être de toute sa courte vie. Deux jours plus tard, il fit porter des dizaines de mètres de soies multicolores, des bijoux d'or et des litres de parfums capiteux chez Blanche Beaupré qui les reçut en trépignant, dans un concert de battements de mains et de cris de joie. Lui, demeuré à la porte, n'eut que le loisir d'entendre ces effusions de plaisir et il se promit de revenir dès la semaine suivante mais, cette fois, vêtu de pied en cap de cuir, d'or et, bien entendu, de soieries.

Soulignant sa phrase d'un sourire complice, Virgile crut bon alors de plaisanter :

« Avec tous ces cadeaux, votre Blanche vous a reçu comme un prince, je suppose.

– Mademoiselle Blanche Beaupré ? Pas vraiment.

– Pourquoi ça ? Elle ne vous a quand même pas refusé sa main ? Ou, au moins, quelques petites compensations, si vous voyez ce que je veux dire ? Elle n'aurait pas osé ?

– Si, monsieur Virgile. Elle a osé. Ou, plutôt, elle a fait bien pire... »

Le dimanche de la semaine suivante, après la messe, Jaume alla se présenter place de Lenche, à la porte principale de l'hôtel particulier qui abritait l'amour de sa vie. En le découvrant dans un si bel équipage, le petit personnel lui fit fête et il distribua avec magnificence le contenu d'une bourse d'or. Dès qu'il fut averti de son arrivée, Rodolphe Beaupré vint lui-même à sa rencontre et le reçut dans la salle de réception en compagnie de son épouse qui avait abandonné, depuis longtemps, son prénom de Fanchon pour celui de Sémiramis. Ces deux gros bourgeois, surexcités par la splendeur des soieries et la fortune dont ils imaginaient le jeune homme pourvu, le traitèrent avec un luxe d'attentions et d'obséquiosités qui le firent sourire. Ils le couvrirent de compliments, l'abreuvèrent de chocolat, de café et de vin de Porto, lui firent servir de la pâte de coings sur des plateaux d'argent et ne se montrèrent curieux ni sur la provenance des soieries, ni sur le vocabulaire encore mal dégrossi de leur visiteur. Il était riche et cela seul importait.

Quant à Blanche Beaupré, elle envoya dix fois sa chambrière pour annoncer son arrivée, sans jamais montrer le bout de son nez. Une heure plus tard, s'inquiétant de son absence, Sémiramis Beaupré se rendit alors elle-même dans les appartements de sa fille et n'en revint que vingt minutes après, la mine déconfite et les yeux rougis de larmes. Aussitôt, en homme d'action prétendant savoir mener aussi bien la barque de ses affaires que celle de sa famille, Rodolphe Beaupré s'en fut à son tour chercher sa progéniture. Dans la salle de réception, Jaume entendit très vite des éclats de voix, le fracas du verre que l'on brise. Des insultes fusèrent, ainsi que des menaces. Lorsque le silence se fit à nouveau, le négociant reparut de fort méchante humeur, outré et dépité de ne pas avoir réussi à se faire obéir de sa fille unique.

« Elle ne voulait pas de vous ? s'inquiéta Virgile.

– Tout juste.

– Pourquoi ?

– Parce que je ne possédais pas de particule à ajouter au nom de Beaupré.

– Qu'est-ce que vous avez fait ?

– Quand j'ai réalisé que toutes les soies du monde ne parviendraient pas à me faire aimer par Blanche, je suis rentré chez moi. Là, j'ai pleuré de rage et j'ai bu. Beaucoup bu.

– Tant que ça ?

– J'ai bu durant deux semaines, jour et nuit, sans m'arrêter un seul instant hormis pour sombrer dans un sommeil de brute dont je m'éveillais en tremblant, la bouche sèche et la chemise trempée de sueur. Blanche Beaupré avait non seulement refusé mon amour mais, pire encore, elle n'avait même pas accepté de se trouver dans la même pièce que moi.

– Une belle saloperie, si vous me passez l'expression…

– Je vous en prie. Mais le destin s'est bien chargé de la punir, vous allez comprendre… »

Pendant que Jaume cuvait son vin et se lamentait, une catastrophe assombrit subitement le ciel de la ville de Marseille. En cascade, tous ceux qui avaient de près ou de loin approché le *Grand Saint-Antoine* et sa cargaison tombèrent malades et, pour la plupart, moururent dans d'atroces convulsions. Après le gardien de santé du vaisseau, ce fut le tour des hommes d'équipage et d'une bonne partie des quarante passagers. Puis, les portefaix qui avaient manipulé les balles de coton et les soieries décédèrent dans un bel ensemble, suivis de peu par les coupe-jarrets de la bande de Jaume-le-pourri. La peste, qui ne fut pourtant reconnue officiellement que soixante-sept jours après l'accostage du navire, emporta tout sur son passage. En moins de trois mois, le mal véhiculé par les puces qui infectaient la totalité des marchandises se répandit dans tout Marseille, faisant passer de vie à trépas la moitié de la population, soit au bas mot cinquante mille personnes. Les cadavres jonchaient les rues, avec ou sans linceul, une épingle de bronze plantée dans le gros orteil afin de signifier que les malheureux n'étaient plus de ce monde. Des fosses communes furent creusées à l'extérieur des remparts de la ville. Les paysans puis les forçats de l'arsenal des galères furent réquisitionnés pour ramasser les corps qui, avec l'arrivée de l'été, pourrissaient sous le soleil dans une puanteur inimaginable.

Dans le café silencieux, Virgile Alighieri resservit cette fois lui-même les deux verres et avala le sien d'une seule lampée. Baigné par la lumière froide du néon, il déglutit avec difficulté et demanda enfin :

« Et vous ? Qu'est-ce que vous êtes devenu ? Et Blanche Beaupré ? Et ses parents ?

– Blanche, son père et sa mère, sans oublier tous les valets et les servantes, sont morts parmi les premiers. Il se dit même que leur bel hôtel particulier fut muré alors qu'ils n'avaient pas encore rendu leur dernier souffle et qu'il devint leur ultime demeure, leur tombeau. Justice était faite.

– Comme vous y allez !

– J'y vais le plus naturellement du monde. Ils voulaient bien de la soie, mais ils ne voulaient pas du propriétaire. S'ils avaient refusé les soieries en même temps que leur donateur, ils seraient peut-être passés au travers de cette tragédie. Ils ont préféré succomber à la tentation et ils en ont payé le prix, voilà tout. Rappelez-vous que, quoi que nous fassions et quoi qu'il nous arrive, nous ne récoltons que ce que nous avons nous-même, bien souvent, semé.

– Et vous ?

– Moi ? J'ai payé aussi. Rassurez-vous sur ce point… »

Lorsqu'il émergea des brumes de l'alcool, Jaume déambula dans Marseille, parfaitement indifférent à tout ce qui l'environnait. Son cœur et sa fierté endoloris le faisaient mille fois plus souffrir que le spectacle des malheureux dont les chairs mûrissaient au soleil. Insensible aux chiens qui hurlaient à la mort, aux enfants pleurant leurs parents emportés par la peste, ou inversement, il se contenta de survivre comme il le put, subsistant de rapines, pillant les maisons les plus riches non pas en or, mais bien en vivres. Puis il finit par élire domicile dans la resserre de la place des Treize-Cantons où il se terra jusqu'aux premiers jours de septembre. Toute sa famille était décédée et il resta là, lui, s'empiffrant de saucisses et de jambons, de petits salés fumés et de pâtés, sans toutefois parvenir à mettre un terme à son flot lacrymal.

Un matin, alors qu'il errait dans le quartier à la recherche de vin, il fit la rencontre d'un homme d'une quarantaine d'années, un nobliau aux vêtements râpés portant une longue épée à la hanche. À sa suite, une poignée de soldats tamponnaient leur nez avec des mouchoirs trempés de vinaigre afin de masquer l'odeur infâme du charnier. À la queue de cette petite procession, enfin, un curé notait avec attention sur une grande écritoire à couverture de cuir le nombre de morts qui jonchaient les ruelles étroites. Avec aplomb, le nobliau au teint gris et aux maxillaires musculeux se présenta à Jaume sous le nom de Nicolas Roze, chevalier de son état. Il avait besoin de bras afin de vider le lieu-dit de la Tourette de ses macchabées. Les sentes et les venelles par trop rétrécies à cet endroit empêchant les tombereaux de passer, cette besogne devait s'effectuer à la main et l'honneur de servir le roi, ainsi qu'une mort probable, étaient le seul prix qu'il pouvait promettre en contrepartie de ce funeste ouvrage. Tout à son désespoir et à son désir d'en finir avec sa souffrance, Jaume accepta. Le soir même, il rejoignit le camp de base où se réunissaient une compagnie de soldats ainsi que cent forçats des galères promis à la liberté pour leur dévouement. Tous burent beaucoup et, dès l'aube du jour suivant, ils se mirent au travail. Trois jours et trois nuits durant, ne dormant quasiment pas, Jaume nettoya avec ses compagnons la Tourette et fit disparaître dans deux fosses creusées sous d'anciens bastions plus de mille cadavres. Ceux-ci, grouillant de vers, semblaient vivre de leur vie propre, comme animés par une ultime danse macabre. À chaque dépouille que l'on tirait des tas, le bras seul venait ou bien la tête ou les pieds, de sorte que la tâche semblait ne connaître jamais de fin tant les corps partaient par petits morceaux.

Bouche bée, Virgile toisa Jaume avec un mélange de respect, d'incrédulité et d'admiration. Lorsqu'il put enfin parler, il demanda :

« Et vous vous en êtes sorti ?

– Par miracle, oui. Mais des cent forçats à qui le chevalier avait promis la liberté, il ne s'en trouva que cinq, finalement, pour profiter de leur amnistie.

– Et lui ? Le chevalier ?

– Lui ? Il a fini par attraper la peste. Mais il s'en est sorti. Pendant que l'évêque de Belsunce de Castelmoron exorcisait la ville du haut du clocher des Accoules, il a accompli scrupuleusement la tâche qu'il s'était fixée et il en a, d'ailleurs, bien mal été récompensé.

– Pourquoi ?

– Après avoir dégagé le quartier de la Tourette de ses cadavres et avoir payé sur ses deniers – qui ne lui furent d'ailleurs jamais remboursés – l'installation de l'hôpital de la Corderie ainsi que le ravitaillement de la population encore indemne, il est mort indigent.

– Pardon ? »

Jaume tira de sa poche de costume un paquet de cigarettes de tabac blond. Il le tritura un instant entre ses doigts longs et secs, puis il expliqua :

« Indigent. Autant dire un clochard. Il s'est éteint dans l'indifférence générale, oublié de tous. Faute de pouvoir offrir une dot, même symbolique, à sa fille qui cherchait à se marier, celle-ci dut entrer dans les ordres et se faire nonne. Le père ne connut donc pas plus la renommée que sa fille l'amour.

– Ah ben merde, alors…

– Comme vous dites. »

Alors que Virgile allait s'emporter contre le traitement cruel qui avait frappé celui qui avait sauvé la ville de Marseille, des coups répétés portés sur le zinc par une pièce de monnaie le détournèrent de sa colère. Agacé, il observa le comptoir et découvrit alors un Africain frigorifié, la bouche et le nez masqués par une écharpe de laine, les bras chargés de colliers fantaisie et d'amulettes de pacotille. Sur son dos, dépassant d'un sac de plastique grossier, des statuettes d'animaux en bois luisaient de la pluie glaçante du dehors.

En maugréant, Virgile se leva et alla servir le nouveau venu, non sans avoir lâché :

« Attendez-moi, monsieur Jaume. J'en ai pour une minute, ce ne sera pas long.

– Je vous en prie. J'ai tout mon temps, si j'ose dire… »

Le bistrotier tint parole. En à peine plus d'une minute, le client fut servi d'un bock sans faux col. À pas lents, le ventre toujours en avant, Virgile revint s'asseoir. Puis, avec un mépris ostensible, il posa sur le guéridon une statue de zèbre grossièrement taillée. Haussant les épaules, il grommela :

« Eh voilà. Trop bon trop con, comme disait mon père.

– Pardon ?

– Faites excuse, monsieur Jaume. Ce pékin d'Angola a essayé de me régler sa bière avec des kwanzas à la place des euros. Mais j'ai l'œil. Comme il n'avait pas d'argent d'ici, il m'a payé en zèbre.

– Qu'allez-vous en faire ?

– Le mettre dans la pièce pour ça. Les gens qui ne peuvent pas régler en argent, il arrive qu'ils le fassent en nature. Comme ça se sait, dans le quartier, il en vient de plus en plus. Au-dessus, j'ai aménagé une petite pièce où je stocke toutes ces choses. Je vous montrerai tout ça, si vous voulez. C'est mon petit Louvre. Le Louvre du pauvre, quoi. »

Dans leur dos, l'une des deux portes vitrées claqua sur le camelot désaltéré. Avec fatalisme, Virgile reprit :

« C'était un drôle de type, quand même. Il m'a dit qu'il n'avait pas d'argent parce qu'il n'arrivait pas à vendre. Vouloir fourguer des animaux d'Afrique à Paris, en plein Noël, il ne faut pas être bien futé, quand même. Ça non… »

Au milieu du guéridon, le zèbre grossièrement bariolé de rayures blanches n'avait plus gardé sur lui que les plus grosses des gouttes de pluie. Elles brillaient à la façon de solitaires.

Avec un soupir dédaigneux, Virgile ronchonna :

« Regardez-moi ce travail… Elles ne sont même pas dans le bon sens.

– Quoi donc ?

– Les rayures. Vous ne voyez pas ? Les rayures sont horizontales alors qu'elles devraient être verticales. Ce n'est pas avec cette camelote qu'il pourra se payer de la dinde pour Noël.

– En attendant, il vous a payé en zèbre. Et un zèbre vaut bien une dinde, non ? »

Sans répondre, Virgile fronça les sourcils et s'inquiéta :

« Alors ? Qu'est-ce qu'il est arrivé à Jaume-le-pourri, avec cette peste dans tout Marseille ?

– Mon histoire vous intéresse donc vraiment ? »

Le bistrotier observa le professeur avec défiance. Puis, il convint :

« Je crois que oui… »

Aussitôt cependant, il se reprit :

« Mais attention ! Il ne faut pas me prendre pour plus bête que je ne le suis. Je sais bien que c'est une histoire inventée.

– Pourquoi donc ?

– Dame ! Si vous étiez né en 1702, vous auriez… Attendez que je calcule…

– J'ai 316 ans.

– Ça doit être ça. Mais je sais bien que ce n'est pas possible.

– Vous préférez que j'arrête de raconter mon histoire, alors ? »

Fine mouche, le bistrotier rectifia :

« Je n'ai pas dit ça. Puis, vraie ou fausse, qu'est-ce que ça peut faire ? Tant que je prends du plaisir à votre histoire, j'aurais bien tort de m'en priver, non ?

– Vous parlez d'or, monsieur Virgile.

– Alors ? Après la peste ?

– Après la peste ? J'ai quitté Marseille. Je n'avais plus rien à faire dans cette cité maudite et j'ai pris le premier bateau qui a bien voulu de moi.

– Pour aller où ?

– Pour l'Afrique, justement. Mais pas pour l'Angola, du moins pas encore. Cette fois-là, ça a été pour l'Éthiopie. J'ai laissé derrière moi ma ville en ruines, ma jeunesse, ma famille, mes amis et mon premier amour. Dès que la navigation a repris, j'ai embarqué sur un trois-mâts pour voir du pays et cela a donc été l'Éthiopie. »

Dubitatif, Virgile l'interrogea :

« Et pourquoi l'Éthiopie ?

– Parce que c'était la destination du *Sainte-Lucie* où je m'étais fait marin.

– Et si ça avait été l'Allemagne ou la Suisse ?

– Il n'y a pas de navire pour l'Allemagne, et encore moins pour la Suisse. Mais s'il avait mis le cap sur l'Allemagne, par les fleuves et les canaux, je me serais retrouvé en Allemagne, sans le moindre doute possible.

– Et pourquoi le *Sainte-Lucie* ?

– Je connaissais le capitaine. J'avais déchargé son vaisseau, après avoir rendu mon tablier de cuir pour les beaux yeux de Blanche Beaupré. Il s'était fait pour spécialité de transporter du café. En Éthiopie, m'avait-il dit, il y avait de véritables fortunes à se faire pour peu que l'on sache manier les armes et que l'on ne rechigne pas à se faire contremaître pour Nègres. Je n'avais pour ainsi dire jamais vu de Nègre, mais les faire travailler sous le fouet ne me semblait pas constituer une tâche insurmontable. Le café était alors à la mode à Paris et chaque grain se négociait presque au poids de l'or. Le café étant en Afrique, je suis donc parti pour tenter ma chance dans un pays où les zèbres, je vous l'assure, ont les rayures dans le bon sens… »

CHAPITRE III

Du bonheur d'être contremaître en Nègres et de la douceur de vivre en Éthiopie. La rencontre d'un certain Morgue et le départ précipité de Jaume pour la lointaine Cayenne où il fit la connaissance de monsieur de la Motte-Aigron et de son épouse.

« Lorsque le *Sainte-Lucie* fit relâche dans le port de Djibouti, je n'avais en poche que ma maigre solde de marin que je m'empressai d'aller boire dans un estaminet sordide dont le nom, vous m'en excuserez, m'échappe aujourd'hui. Durant un mois, je m'abrutis de vin de palme que je lampais, couché sur une natte, à même le sol. De Djibouti, je ne vis absolument rien et je serais bien en peine de vous en faire la peinture. Tout ce dont je me souviens, c'est d'une chaleur étouffante, d'essaims de mouches bourdonnant jusque tard dans la nuit, de hurlements de chiens errants et de piaillements d'hommes vêtus en djellaba auxquels je ne comprenais strictement rien. Et je n'oublie pas, bien entendu, le goût de ce vin de palme qui vous râpait la gorge à la façon d'une scie égoïne, mais qui ne parvenait pas à saouler son homme convenablement. Lorsque mes poches furent vides, et que le patron du caboulot me jeta sans ménagement à la rue, je m'en fus traîner sur le port où je fis la connaissance de toute une faune de gueux, de réprouvés, de proscrits, de repris de justice qui, sur ces docks très sommaires et bricolés dans du mauvais bois, roulaient leur bosse et faisaient régner leur loi. Cela me rappela Marseille. Par conséquent, je me décidai à fuir Djibouti et j'intégrai une caravane se rendant sur les hauts plateaux de l'Éthiopie. L'un des contremaîtres – mi-Napolitain mi-Niçois et disant se prénommer Severino – m'accepta. Cet homme, bon et ignare, qui ne quittait jamais sa bible écrite dans un vieux français calamiteux ni son fusil, se prit bientôt d'amitié pour moi. Comme je vous le disais, je connaissais quelques mots de latin et de grec. Je lisais presque couramment et, lorsqu'il m'arrivait d'écrire, cela n'était qu'en lettres bâton, mais j'écrivais tout de même. De plus, après mes années passées à vendre de la tripe sur les marchés de Marseille, je maniais aussi les chiffres d'une façon tout à fait convenable. En France, j'étais un ignorant. En Afrique et pour Severino, j'étais un lettré, pour ne pas dire un savant. Dès le premier bivouac, je me mis donc à lire pour mon nouveau protecteur le livre saint des chrétiens, n'hésitant pas à passer sous silence les mots qui me paraissaient par trop compliqués, les remplaçant par d'autres, allant même jusqu'à inventer des fables et des historiettes que Severino, les yeux écarquillés par mes récits, buvait jusqu'à la lie. Aux premières soirées qui passaient, je payais donc mon voyage en fariboles et autres bondieuseries.

Lorsque mon protecteur s'assoupissait, je lui jetais à la face, dans la lueur des flammes, des mots que j'italianisais et qui sonnaient à la façon de menaces et d'imprécations aux oreilles de cet homme simple. Instantanément, ce contremaître s'ébrouait, se signait avec fièvre et la lecture pouvait continuer. Il ne comprenait à peu près rien de ce que je lui contais, mais cela paraissait lui faire du bien… »

Le prestige de Jaume, lors de ce voyage qui le mena du port de Djibouti jusqu'aux environs de la capitale Gondar, s'accrut encore lorsque Severino, à plus de cinquante mètres, abattit un soir un grand nyala, une espèce de cerf. La bête s'affala sur le sol comme une masse et le cuisinier de la caravane, qui ne leur avait servi jusqu'alors que de la viande boucanée mélangée à de l'oignon, des haricots, du piment bérbéré et une bouillie de pois cassés, donna à cette occasion la preuve de toute son incompétence. Avec son couteau le plus affûté, il tenta de dépecer le grand nyala, mais il s'y prit bien mal, hésitant, piquant ici et là, roulant des yeux effarouchés au moindre soubresaut de l'animal qui semblait hésiter encore entre la mort et la vie. Bien vite, ce gâte-sauce se retrouva à patauger dans une mare de sang, incapable de découper proprement le moindre quartier de viande. Ce fut le moment que Jaume choisit pour s'illustrer. Il saisit un coutelas plus petit et plus fin et se mit à l'ouvrage. En quelques minutes, il préleva filets et jambons, côtes et côtelettes. Fort de toute sa science, il n'abandonna sur la terre jaune de la savane qu'une peau prête à être tannée et des os que des cohortes de fourmis se chargèrent *in petto* de blanchir. Le soir même, la caravane fit bombance, du moins les gardes armés et les marchands, les esclaves devant se contenter de la traditionnelle injera, une galette élaborée à base de farine de teff rouge accompagnée de lait de brebis. Dans les grésillements de la tripaille et des cuissots rôtissant sur la braise, Jaume fut fêté, sinon comme un héros, du moins comme un bienfaiteur. Toute la nuit durant, le vin de palme et la tella, la bière traditionnelle brassée avec du malt et des feuilles de gesho, inondèrent les gosiers. On chanta, on se raconta avec nostalgie, on se querella, on se rabibocha aussitôt. On pleura, aussi. Puis, on s'endormit.

« Encore quelques jours et notre convoi toucha à son but, tout chargé d'objets manufacturés, d'armes et de munitions – indispensables si l'on voulait faire bonne figure lors des guerres tribales qui ensanglantaient alors l'Afrique. Nous parvînmes un soir dans une plantation de café située entre les villes de Harar et Addis-Abeba, en pleine Abyssinie. Isolé du monde dans la forêt de Bourca, en altitude, loin des miasmes étouffants du port de Djibouti, je passai dans cette exploitation plusieurs mois qui eurent sur mon cœur toujours blessé l'effet de baumes bienfaisants. Je continuais à penser à Blanche Beaupré, bien entendu. Mais Severino, qui savait tout de mon malheur et de ma folie, participa au miracle de me sauver de moi-même. Auprès du maître des lieux, un musulman à l'esprit large et soucieux uniquement du bon rendement de ses caféiers, il intrigua tant et si bien que je fus très vite nommé au poste de contremaître pour Nègres et que l'on me confia même un fusil. »

Levé avant le soleil, Jaume passait ses journées à dos de cheval et dirigeait sa trentaine d'esclaves sans mollir, mais sans faire preuve non plus de cruauté. Ces femmes, ces enfants et ces hommes, tous conquis de haute lutte sur des tribus rivales défaites, possédaient un sens de l'honneur inconcevable sous d'autres latitudes. Ils avaient été vaincus à la loyale. Désormais captifs, leur moralité leur imposait de travailler pour leur nouveau maître. Ne rechignant pas à la besogne, se houspillant même entre eux lorsque le rythme venait à ralentir, ils faisaient de la satisfaction de leur triomphateur une obligation impérieuse. Du fait de cette servilité, Jaume n'eut jamais à utiliser le fouet passé au pommeau de sa selle.

Avec nostalgie, le professeur de philosophie tenta d'expliquer :

« Monsieur Virgile, vous faites commerce du café et vous ne savez pas ce que c'est. Que ce soit à Jimma, à Sidama, à Kaffa, à Lekemti ou n'importe où ailleurs sur les hauts plateaux éthiopiens, les plantations de caféiers étaient, à cette époque en tout cas, un véritable enchantement pour tous les sens. Imaginez ces arbustes de sous-bois, protégés par des eucalyptus géants, des ricins ou des fromagers majestueux, qui pliaient sous le poids des cerises charnues allant du jaune pâle au rouge, puis au violet. Dans la forêt de Bourca, il suffisait de cueillir ces fruits à même les branches frêles ou bien de les ramasser sur le sol. Devant les entrepôts, c'est le soleil qui se chargeait de les sécher et les femmes, avec des pilons frappant dans des mortiers de bois, en recueillaient la graine. Une ou deux fois l'an, cette récolte était rangée dans des outres en peau de mouton et partait en longues caravanes vers les marchés de Dire Dawa ou Arba, voyageant jusqu'à Addis-Abeba ou Djibouti, le Soudan, la Somalie, avant d'abreuver Londres, Venise, Paris, Madrid ou Amsterdam. »

À cet instant, Virgile sortit de son mutisme et hasarda :

« Votre histoire est aussi jolie qu'une carte postale, c'est vrai. Mais vous étiez esclavagiste, tout de même !

– Certes. Mais cela n'avait rien à voir avec ce qui se passait déjà de l'autre côté de l'Atlantique, en Amérique du Nord ou au Brésil. Et je suis bien placé pour en parler, vous comprendrez pourquoi un peu plus tard. À la ferme de la forêt de Bourca, ce n'était pas du servage et encore moins de la torture.

– Qu'est-ce que c'était, alors ?

– Un état. L'on était esclave comme l'on est aujourd'hui travailleur pauvre. Et cela ne provoque pas plus aujourd'hui qu'hier de levée de boucliers. Puis, je vous le répète, cela était à mille lieues des atrocités que les Français, les Portugais, les Espagnols ou les Anglais ont pu perpétrer au nom de l'Église. »

Une nouvelle fois, Jaume emplit les deux petits verres à gros culot, mais il ne but pas le sien, préférant le porter à ses narines pendant que Virgile tentait de résumer :

« C'était la vie de roi, quoi. Et vous êtes resté longtemps en Éthiopie, je suppose ? »

Les effluves de ce rhum ambré, couleur de teck, auraient pu être ceux de l'or liquide si celui-ci avait possédé une odeur végétale, un parfum de fruits et de feuilles macérés. À supposer que les rois soient heureux, alors oui, Jaume avait vécu une vie de roi. En Abyssinie, il avait nagé dans la félicité, ne connaissant rien d'autre que la plantation, les brises alourdies par le café grillé que tous croquaient à pleines dents lors des veillées, les chevauchées solitaires dans les sous-bois, les bains glacés des cascades, les gâteaux où se mêlaient le miel, l'amande et la fleur d'oranger. Et que dire des femmes ? Elles faisaient l'amour avec un naturel déconcertant et passaient une heure, un jour, une semaine ou un mois avec vous sans que, jamais, cela ne porte à conséquence. Peu d'entre elles étaient exclusives et la jalousie n'avait pas cours. Lorsque les corps se fatiguaient l'un de l'autre, ils se séparaient sans drame et allaient s'abreuver à une source différente, en toute ingénuité, sans autre forme de procès.

Dans la tiédeur de la Table, la voix de Virgile s'éleva à nouveau, impatiente :

« Eh bien ? Vous êtes resté combien d'années, en Éthiopie ? »

Jaume sursauta. Il avala une gorgée de rhum et finit par reconnaître :

« Pas une seule, hélas. Peut-être même pas dix mois, je ne sais plus exactement. »

Avant que le bistrotier ne le relance par une nouvelle question, il expliqua :

« J'avais 19 ans, le cœur en miettes et j'étais assoiffé de vaste monde. L'Éthiopie et tous ses charmes m'ont désennuyé de Blanche Beaupré, vous pouvez en être certain. Mais le jeune coq que j'étais alors ne tenait pas en place. Et, surtout, je ne mesurais pas mon bonheur, le bonheur merveilleux que seules l'oisiveté et la jouissance débarrassée de l'aiguillon de la morale peuvent offrir. Aussi, à la première occasion, j'ai succombé à l'appel des sirènes. »

Face à lui, le bistrotier se fendit d'un sourire égrillard.

« Encore une histoire de femme ? J'en étais sûr ! Et c'était qui, cette fois ? La fille du propriétaire ?

– Vous n'y êtes pas du tout, monsieur Virgile. C'était un homme.

– Faites excuse...

– Tout s'est passé un soir comme tant d'autres alors que, avec mes esclaves, nous rentrions de la cueillette. Un peu plus tôt dans la journée, un inconnu s'était présenté à ce cher Severino. C'était un homme blanc qui, en sa qualité d'ancien soldat, s'était fait embaucher sur le domaine. Il disait s'appeler Morgue et n'avait pas de prénom. C'était un mélancolique, un de ceux qui peuvent rester des heures durant sans prononcer la moindre parole, les yeux dans le vague, mais qui, allez savoir pourquoi, finissent tout soudain par s'épancher et vous racontent leurs rêves. Les songes de ce Morgue tenaient en un seul mot : richesse. Il avait l'ambition de devenir riche, immensément riche. Suffisamment en tout cas pour pouvoir revenir chez lui, à Saint-Malo, une fois fortune faite. Il ne rêvait que de s'établir en grand bourgeois, voire en qualité de noble, s'il parvenait à faire l'acquisition d'une particule, de quelques armoiries et d'un arbre généalogique digne de ce nom. »

D'une voix rendue plus rauque par l'alcool, Jaume revint sur l'affaire :

« Morgue avait l'âge d'être mon père. Il avait vu du pays et possédait suffisamment de bagou pour vous emporter avec lui dans ses rêves, même les plus chimériques. Moi, qui n'attendais plus rien de l'existence, sinon que celle-ci poursuive son cours calme et heureux, il m'a fait miroiter des perspectives avec tant d'art et de talent que j'ai fini par céder.

– Vous avez quitté le paradis pour de l'or ?

– Parbleu ! Et encore, ce n'était pas de l'or, mais juste l'idée de l'or, la possibilité de toucher à la richesse et tout ce qui va avec. Les domestiques, les livrées somptueuses, les femmes à la peau d'une blancheur de nacre, les coffres regorgeant d'écus et de bijoux, les réceptions où les plus hauts dignitaires parlent d'égal à égal avec vous, les fourrures, les alcools rares. Et je ne vous dis rien des demeures en pierres de taille, des statues et des tableaux, des places de choix que l'on vous réserve à la messe ou pour assister aux exécutions capitales, des crus venus en droite ligne de la Loire ou d'Anjou, de Bourgogne ou du Bordelais.

– Et vous avez suivi ce Morgue, alors que vous étiez heureux ?

– Si j'étais heureux, je ne savais malheureusement pas que je l'étais. En Abyssinie, je n'avais plus de rêve, plus de tourment, plus de besoin. Et c'est ce Morgue qui a rallumé le feu de l'inquiétude et de l'angoisse. Pas par cruauté, du moins je ne le pense pas. Il avait seulement besoin de quelqu'un pour l'épauler dans son entreprise, et ce quelqu'un, c'était moi. Dès que je lui ai raconté la grande peste de Marseille et mes déboires avec Blanche Beaupré, il s'est engouffré dans la brèche. Il m'a dit que j'avais fui la ville qui m'avait vu naître, que je l'avais quittée avec le cœur en lambeaux et les poches vides. Mais que je pouvais prendre ma revanche. Que je pouvais y revenir en seigneur, guéri de l'amour, de l'or plein les mains. Que je pourrais me venger du mauvais sort qui m'avait frappé. Qu'avec la fortune, tout me serait permis, que le passé serait révolu. Et qu'il avait un plan pour réaliser tout cela. Un plan infaillible, disait-il.

– Lequel ? »

Pour la première fois depuis le début de la soirée, un pli d'amertume se dessina au coin des lèvres de Jaume. Il replaça son verre à l'endroit exact où il l'avait pris et où se dessinait une auréole. Puis, triturant à nouveau son paquet de cigarettes entre ses doigts, il murmura :

« Son plan débutait par un vol, se poursuivait par un voyage au long cours à travers l'Atlantique et s'ancrait finalement à Cayenne, en Guyane française… »

Morgue était un homme de petite taille, plus sec qu'un fagot de sarments et qui, s'il n'était pas instruit, savait en revanche parfaitement intriguer et manipuler son auditoire, en toutes circonstances. Ancien soldat du roi, il avait vite compris que l'or ne fréquentait ni les bivouacs ni les champs de bataille et que les soldats, à moins d'être de noble lignée, ne pouvaient prétendre à rien sinon à quelques médailles et, le cas échéant, au produit du pillage et au cuissage militaire sur les populations défaites. Comme un prêtre se défroque, Morgue jeta donc rapidement son mousquet par-dessus les moulins et déserta. Sur la terre de France, il se fit successivement affûteur de couteaux et ciseaux, bonimenteur pour un cirque de gitans, pêcheur sur les bords du Rhin, voleur de truffes, arracheur de dents, négociant en perruques et cheveux, détrousseur de bourses, avaleur de sabres et de feu, faux curé, faux moine et faux frère, véritable chercheur d'or dans les gorges de l'Ardèche. Aucun de ces emplois ne lui convint plus de quelques semaines. Alors qu'il venait de rallier Cayenne dans l'espoir de mettre la main sur des gisements miniers – d'or, d'argent, de pierres précieuses ou même de simple charbon, peu lui importait à la vérité –, il fut arrêté dans une taverne où une bagarre avait éclaté. On l'emprisonna. On le jugea. On le condamna. Au lendemain de sa mise en geôle, l'on s'aperçut qu'il était de surcroît déserteur. On le jugea à nouveau et, cette fois, ce furent les galères.

Voilà ce que Morgue raconta à Jaume, peu après son arrivée à la plantation de Bourca. Celui-ci ouvrit des yeux ébahis, se redressa sur sa natte de palmes tressées et l'interrogea alors :

« Vous vous êtes donc échappé des galères puisque vous voilà ici ? »

Assis sur le sol de terre battue, le dos appuyé à l'une des parois qui composaient la case des contremaîtres, Morgue cracha jusqu'au milieu de la pièce. Puis, il répondit d'une petite voix chuintante :

« Raconte pas de bêtises, mon garçon. Et arrête de me donner du vous, tu veux bien ? Les galères ? J'y ai même jamais mis les pieds. La chiourme, connais pas.

– Comment avez-vous fait alors ? Vous vous êtes évadé ?

– Je t'ai déjà dit de me tutoyer. Quant à te dire pourquoi j'ai pas eu les fers aux pieds, c'est pas compliqué. Si j'ai pu quitter Cayenne, c'est parce que j'ai accepté un marché. Et pas n'importe lequel, tu peux me croire... »

Afin de donner encore plus de poids aux paroles qu'il allait prononcer, Morgue laissa passer un long temps de silence. Puis, dans la pénombre qui commençait à s'installer dans la case, il s'exprima à voix basse, à peine un souffle, tout juste audible :

« Ce que je vais te dire, mon garçon, c'est un secret. Mais je te préviens tout de suite. Si tu marches pas dans la combine, tu devras te taire. Sinon... »

D'un geste lent de son pouce passant sur sa glotte afin de mimer l'égorgement, il lâcha :

« Couic... Tu m'as bien compris ?

– Oui, monsieur. Vous pouvez me faire confiance.

– Bien. Alors, écoute un peu ça... »

À cette époque, Cayenne ne possédant pas à proprement parler de cour de justice, c'était au gouverneur en second de la Guyane, un certain monsieur de la Motte-Aigron, que revenait de prononcer les sentences, au nom du roi. Dans le cas de Morgue et de sa désertion, le magistrat dut faire face à un cas de conscience. Les galères ne passaient que très rarement dans cette colonie du bout du monde et la prison, une simple bicoque, regorgeait déjà d'ivrognes, d'infidèles au Christ et de voleurs. Coincé entre le Brésil et le Suriname, ce bout de terre ne représentait, aux yeux de la couronne, pas le moindre attrait. Il y avait bien de la canne, certes. On y trouvait aussi de l'indigo, du coton, du roucou et de la vanille. De temps en temps, dans le cours boueux du Maroni, des pépites ou des paillettes d'or apparaissaient. Cependant, cela ne suffisait pas à intéresser Versailles et l'administration royale envoyait volontiers croupir dans cette colonie les sujets qu'elle jugeait indésirables en métropole. De plus, les Indiens caraïbes, quelques Nègres marrons, la malaria et autres affections tropicales faisaient des ravages parmi la population et être nommé gouverneur en second de Guyane signifiait pour le malheureux un véritable viatique pour l'oubli et l'enfer.

Tout en suçotant un brûle-gueule qu'il venait de sortir de son havresac, Morgue expliqua alors :

« La Motte-Aigron, c'est pas le méchant homme. Faut pas croire. C'est un petit scribouillard sans envergure, un gratte-papier qui se prend pour le roi de la Guyane et qui ferait n'importe quoi pour être rappelé à Paris. Et, dans sa petite caboche de poulet toute poudrée, il a eu une idée. Et c'est cette idée qui m'a donné la liberté.

– Quelle idée ? »

Maintenant accroupi, Morgue prit le temps de bourrer sa pipe. Puis, il poursuivit sur le même ton de la confidence :

« Le café, mon garçon.

– Quoi, le café ?

– Il y aurait des chances pour que le café pousse très bien, dans les environs de Cayenne. La preuve, c'est qu'il commence à donner juste à côté, au Suriname. Et il se raconte même qu'on pourrait y faire trois ou peut-être même quatre récoltes, chaque année.

– Eh bien ? Je vois pas le rapport.

– C'est pas le rapport qu'il faut voir, c'est le problème. Et le problème, c'est que ces cochons de Hollandais du

Suriname, ils refusent de donner des plants de caféiers à la France.

– Pourquoi ?

– Dame… Imagine rien qu'un peu que le café se mette à pousser aussi bien à Cayenne qu'à Paramaribo. Ça ferait les affaires des Français, bien sûr, mais les Hollandais y perdraient d'autant. Plus de café produit, ça ferait baisser aussitôt le prix à la livre.

– Et c'est pour rapporter des pieds de caféiers que monsieur de la Motte-Aigron vous a envoyé ici ? »

Tout en allumant sa bouffarde, Morgue acquiesça :

« Tout juste, mon p'tit père. Tu comprends vite les choses, c'est bien. Je suis là pour rendre service à la couronne, en quelque sorte. Sauf que moi, j'y connais rien à la plantation et encore moins au café. Je suis un homme d'armes, tu comprends ?

– C'est pour ça que vous avez besoin de moi ?

– Oui, mon garçon. J'ai promis à l'autre scribouillard de revenir avec ces satanés plants de caféiers et je tiendrai ma parole. Si tu m'aides à les garder en vie le temps de la traversée, je gagne mon amnistie.

– Et moi ? »

Morgue s'approcha alors de Jaume. Les yeux brillants, il murmura fiévreusement, tout en lui serrant maintenant le poignet avec force :

« Toi ? Mais tu vas y gagner la fortune. Je te promets la richesse, rien que ça. Le coup peut pas rater. On apporte les caféiers, on les plante et on leur fait faire des petits. En deux temps trois mouvements, nous voilà riches comme Crésus.

– Vous croyez ?

– Je ne crois pas, non. Je suis sûr. Dès que les caféiers commenceront à donner à plein, on n'aura plus qu'à monter un négoce avec la France, et à nous la fortune ! Je te promets de l'or comme s'il en pleuvait ! Des tonnes d'or ! Et pas besoin de s'user la corne des mains sur la pelle ou la pioche. La Motte-Aigron m'a dit qu'il nous donnerait toutes les terres et tous les esclaves qu'on voudrait. Qu'est-ce que tu dis de ça ? »

« Alors ? Qu'est-ce que vous en avez dit ? »

Dans la salle aux plafonds bas de la Table des Arts, Jaume se surprit à sourire. Puis, comme au sortir d'un rêve, il s'ébroua et répondit :

« Moi ? J'ai dit oui, bien sûr. Et l'on a fait très exactement ce que Morgue avait décidé. Un matin, avec une trentaine de plants parfaitement emmaillotés dans de la paille et répartis sur deux mules, on a quitté la propriété de Bourca.

– Et Severino ?

– J'ai profité du fait qu'il soit déjà dans les plantations pour filer. Je n'ai jamais été très fort pour dire au revoir, vous savez. Puis, ces plants, j'avais dû les voler.

– Pourquoi ça ?

– Pour la même raison que le Suriname ne voulait pas en fournir à la France. Le café faisait la richesse de l'Abyssinie et le rôle des contremaîtres de Nègres, donc le mien, était aussi d'étendre raide mort quiconque se serait hasardé à voler un plant. Severino m'aimait bien. Mais, contrairement à moi, c'était un homme honnête et droit. Et il n'aurait pas hésité une seule seconde à me loger une balle en pleine tête, s'il m'avait pris sur le fait. »

Au-dessus du percolateur, la pendule murale marquait déjà 20 h 30. Le flot des voitures, sur les rues de l'Ancienne-Comédie et Dauphine, s'était adouci. Les achats de la journée étaient terminés. Les malles étaient pleines de papiers brillants et de bolducs frisottés. On pourrait bientôt distribuer les cadeaux et se prendre l'espace d'un instant pour le père Noël. Les commerçants comptaient leurs sous derrière leurs rideaux tirés. Les illuminations municipales ne clignotaient plus dans la ville que pour les clochards, les taxis en maraude, les ultimes livreurs en scooter et les solitaires qui, à cette période de l'année, ne savaient jamais vraiment s'ils devaient rire ou bien pleurer.

Dans son for intérieur, Virgile Alighieri soupira de contentement. Passer quarante années de son existence à ne pas connaître quelqu'un, ce n'était pas rien. Et voilà que ce soir, ce drôle de bonhomme se mettait à délirer sur le ton de la confidence, de l'air le plus sérieux qui soit. Monsieur Jaume était un doux rêveur, il n'avait là-dessus pas l'ombre d'un doute. À bien y réfléchir, ils étaient tous deux un peu du même bois, de la même trempe. Des silencieux qui passent dans la cacophonie ambiante en évitant de faire des vagues. Des taciturnes qui jouent un rôle qui n'est peut-être pas celui dont ils avaient rêvé, mais qui le jouent docilement pour qu'on leur foute la paix. Ni l'un ni l'autre ne buvaient. Virgile l'avait fait, dans un autre temps. Mais c'était fini. Terminé. S'il avait continué, il aurait englouti la totalité de son bar et jusqu'à sa cave.

Désormais, il ne s'autorisait qu'un verre hebdomadaire, le samedi. Une espèce de pèlerinage dans les jeunes années, un voyage en amnésie qu'il effectuait de façon routinière, sans dégoût ni réel plaisir. Pourtant, ce soir-là, il trouva le rhum bon. Fruité et poivré tout à la fois, le tout relevé d'une pointe d'interdit. Avec monsieur Jaume, ce rhum-là prenait une autre envergure. Il ne possédait pas le même goût, le même corps. Dans la clarté pisseuse du néon constellé de chiures de mouches, il aurait juré aussi que sa couleur était différente. D'ordinaire, ce n'était qu'un liquide marron. Là, autour du guéridon de marbre, la robe était chatoyante, le parfum lui parlait d'îles où il n'avait jamais mis les pieds et la saveur corsée s'accordait à la perfection aux accents picaresques du récit qu'il écoutait maintenant avec la plus grande attention.

Fatigué de voir Jaume malaxer encore et toujours son paquet de cigarettes blondes, le bistrotier désigna celui-ci d'un mouvement de tête et proposa :

« Ça vous dit d'en griller une ? »

Le professeur hésita. Puis, il reposa le paquet sur le guéridon et déclina la proposition sur un ton poli :

« Non. Il fait trop froid pour sortir. Je sens même que la neige ne va pas tarder à tomber. Quand je sortirai, ce sera pour partir vraiment.

– Ce n'est pas ce que je vous ai dit. Je vous ai proposé de fumer une cigarette, maintenant.

– Où ça ? Ici ?

– Pourquoi pas ?

– C'est interdit. »

Gonflant subitement son torse étroit, Virgile insista :

« Fumez, je vous dis. À cette heure-ci, surtout un soir comme celui-là, il ne viendra plus grand monde.

– Et si quelqu'un entrait et vous reprochait de me laisser fumer ? »

L'esprit échauffé par l'alcool, le bistrotier arbora un sourire de matamore et lâcha, péremptoire :

« Fumez. Ici, je suis chez moi. Et chez moi, c'est moi qui décide.

– Et si la police venait à...

– Monsieur Jaume, je vais sans doute vous sembler terriblement malpoli. Mais, ce soir, j'emmerde la police. J'emmerde la loi. Et j'emmerde aussi tous les pisse-froid qui viendraient me chercher des puces. Vous voulez fumer ? Alors, fumez. »

Surpris et enchanté par sa propre audace, Virgile poursuivit :

« Et, tant que vous y êtes, offrez m'en une, tenez. Ça aussi, il y a longtemps que j'ai arrêté. Je ne sais même plus pourquoi, d'ailleurs. Il est bien temps que je recommence. On n'est que de passage, non ? »

Avançant sa main, il se servit avec maladresse dans le paquet tendu. Après avoir extrait une cigarette, il prit le temps de l'admirer un instant et de la porter à ses narines afin de profiter de l'odeur suave et délicieusement écœurante du tabac blond. S'emparant du briquet d'acier de Jaume, il fit jouer le mécanisme et apprécia jusqu'au parfum d'essence qui s'en exhalait. La première bouffée lui monta directement au cerveau. Sa tête tourna encore un peu plus.

Puis, le plaisir remplaça la culpabilité, et la jouissance l'emporta haut la main sur la peur du képi.

Après une deuxième bouffée qu'il avala en affranchi, il fronça les sourcils et reprit :

« Alors ? On en est où, de notre histoire ? Si je me souviens bien, vous étiez à deux doigts d'arriver à Cayenne, non ?

– C'est bien ça... »

Il fallut trois bons mois à Morgue et à Jaume pour relier la Guyane, depuis Djibouti. Tout le temps que dura la traversée, le jeune homme veilla sur les plants comme une chatte sur sa portée. Les arbustes, bien que de petite taille, buvaient comme des hommes. Trois fois par jour, il les sortait sur le pont, les arrosait avec un soin précautionneux et, à chaque fois que l'un d'entre eux rendait l'âme, il lui semblait qu'on lui arrachait un membre. Morgue, pour sa part, passa le plus clair de son temps à dormir dans son hamac et à boire du ratafia, ne s'interrompant que pour manger et pour, encore et toujours, parler des montagnes d'or qu'ils allaient gagner et de la nouba ininterrompue que deviendraient alors leurs existences.

Lorsque le bateau jeta enfin l'ancre dans le port de Cayenne, Jaume poussa un profond soupir de soulagement. Sur la trentaine de plants de caféiers dérobés en Abyssinie, onze seulement avaient survécu. Et encore. Chez les rescapés, les feuilles d'ordinaire d'un vert souple et luisant étaient comme tachetées de rouille et certaines d'entre elles ne tenaient plus aux branchettes que par la grâce de Dieu. Un seul coup de vent et, de la fortune promise aux deux compagnons, il ne resterait bientôt plus rien. Dès qu'ils furent sur la terre ferme, les deux hommes se rendirent immédiatement à la demeure de monsieur de la Motte-Aigron et ils n'eurent pas à attendre bien longtemps avant que celui-ci ne les reçoive.

« Morgue n'avait pas menti, s'amusa Jaume en allumant à son tour sa cigarette avec un plaisir évident. Le gouverneur en second de la Guyane avait tout d'un poulet portant perruque et poudre sur le nez. Immensément grand, raide comme la justice, ses deux longues jambes lui conférant la grâce un peu ridicule du héron, il avait l'air inquiet des poules qui restent constamment sur leurs gardes, l'œil rond furetant dans tous les sens à la fois.

– Il était content d'avoir ses plants de café, au moins ?

– Pour ça, il l'était. Après avoir bredouillé un quelconque remerciement de pure politesse, il les a lui-même démaillotés, un à un, en poussant de petits grognements de satisfaction. Si Morgue a effectué d'innombrables allers-retours pour tirer de l'eau douce au puits, c'est lui et moi qui avons procédé à la plantation immédiate des boutures dans le coin le plus ombragé du parc qui bordait sa demeure. Il nous fallut trois heures pour venir à bout de ce travail minutieux et, lorsque monsieur de la Motte-Aigron donna l'ordre à ses esclaves de ranger les outils, nous avions, lui et moi, les mains noires de terre et le sourire béat de ceux qui ont brillamment rempli leur mission. »

Tirant sur sa cigarette et prenant le temps de relâcher tout à son aise la fumée dans la pièce, avec une élégance et une désinvolture naturelles, Jaume précisa :

« Malgré ses faux airs de poule faisane et son tempérament suspicieux, le gouverneur en second de la Guyane était un homme de parole. Pour la nuit, il nous logea chez lui, dans un lieu qui n'était ni tout à fait une chambre, ni tout à fait un réduit à l'usage des esclaves. Il nous fit porter à manger et à boire et, dès le lendemain matin, il rédigea l'acte amnistiant officiellement Morgue pour services exceptionnels rendus à la couronne et au roi de France. Hélas, dans ses délires continuels, Morgue s'était persuadé que ce papier serait accompagné d'argent sonnant et trébuchant qui lui permettrait d'attendre les premières récoltes. Mais il n'en fut rien… »

Si monsieur de la Motte-Aigron était un homme de parole, il était aussi un homme de droits et de papiers, un procédurier absolument incapable de déroger aux règles d'un arrangement. Un contrat était un contrat. Lorsque le nouvel amnistié vint réclamer de l'or, il le reçut d'une manière glaciale. Très vite, Morgue s'emporta. Il tenta tout d'abord d'amadouer l'administrateur, de le brosser dans le sens du poil. Puis, il haussa le ton, se mit à pester pour récupérer ce qu'il considérait comme son dû et, à force de gestes véhéments et désordonnés, il cassa un grand vase de cristal empli de roses de porcelaine. Pendant qu'une esclave, mollement, ramassait les morceaux, Morgue entreprit de faire de son expédition une peinture dantesque afin d'émouvoir son interlocuteur. Il inventa des attaques nocturnes de caravanes en terre d'Abyssinie, des hordes d'animaux sauvages qu'il avait dû occire de ses propres mains. Il raconta leur fuite à tous deux à travers des vallées encaissées et hostiles où tombaient dans un même ensemble la pluie, le grésil, la neige et la grêle. Il disserta longuement sur le vent de sirocco qui brûle et rend fous les hommes et les animaux. Il mima le feu du ciel s'abattant sur leurs épaules. Il narra par le menu, avec des yeux de dément, des tribus entières de guerriers massaïs venus du Kenya et de Tanzanie, de redoutables mangeurs d'hommes lancés à leurs trousses. En nage, il acheva enfin son récit par une terrible tempête qui avait failli couler leur navire et qui aurait envoyé les précieux plants de caféiers par le fond si son attitude, ô combien héroïque, ne les avait pas sauvés. Tous ces efforts, cette bravoure, cette débauche de courage et d'énergie valaient bien une bourse d'or, n'est-ce pas ?

« Qu'est-ce qu'il a dit, le gouverneur ?

– Gouverneur en second, je vous le rappelle. Cela aura son importance par la suite.

– Si vous voulez. Alors ? Qu'est-ce qu'il a dit ?

– Rien. Pas un mot. Il n'a eu qu'un geste. De son index, il a désigné la sortie et, comme Morgue ne voulait pas obtempérer, ce sont des hommes en armes qui sont venus le jeter à la rue.

– Il l'avait cherché. Un marché est un marché. Et vous, dans tout ça ?

– Moi ? Je suis entré au service de monsieur de la Motte-Aigron. Maintenant qu'il avait les plants, il lui fallait quelqu'un qui soit capable de s'en occuper, de jour comme de nuit. Les mois passés dans la forêt de Bourca m'avaient donné le savoir nécessaire pour m'acquitter au mieux de cette tâche et c'est ainsi que, de tripier et amoureux malheureux à

Marseille, chassé par la grande peste et devenu contremaître pour Nègres en Abyssinie, je me suis retrouvé cultivateur de café pour la couronne de France en Guyane.

– Et Morgue ?

– Il est resté quelques semaines à Cayenne, à boire et à coucher avec des Négresses, des Indiennes et des sang-mêlé. Puis, un jour, il a disparu.

– Vous ne l'avez jamais revu ? »

Jaume écrasa sa cigarette dans la soucoupe de son café crème. Les maxillaires serrés, il gronda :

« J'aurais bien aimé ne jamais le revoir. Hélas, deux ans plus tard, il est revenu en Guyane lorsqu'il a appris que le café prenait sous ces latitudes, au-delà même de toute espérance. Il est venu chercher ce qu'il estimait être son dû. Et c'est bien à lui que je dois d'avoir assassiné un homme pour la première fois.

– Nous y voilà...

– C'était par une nuit de décembre de 1723. Il faisait une touffeur horrible, une de ces touffeurs tropicales qui vous collent à la peau et qui agacent vos sens à un point que je ne saurais vous décrire. C'est ce soir-là, précisément, que mes véritables ennuis ont commencé... »

Sur les derniers mots de Jaume, la porte vitrée de la rue des Grands-Augustins s'ouvrit soudain et une haleine glaciale envahit la Table des Arts. Dehors, les premiers flocons de neige commençaient à voleter. Dans l'encadrement, un petit bout de femme se tenait droite, les mains dans les poches d'une veste de laine grise trop ample pour elle, un bonnet enfoncé jusqu'au milieu du front. Lorsqu'il la vit,

Virgile esquissa un rictus d'agacement. Aussitôt, avec un geste d'excuses, il se leva et alla farfouiller derrière son comptoir. La petite souris quitta alors sa poche d'ombre et se glissa dans la lumière. Elle possédait des yeux en boules de loto, un nez pointu souligné par un duvet brun disgracieux. Sans un mot, elle se faufila jusqu'à Jaume, ne lui adressa ni un mot ni même un regard, ses globes oculaires fixant avec convoitise le guéridon de marbre. Un sourire extatique sur son visage inquiet, elle sortit soudain sa main droite de la poche de sa veste, chipa les deux mégots dans la soucoupe et les fit disparaître aussitôt dans un petit sac de raphia qu'elle portait à la hanche. Toujours en silence, elle fit demi-tour, glissa jusqu'au comptoir, emporta avec elle deux sacs-poubelles que Virgile lui tendait et disparut dans la nuit.

Afin d'éviter toute question, le bistrotier expliqua en revenant prendre sa place :

« C'est l'inconnue des poubelles. Je l'appelle comme ça parce qu'elle ne m'a jamais donné son nom. Et pourtant, ça fait des années qu'elle vient ici, à la fermeture. À croire qu'elle n'a pas besoin d'un nom. Ou que personne ne l'appelle jamais. Enfin, c'est tout comme.

– C'est une cloche ?

– Non. Il paraît même que c'est une des plus riches de tout le quartier. C'est juste une foldingue. Ça ne manque pas, par ici.

– Elle ramasse les poubelles ?

– Si on veut. C'est plutôt une lubie qu'elle a. Quand la mode de trier les déchets est arrivée, elle a pris ça très au sérieux. Un peu trop, même. Sans doute parce qu'elle n'avait rien d'autre à faire, parce qu'il y avait du vide dans sa caboche et qu'il fallait qu'elle le remplisse.

– C'est un geste citoyen, non ?

– Je n'en sais rien. Mais si trier les déchets, c'est un acte citoyen, alors oui. Elle mérite même la médaille de la Ville.

– Qu'est-ce qu'elle fait de toutes ces poubelles ? »

Virgile s'assit dans un soupir et expliqua, d'une voix amusée :

« Elle les trie, je vous l'ai dit. Mais elle ne les jette pas. Elle les collectionne, même. C'est une maniaque. Je ne suis jamais allé chez elle, mais Pierrot le cheminot, lui, il affirme qu'il y est allé. Et il paraît que les déchets, elle les classe soigneusement, comme si c'était de l'or. Il y en a partout !

– Ça lui est venu comment, cette lubie ?

– Allez savoir... Certains disent que c'est une maladie. D'autres, que c'est à cause des poules.

– Pardon ?

– Des poules, oui. Des poules et des œufs. Un jour, elle s'est dit que c'était dommage d'acheter des œufs, à cause des emballages en plastique. Alors, elle a acheté des poules pour avoir des œufs sans les emballages.

– Vous plaisantez ?

– Pas du tout.

– Des poules ? Dans son appartement ? En plein Paris ?

– Parfaitement. Mais ça n'aurait été rien si elle s'était limitée aux poules. L'inconvénient, c'est que les poules, ça fait des fientes.

– Et alors ? »

Virgile croisa ses bras sur sa poitrine, visiblement satisfait d'avoir, lui aussi, une histoire à raconter. Il expliqua ce qu'il savait de l'inconnue des poubelles :

« Les fientes, elle s'est dit que ce serait criminel de les jeter. Alors, elle a fait du compost. Avec le compost, elle a fait pousser des légumes. Pour arroser les légumes, elle a détourné les gouttières et elle a récupéré l'eau de pluie. Mais il faut croire qu'elle a la main verte, et les légumes, ils ont poussé comme de la misère. Comme elle ne pouvait pas tout manger et qu'elle ne voulait pas les donner ni les vendre, elle a eu l'idée d'acheter un cochon. Et comme le cochon avait l'air triste, elle lui a pris une truie. Maintenant, son trois pièces déborde de poules, d'œufs et de porcelets.

– Si encore elle les mange…

– Non. Entre-temps, elle est devenue végétalienne. Pour moi, toute cette histoire finira mal. Un jour, vous verrez que c'est les cochons qui vont finir par la bouffer, elle.

– Et les mégots ? »

Le bistrotier eut un geste fataliste et marmonna :

« Pareil. Elle les trie. Le tabac pour le compost, et le papier et le filtre pour le recyclage. Elle décolle aussi les étiquettes des bouteilles, l'aluminium des paquets de cigarettes, le plastique des fils électriques. C'est sans fin. En tout cas, c'est ce qu'a dit Pierrot.

– Vous y croyez ?

– À peu près autant que je crois à ce que vous racontez. Je ne suis jamais allé chez elle et je ne peux donc pas savoir si c'est vrai. Quant à vous, vous n'êtes pas encore arrivé au bout de votre histoire… »

CHAPITRE IV

Comment Jaume reçut d'un officier brésilien un coup d'épée assassin afin de sauver l'honneur et la vertu de madame d'Orvilliers. Et comment il ressuscita d'entre les morts et tout ce qui s'ensuivit.

Morgue disparu, Jaume passa les deux années qui suivirent à cultiver son jardin, même s'il ne s'agissait pas à proprement parler du sien, puisque celui-ci se trouvait sur les terres de monsieur de la Motte-Aigron. Dans la fournaise et l'humidité constante de Cayenne, les plants de café eurent tôt fait de retrouver leur vigueur et le jeune homme s'émerveilla de la rapidité avec laquelle n'importe quelle graine pouvait germer. Loin des vicissitudes des grandes villes, dans le silence de ce bourg que rien ou presque ne venait troubler, il prit bien vite l'habitude de séparer ses journées en deux parties égales. Le matin, avec l'aube, il se rendait auprès de ses chers caféiers. Là, il désherbait, binait, arrosait, vaporisait et taillait ses plans, se félicitant quotidiennement de les voir croître et forcir. Puis, il répétait les mêmes opérations avec les légumes, les arbres fruitiers, les baies et les fleurs qu'il avait lui-même plantés. Recevant par monsieur de la Motte-Aigron le gîte et le couvert, étant gracieusement blanchi par les esclaves, il n'avait besoin de rien, sinon du superflu. Avec le produit de la vente de ses cultures au marché de Cayenne, il put rapidement acquérir suffisamment de menue monnaie afin que son gosier ne manque jamais d'eau-de-vie ni sa pipe de tabac à fumer. Une fois la quinzaine, il s'offrait aussi une gourmandise, des massepains croustillants et dorés composés dans des proportions idéales de poudre d'amandes, d'œufs et de sucre.

L'après-midi, Jaume la passait essentiellement à lire. Après l'Ancien et le Nouveau Testament, il piocha dans la bibliothèque du gouverneur en second de Guyane des ouvrages que celui-ci n'avait d'ailleurs jamais eu l'idée d'ouvrir mais qui, par leur seule présence dans les étagères en bois de manguier qui trônaient dans la salle de réception, conféraient à l'administrateur tout le lustre de celui qui sait. À l'ombre de ses plantes caulescentes ou épiphytes, de ses filaos, de ses flamboyants, de ses sénés ou d'une haie de cannes et bambous formant une muraille sur laquelle même le noroît venait à buter, Jaume dévora le Coran et le Talmud. Puis, ce furent les pièces des dramaturges grecs et romains, les poésies de Jean Marot, Guillaume Coquillart, Villon, Ronsard et du Bellay.

Les yeux dans le vague, Jaume se souvint avec amusement :

« Je lus tout ce qui tombait sous ma main. Des textes sacrés et des traités d'entomologie, des livres de loi et des récits de voyages, des journaux, des précis de botanique et de marine, des saynètes et des épopées, des pensées, des recueils de philosophie.

– Ça vient donc de là que vous êtes aussi instruit?

– Je ne pense pas être très instruit, mon cher Virgile. Plus je lis, plus le temps passe, et moins je conçois notre monde tel qu'il va. D'ailleurs, à l'époque, je ne comprenais strictement rien à tout ce que je lisais. À part Rabelais qui me fit rire aux larmes, je lus *in extenso* tous ces ouvrages de la grande bibliothèque en bois de manguier pour simplement me désennuyer.

– Ça a marché?

– En un sens, oui. Mais en un sens, seulement... »

Chaque soir, Jaume regagnait sa chambre meublée de façon spartiate, les yeux brûlants d'avoir compulsé tant d'ouvrages savants, l'esprit tout bourdonnant encore de mots pour lui sans réelle consistance mais qui l'apaisaient. Son existence parfaitement rangée le satisfaisait pleinement. Les esclaves le prenaient pour un lettré et le traitaient ainsi avec déférence. Monsieur de la Motte-Aigron le tenait, lui, pour un imbécile voulant poser. Quant à son épouse, elle l'avait définitivement rangé au rayon des hurluberlus sans le moindre intérêt.

« Cette madame de la Motte-Aigron? Est-ce qu'elle était belle, au moins? s'enquit Virgile.

– Affreuse. Elle possédait tout de la guenon acariâtre et masquait sa calvitie par des perruques qu'elle portait, disaient les chambrières, même la nuit. Elle ne supportait ma présence que parce que je cultivais des plants de caféiers qui, sans doute, permettraient au couple de regagner les faveurs de la Cour et, par là même, de revenir en métropole.

– Alors, vous étiez vraiment seul ? Sans ami ?

– Aucun.

– Sans bonne amie ?

– Aucune.

– Et pour les... Comment dire ? Vous étiez bien jeune, quand même. Et les...

– Les plaisirs de la chair ?

– Si vous voulez. Vous aviez tout juste la vingtaine...

– Et il faut bien que le corps exulte, vous avez parfaitement raison. Pour cela, je faisais appel aux bons offices de Perrine.

– Une nouvelle histoire d'amour ? »

En tendant une cigarette à son hôte, Jaume rectifia :

« Non, pas du tout. Perrine, malgré son prénom de paysanne normande, était en fait une Indienne tupi qui vivait avec les esclaves et qui s'était donné pour fonction de satisfaire tous les appétits sexuels de la maison, mâles comme femelles. Ni belle ni laide, ni petite ni grande, ni jeune ni vieille, pas plus bête qu'intelligente, elle était sourde et muette et s'offrait tout simplement à qui en éprouvait le besoin, sans simagrées, sans serment, sans complication aucune. Grâce à ses talents, toute la demeure vivait dans la paix et je me suis longtemps demandé – et je me demande encore, d'ailleurs – si Perrine était une simple souillon mal dégrossie ou bien un génie ayant poussé l'art de la philosophie jusqu'à la perfection. »

La félicité de Jaume, peuplée de livres qu'il ne comprenait pas et de coups de reins qu'il donnait sans aimer ni être aimé en retour, aurait pu durer une éternité. Hélas, alors qu'un matin le jeune homme taillait avec paresse un plant de roses incarnates qui menaçait d'envahir et d'éliminer par sa présence anarchique tout un parterre d'orchidées cespiteuses, l'amour vint cogner à nouveau à la porte de son cœur. Cette fois, l'affaire était différente. Il ne s'agissait plus d'une quelconque Blanche Beaupré, d'une jeune chatte faisant ses griffes sur le cuir trop tendre d'un godelureau. Ce n'était pas une poupée capricieuse, un tendron sans réelle perversité, une fillette de bourgeois s'amusant à singer les dames, une gamine empanachée de soie, non. Il s'agissait d'une vraie femme, la première à entrer de plain-pied dans la verte existence de Jaume.

Virgile profita d'un silence pour écraser du bout de sa braise la cendre qui se trouvait dans la soucoupe. Lui aussi, il avait connu une femme lorsqu'il était jeune, une vraie. Cette histoire l'avait tourneboulé à un point qu'il ne s'expliquait encore pas aujourd'hui mais, autant par pudeur que par politesse, il se borna à demander au professeur :

« Elle était vraiment gironde ? »

Jaume prit le temps de la réflexion. Puis, avec circonspection, il répondit :

« Dans ce genre d'affaires, la beauté est secondaire. Victor Hugo lui-même évoquait les couples mal assortis, les biches préférant de vulgaires sangliers aux beaux cerfs. La dame dont je vous parle s'appelait, de son nom de jeune fille, Marie-Claude de Vic de Pontgibaud. Je n'ai jamais su son âge, car ce ne sont pas des questions que l'on pose à une dame, mais des pattes d'oie au coin des yeux et un peu de mollesse dans le cou laissaient supposer qu'elle était née bien avant le siècle. Vous la décrire avec exactitude, je ne le pourrais pas. Cela nécessiterait des talents d'artiste que je ne possède pas. Pour vous en faire tout de même une idée, dites-vous seulement qu'elle était grande, élancée, corsetée à ravir du matin jusqu'au soir et que sa taille appelait tout à la fois l'étreinte et la caresse. Sa peau, d'une blancheur de lait, était rehaussée sur le bord de la lèvre supérieure par un grain de beauté factice, une jalousie. Quant à ses yeux, ils brillaient d'un feu incroyablement doux, à la façon de deux gouttes d'indigo. Lorsqu'elle daignait les laisser glisser sur vous, ils devenaient des promesses de voyages au long cours, de ces traversées dont l'on ne sort jamais indemne et pour lesquelles on prie afin que nul port ne vienne mettre un terme à cette errance. »

Marie-Claude de Vic de Pontgibaud était l'épouse de Claude Guillouet d'Orvilliers, premier gouverneur de Guyane. Lui, de dix ans son aîné, était un homme mûr, au cuir tanné, qui finissait son existence à Cayenne après avoir traversé une vie de fer et de feu. Né dans l'archipel des îles Sous-le-Vent, aux Antilles, il avait tout connu des horreurs de la guerre durant lesquelles son comportement valeureux lui avait permis de sortir du rang. Au Canada, il avait gravi les échelons un à un, de lieutenant à capitaine, puis de capitaine à commandant de compagnie. Il avait combattu au corps à corps les redoutables Tsonnontouans, des Indiens de la tribu des Iroquois qui vivaient alors dans l'île que les Anglais baptiseraient un jour Manhattan. Au Québec, il s'était colleté avec la même fougue aux redoutables Hurons avant de frôler la mort de la manière la plus bête qui soit, puisqu'il avait failli succomber sur un vaisseau à des brûlures causées par l'explosion d'une chaudière défectueuse. Chevalier de Saint-Louis, puis lieutenant du Roi-Soleil par la grâce de Dieu, il s'était établi avec sa charge de premier gouverneur de Guyane en l'an 1716.

« Vous parlez de lui avec beaucoup d'admiration, s'étonna Virgile. Il était pourtant le mari, votre rival, non ?

– Lui ? Mon rival ? Vous plaisantez ?

– Pourtant, vous disiez que vous étiez toqué de Marie-Claude de Vic de je ne sais plus trop quoi…

– Pour être rivaux, il aurait fallu que je puisse seulement être comparé à monsieur d'Orvilliers. Et j'étais bien loin du compte. Nous ne fréquentions pas les mêmes bacs à sable, si vous me permettez cette expression triviale, bien que parfaitement imagée. Je ne vous ai révélé pour l'instant que quelques-uns de ses hauts faits. Mais si vous aviez pu le connaître, vous auriez compris immédiatement que monsieur d'Orvilliers était le meilleur des hommes. Ferme lorsqu'il rendait la justice, mais clément tout de même, il ne sacrifiait jamais l'esprit à la lettre. Généreux par nature, ne se haussant pas du col, ne faisant cas de ses multiples titres que lorsque cela était absolument nécessaire, d'une intelligence rare, il était de surcroît le mari le plus bienveillant que l'on puisse imaginer, redoublant au quotidien d'attentions pour son épouse et semblant même s'excuser de lui imposer la vie sur cette terre privée des lumières de l'Europe. De plus, il avait tellement massacré d'Indiens dans sa carrière qu'il était sans doute dégoûté de cet exercice puisque, dès son arrivée à Cayenne, il n'a eu de cesse d'entretenir les meilleures relations qui soient avec les Tupis en aidant au développement de la mission jésuite de Kourou.

– Vous le voyiez souvent ?

– Hélas oui, si j'ose dire… »

Tous les jours, ou presque, monsieur d'Orvilliers se rendait en effet chez monsieur de la Motte-Aigron au prétexte de s'entretenir des affaires courantes et de veiller à la bonne acclimatation des plants de caféiers en terre de Guyane. En réalité, il s'était pris d'amitié pour Jaume. Celui-ci avait l'âge d'être son fils. Il se mit donc bientôt à le traiter comme tel, à lui apporter des ouvrages de sa bibliothèque personnelle et à partager avec lui ses propres émois de lecteur. Dans un rituel bien réglé, il discutait avec son protégé de tout et de rien, évoquait quelques souvenirs. Puis, il allait s'installer sur un fauteuil de velours qui l'attendait sous la pergola. Pendant que Jaume s'occupait de son jardin, une esclave apportait au premier gouverneur une guitare espagnole de bonne facture dont il tirait les plus merveilleuses mélodies faites de gigues, passacailles, gavottes, bourrées, menuets et rondeaux, pour la plupart des œuvres créées par Robert de Visée, nouvellement nommé « Maître de guitare du Roy ».

Parfois, il arrivait que monsieur d'Orvilliers effectue le court déplacement depuis chez lui jusqu'à la demeure de monsieur de la Motte-Aigron en compagnie de son épouse. Ces jours-là, la douce félicité de leur rencontre quotidienne devenait pour Jaume un véritable enfer. Pendant que le mari jouait de la guitare, madame le premier gouverneur, abritée du soleil par une ombrelle qu'une esclave tenait à bout de bras, se promenait dans le jardin du jeune homme. Avec une malice toute féminine, elle s'amusait à le frôler, à le fixer de ses yeux lapis-lazuli jusqu'à le faire rougir des pieds à la tête, à l'envelopper de son parfum où se mêlaient l'ambre et la vanille dans de capiteux accords. Lui, incapable de répondre à ses questions badines autrement que par des grognements et des onomatopées, s'embrouillait dans les gestes les plus simples, se piquait aux épines des roses de porcelaine et, plus d'une fois, il dut faire panser ses doigts victimes des morsures de sa serpette ou de ses sécateurs.

Avec un nouveau soupir, Jaume poursuivit :

« J'ignore encore aujourd'hui si monsieur d'Orvilliers se rendait compte de ce manège. Son épouse, en revanche, semblait s'amuser beaucoup de mon trouble. Quoi qu'il en soit, chaque nuit suivant leur visite, je transpirais d'abondance dans un sommeil agité – et soyez bien sûr que ces émois ne devaient rien aux effets de la chaleur. Je faisais des rêves de bête sauvage, de satrape, durant lesquels je décorsetais l'épouse de mon ami afin de lui faire subir les pires outrages qui soient.

– Vous l'avez appelé : “mon ami” ?

– J'ai dit ça ? C'est bien possible, après tout. De la même façon que je ne comprenais rien aux livres que je lisais, je crois que je n'entendais rien non plus à l'amour ni même à l'amitié. Madame d'Orvilliers me plaisait, jusqu'à la déraison. Cependant, je crois que pour rien au monde je n'aurais accepté ses faveurs.

– Vous en êtes sûr ? »

Une main sur le cœur, Jaume se récria :

« Pour garder l'ami, j'aurais mille fois préféré continuer à souffrir en silence. Je le jure.

– Et si elle était venue vous trouver une nuit, complètement nue ? Vous seriez resté fidèle à votre ami ?

– Il est des questions qu'il vaut mieux, parfois, ne pas se poser de peur d'avoir à en entendre la réponse. Madame d'Orvilliers, je le dis encore aujourd'hui, s'est simplement contentée de badiner avec moi. Enfin, jusqu'à ce satané soir, en tout cas...

– J'avais raison, alors ? Vous avez couché avec elle ?

– N'insistez pas. Je vous ai déjà dit que non. L'amitié est une chose sacrée, entre deux hommes. Du moins, elle devrait l'être. »

Virgile avait eu un ami, autrefois. Un véritable ami, loin de la camaraderie beuglante et éphémère des comptoirs. Ils se considéraient, pour ainsi dire, comme deux frères. Un jour, pourtant, ils firent la connaissance d'une jeune fille qui parvint à se glisser entre eux à la façon d'une clématite, d'un lierre, et à faire se lézarder leur fraternité à coups d'avances pour l'un, de petites attentions pour l'autre, de confidences pour le premier, de mains frôlées pour le second. Virgile raconterait peut-être cela à Jaume, lorsque le temps serait venu.

Agacé, le bistrotier leva subitement les yeux en direction du plafond et finit par grincer entre ses dents :

« Lorsque le temps sera venu. C'est ça, oui...

– Pardon ?

– Rien. Alors ? Qu'est-ce que vous avez fait, finalement ? »

Jaume se recula sur sa banquette et laissa tomber, avec gravité :

« Moi ? Rien. C'est le destin qui est venu mettre un terme à cette situation.

– Et quelle tête avait-il, votre destin ?

– Celle d'un méchant homme, je vous assure. Il s'appelait Dom Francisco de Melo Palheta. Il était sergent-major dans l'armée impériale du Brésil et avait été envoyé en mission diplomatique en Guyane par Dom João Maia da Gama, gouverneur de son état des provinces de Grão Para et du Maranhão. Ce Palheta était un bellâtre sans foi ni loi. Et c'est à lui que j'ai dû d'être transpercé de part en part et d'être, par la suite, ressuscité d'entre les morts par un tour que je ne m'explique toujours pas complètement aujourd'hui.

– Il vous a tué et vous avez ressuscité ?

– Oui. Et je suis revenu à la vie dans des circonstances très étranges que je vais vous raconter maintenant… »

Afin de se dégourdir les jambes, mais aussi pour bien signifier à Virgile que ce qu'il allait lui révéler était de la plus haute importance, Jaume se leva. Les mains croisées dans le dos, le front penché vers le sol où, par endroits, le carrelage s'écaillait, il toussota afin d'éclaircir sa voix. Puis, il entama son récit :

« Ce Palheta, je le répète, était un méchant homme, un coureur, un séducteur invétéré. Toujours tiré à quatre épingles, la poitrine large, l'œil charbonneux et la moustache fièrement cirée, il arborait sur le devant de son uniforme des rangées entières de médailles qui étaient sans doute de pacotille, mais qui en imposaient au premier regard. La nature l'avait abondamment gâté. Il était grand, son sourire découvrait deux rangées de dents parfaites, il portait le front haut et ses bottes lustrées avec application claquaient fièrement à chacun de ses pas. De plus, il s'exprimait dans un français parfait, si ce n'était ce petit accent sud-américain qui fait sourire les hommes, et les femmes se pâmer. Officiellement, son voyage à Cayenne avait pour objectif de poser les bases d'une coopération active sur le cas de l'Oyapock qui dessinait une frontière séparant la France du Brésil. Ce fleuve, emprunté par quelques pêcheurs et de multiples trafiquants, contrebandiers et orpailleurs, était devenu des plus difficiles à contrôler. Le traité d'Utrecht avait transformé ce cours d'eau en une pomme de discorde et il était devenu nécessaire de statuer sur son sort. »

Le premier gouverneur de Guyane reçut le sergent-major et sa petite délégation avec tous les honneurs dus à leur rang. Pour eux, il réquisitionna une demeure voisine qu'il fit entièrement badigeonner à la chaux vive afin d'en éliminer toute la vermine. Il choisit lui-même le personnel de maison et prit grand soin de désigner comme cuisinier un franco-brésilien à la peau blanche qui avait vu le jour à Belém, ville dont était originaire Dom Francisco Palheta, et qui, de ce fait, était parfaitement capable d'alterner au cours d'un même repas les spécialités culinaires françaises et brésiliennes. Une réception officielle eut lieu avec la présence de tous les notables de la ville – bourgeois, négociants, marchands et hommes d'Église –, un banquet gargantuesque fut préparé et, durant toute la journée, un orchestre de cuivres interpréta *vivacissimo* des pièces lusitaniennes et françaises. À cette occasion, madame d'Orvilliers apparut sous le soleil éclatant dans une robe d'un blanc immaculé rehaussé de petites faveurs jaune pâle, afin de rappeler les deux couleurs qui composaient alors le pavillon des princes du Brésil. Comme il était de coutume, l'on mangea beaucoup et l'on but plus encore, du vin de France et du vin d'Algarve, du porto et des eaux-de-vie de Cognac et d'Armagnac.

S'interrompant au milieu de cette description, Jaume se planta devant Virgile. Les mains toujours croisées dans le dos, il redressa son front et le fixa avec plus d'intensité, en silence, avant de poursuivre sa marche à pas comptés. D'une voix plus sourde, il expliqua :

« Par un effet de la bonté de monsieur d'Orvilliers, j'étais présent, moi aussi, à ces agapes. Pas parmi les invités de marque, bien entendu. Mais j'étais en compagnie des marchands et mon bienfaiteur, pour l'occasion, m'avait même offert quelques habits usagés lui appartenant car nous possédions à peu près les mêmes mensurations. La fête fut belle, je vous le promets. Mais je vous promets aussi que mon sang ne fit qu'un tour lorsque je vis madame d'Orvilliers, ma très chère Marie-Claude de Vic de Pontgibaud, devenir peu à peu la proie de ce Brésilien de malheur.

– La proie ? Vous poussez un peu, non ?

– La proie. Je pèse mes mots. Palheta était un prédateur, bien plus encore qu'un séducteur. Et de la pire engeance qui soit, vous pouvez me croire sur parole. Il ne faisait pas partie de ces matamores qui étalent sans fin leurs exploits guerriers pour impressionner les cœurs les plus ingénus. Il n'était pas un roucouleur de poésies, un bonimenteur de compliments acidulés, et ne posait pas non plus à l'aventurier ou au scientifique qui a fait plusieurs fois le tour de notre globe pour, finalement, revenir à son point de départ. Palheta était intelligent, du moins possédait-il l'intelligence des femmes. Au premier coup d'œil, il avait parfaitement compris que tous les artifices que je viens de citer, terriblement efficaces sur les idiotes et les écervelées, ne lui seraient d'aucun secours dans le cas de madame d'Orvilliers. Aussi, après l'avoir saluée comme le protocole l'exigeait, il ne fit plus aucun cas de sa présence.

– Drôle de manière de draguer… »

Avec un rictus agacé, Jaume corrigea :

« Il ne s'agissait pas de draguer, monsieur Virgile. Il s'agissait de séduire. Et le sergent-major, s'il ne s'était jamais illustré sur quelque champ de bataille que ce soit, possédait en revanche un sens de la stratégie amoureuse des plus aboutis. Après avoir ostensiblement ignoré sa proie, ce diable d'homme commença à couler vers elle de petits regards. Désinvoltes, tout d'abord. Puis, plus appuyés. Madame d'Orvilliers s'ennuyait, c'était une évidence. Alors, toujours par le regard, il lui fit comprendre que lui aussi. Durant toute l'après-midi, cela devint un jeu entre eux, une complicité. Une bourgeoise couverte de bijoux et fagotée de brocarts venait faire la conversation à madame le premier gouverneur ? Palheta observait la scène, de loin, avec un sourire. Et madame d'Orvilliers se retenait de pouffer. Un gros marchand faisait le siège de Palheta et multipliait jusqu'au ridicule les révérences afin d'obtenir ses bonnes grâces ? C'était elle qui, toujours de loin, se mettait à rire.

– Et le mari, dans tout ça ?

– Monsieur d'Orvilliers ? Il ne se rendait compte de rien. Ou, peut-être, faisait-il semblant de ne rien voir. Comme lors des badinages de son épouse, dans mon jardin. Puis, mon bienfaiteur était un homme âgé, usé. Que pouvait-il faire face à un étalon brésilien aussi sournois, vif et madré que Palheta ? De plus, les relations entre les deux pays étaient déjà tendues, à cause de ce traité d'Utrecht. Provoquer en duel le sergent-major n'aurait fait qu'empirer les choses et, à coup sûr, monsieur d'Orvilliers y aurait perdu, en plus de son épouse, sa propre vie.

– Vu comme ça…

– Dans mon coin, je suivais tous ces jeux en silence, en me mordant les lèvres pour ne pas déclencher un scandale. Je bouillais intérieurement et madame d'Orvilliers – qui était une fine mouche que je découvris ce jour-là experte en perversité – s'amusa bientôt tout autant des œillades de Palheta que de mon état mortifié. Lorsque vint le soir, je regagnai ma chambre en pleurant, les oreilles pleines des flonflons *vivacissimi* de l'orchestre de cuivres, le cœur au bord des lèvres et le sang en feu. »

À pas lents, Jaume revint s'asseoir sur un bout de banquette. Au passage, Virgile lui donna une tape amicale sur le dos. Puis, gêné par son propre geste, il lança d'une voix faussement enjouée :

« Allez ! Encore un petit rhum pour oublier tout ça, monsieur Jaume ! Il ne faut pas avoir de mémoire pour ce genre de choses. »

Pendant que l'alcool coulait dans les petits verres, le professeur reprit le fil de son récit :

« Cette réception n'était hélas que le début de ma descente aux enfers. Durant quinze jours, mon bienfaiteur ne vint pas me rendre une seule visite, sans doute trop occupé par les devoirs qu'imposait la charge de premier gouverneur. Moi, j'en oubliais jusqu'à arroser mes plants de caféiers qui, pourtant, s'alourdissaient des premières cerises. Je tombais dans une profonde mélancolie dont même les bons soins de Perrine ne parvenaient pas à me tirer. Sans appétit, sans entrain, sans aucun goût pour rien, je ne lisais même pas et je séchais sur pied, ne voyant plus l'instant où ce Brésilien quitterait enfin la Guyane. Cet instant arriva pourtant. Tout se joua une nuit, aux environs d'une heure du matin… »

Prostré sous ses draps, Jaume dormait d'un sommeil agité lorsqu'il fut réveillé par des bruits de pas montant du fond du jardin. Inquiet, il se redressa sur son lit et attendit. Les piétinements reprirent. Il s'arma alors de sa serpette et, dans le plus grand silence, il se leva et quitta sa chambre. Dehors, un alizé poisseux d'humidité semblait engluer la muraille de bambous et de cannes. En plissant les yeux, il aperçut grâce à la clarté de la lune deux silhouettes qui s'affairaient près des plants de caféiers. À pas de loup, il s'approcha, prenant bien garde de ne pas faire craquer la moindre brindille. Lorsque, toujours courbé, il s'immobilisa derrière le plus grand des massifs de roses de porcelaine, il découvrit enfin ce qui se tramait. À cet instant, il eut le souffle coupé et éprouva la sensation vertigineuse que le monde s'évanouissait sous ses pieds. Malgré lui, il poussa un gémissement. Aussitôt, les deux ombres se retournèrent. Madame d'Orvilliers, la gorge à peine couverte par une écharpe de soie, le dévisagea avec un mélange de gêne et de stupeur. Près d'elle, la pelle à la main, Dom Francisco de Melo Palheta se tenait immobile, ne sachant pas encore quelle posture adopter.

Alors que madame le premier gouverneur de Guyane allait tenter une explication, Jaume s'avança dans la lumière laiteuse et questionna d'un ton sec :

« Madame ? Vous ici ? Et avec ce monsieur ?

– Jaume, attendez. Je peux tout vous expliquer.

– Je ne veux aucune explication. Tout ce que je désire, c'est que ce monsieur ôte ses mains de mes plants de caféiers.

– Jaume ! C'est mon époux, monsieur d'Orvilliers, qui a donné au seigneur Dom Palheta l'autorisation de prélever quelques-uns de vos arbustes !

– Au milieu de la nuit ? Et comme un voleur, en plus ? Monsieur ! Lâchez cette pelle et quittez mon jardin immédiatement. Dès demain, j'irai tout rapporter à mon bienfaiteur. »

Avec une docilité apparente, le sergent-major s'exécuta. Puis, dessinant sur son visage le sourire le plus affable dont il était capable, il tenta d'entamer le dialogue :

« Jeune homme, si j'ai lâché ma pelle, il est juste aussi que vous lâchiez votre serpe, non ? Je suis venu ici en ami, voyons...

– Avec moi, ça ne prend pas ! Non seulement vous venez me voler mais, en plus, vous le faites de nuit, comme un lâche et un couard ! »

Les poings serrés le long du corps, madame d'Orvilliers s'insurgea :

« Jaume ! Je vous interdis de parler ainsi à notre invité ! Il s'agit d'un homme de qualité, je vous le rappelle.

– Sa principale qualité, c'est d'être un voleur. Et je me doute que, si vous êtes ici avec lui, c'est parce qu'il vous a forcée à le suivre, n'est-ce pas ?

– Jaume…

– Dites-moi que c'est cela, madame. Je vous en prie, dites-le-moi. Si ce n'était pas ça, ce serait indigne de vous. Ce serait… Ce serait sale.

– Jaume, ce n'est pas ce que vous croyez…

– Vous ne pourriez pas être infidèle à monsieur votre mari, n'est-ce pas ? En tout cas, pas avec ce ratisse-cuir, avec ce vilain, avec ce… »

Aussitôt, Dom Francisco s'approcha. D'une main ferme, il tira son épée et gronda :

« C'est moi que tu traites de voleur et de ratisse-cuir ?

– Oui, monsieur ! Et je vous… »

Les derniers mots de Jaume restèrent coincés dans sa gorge. D'un seul mouvement du bras, le sergent-major avait planté son épée au niveau du cœur et l'avait retirée avec la même rapidité. Interdit, ne comprenant même pas qu'il souffrait, le jeune homme demeura un instant bouche bée. Ses yeux passèrent du militaire à madame d'Orvilliers. Puis, il s'écroula, face contre terre, plus mort qu'aucun être ne le fut sans doute jamais.

Après s'être gratté le crâne du bout de ses doigts formant un peigne, Virgile s'étira et nota que l'horloge murale indiquait maintenant 21 heures passées de quelques minutes. Il croisa posément ses bras sur son estomac et, considérant Jaume d'un air tout à la fois admiratif et incrédule, il grommela :

« Vous êtes quelqu'un, vous…

– Pardon ?

– Votre histoire. J'y étais, moi. La peste de Marseille, l'Afrique, les caféiers, le voyage en bateau, Perrine et les époux d'Orvilliers. Et je ne parle même pas de votre Palheta. Celui-là, vous l'avez réussi comme pas un !

– Je vois que vous ne me croyez toujours pas…

– Mais si, au contraire ! J'y crois puisque je vous ai dit que j'y étais. D'ailleurs, vous pourriez peut-être même en faire un livre ou un film, de votre histoire. Ce serait du tonnerre.

– Vous trouvez ? »

Le bistrotier se leva et, tout en ramassant son torchon sur le marbre du guéridon, il confirma :

« Oui. Mais je me demande quand même une chose. Où est-ce que vous allez chercher tous ces détails ?

– Je n'ai rien cherché du tout. J'ai réellement vécu ce que je vous ai raconté, voilà tout.

– C'est ça, oui…

– Je vous le jure sur tout ce que j'ai de plus cher au monde. Je suis bien mort pour la première fois à Cayenne, en 1725, d'un coup d'épée en plein cœur.

– Pour la première fois. Parce qu'il y en a eu d'autres, je suppose ? »

En allumant une cigarette qu'il tendit aussitôt à Virgile, Jaume soupira :

« Des dizaines, que l'on pourrait même multiplier par d'autres dizaines. À dire vrai, je ne les ai pas comptées.

– C'est pourtant des choses qui marquent, non ?

– Les premières fois, sans doute. Après, c'est comme tout. On s'habitue.

– Vous êtes drôle, vous, alors…

– Pas tant que ça, non. »

Subitement, le bistrotier reprit sa place sur sa chaise. Se penchant par-dessus le guéridon, il questionna :

« Et comment vous vous y êtes pris, pour ressusciter ?

– Ça vous intéresse donc ?

– Ma foi… Mourir, c'est à la portée de tout le monde puisque, fatalement, tout le monde finit par mourir un jour. Mais ressusciter, c'est une autre musique. Comment avez-vous fait ? »

Jaume expira une profonde goulée de tabac blond qui alla rejoindre les autres, en strate mouvante au milieu de la pièce. Puis, il présenta les choses de son mieux :

« Sincèrement, je ne sais pas. Tout ce que je peux vous dire, c'est que lorsque j'ai ouvert les yeux, j'étais dans une cabane crasseuse, couverte de mouches, au cœur d'une mangrove située non loin du hameau de Montsinéry-Tonnegrande.

– Vous étiez seul ?

– Non. Morgue était là. Il était assis près de moi et il taillait un bout de bois en attendant que je me réveille ou que je me rendorme définitivement… »

Après le coup d'épée qui avait été fatal à Jaume, les choses s'étaient brusquement accélérées dans le jardin où s'était déroulé le drame. Le sergent-major Palheta, malgré son coup de sang, n'avait pas perdu le nord. Délaissant madame d'Orvilliers tombée à genoux près du corps inerte, il avait pris le temps de reprendre sa pelle pour finir sa besogne. Moins d'une heure plus tard, en compagnie des membres de sa délégation, il quittait la Guyane à bride abattue, emportant avec lui une dizaine de plants de caféiers parmi les plus beaux. Grâce à lui, les plaines fertiles de la province de São Paulo regorgeraient bientôt d'un café qui allait faire pour un temps la fortune du Brésil. Madame d'Orvilliers, pour sa part, après s'être remise de sa stupeur, rejoignit sa demeure en catimini et demeura dans sa chambre trois jours et trois nuits durant, prétextant une fièvre subite. Le corps de Jaume, officiellement déclaré mort par un boucher faisant aussi office de carabin, fut jeté en fosse commune et, si monsieur d'Orvilliers éprouva quelque peine, celle-ci se dissipa bien vite et les choses reprirent leur cours normal en terre de Guyane.

« Et Morgue ? Comment avait-il fait pour vous retrouver ? s'inquiéta Virgile.

– Lui ? Après avoir quitté Cayenne, il avait à nouveau exercé mille et un métiers en France, ne se fixant toujours nulle part, buvant tant et plus, tempêtant à qui mieux mieux lors de ses crises d'ivrognerie contre le roi qui lui avait volé sa fortune de café. Les hasards de la vie l'avaient à nouveau fait échouer en Guyane, du côté de Maripasoula. Trop affaibli désormais pour être un voleur, il s'était établi mendiant. À chaque nouveau décès, il courait au cimetière pour faire la quête. Lorsque la procession se dispersait, il fouillait les cercueils à la recherche d'un habit, d'une paire de chaussures, d'un crucifix ou d'une perruque à revendre. Il gagnait ainsi sa vie misérable sur le dos des morts et, lorsqu'il m'a vu dans la fosse commune, il n'a pas eu d'états d'âme. Il m'a tout d'abord volé mes bottes, de belles bottes en cuir à peine usées dont monsieur d'Orvilliers m'avait fait la charité. Quand il a commencé à s'en prendre à ma veste, c'est là qu'il s'est aperçu que je vivais encore.

– Le toubib s'était trompé ?

– Il faut le croire. Toujours est-il que Morgue m'a tiré de là et qu'il m'a traîné jusque chez lui, dans sa cabane. S'il ne m'a jamais rendu mes bottes, il m'a veillé et, pour me nourrir, il m'a donné à boire un breuvage qu'il avait lui-même préparé à base de guildive, de miel et d'eau puisée dans le cours de la rivière. »

À ce régime, il fallut plusieurs semaines avant que Jaume ne commence à se remettre sur pied. Mangé de vermine, ne se nourrissant que de cette décoction, son corps se couvrit bientôt d'escarres et il commença à perdre ses dents. Dans le même temps, ses cheveux partirent à pleines poignées et, s'il ne devint pas tout bonnement aveugle, sa vue baissa tant qu'il ne put distinguer bientôt plus que des formes sans contours précis. Un jour, contre toute attente, un regain d'énergie lui traversa subitement le corps. Avec mille difficultés, il parvint à s'asseoir, puis à se mettre debout et, sur ses jambes flageolantes, il effectua ses premiers pas au grand soleil.

Après avoir porté une nouvelle fois son verre à ses lèvres, Jaume poursuivit :

« J'avais reçu un coup d'épée qui m'avait transpercé le cœur et j'aurais dû, selon toute logique, mourir sur place. J'avais croupi dans une cabane jonchée d'excréments, de boue et de sangsues et, pourtant, j'avais survécu. Mais le plus étonnant, dans cette histoire, reste encore à venir… »

À partir de l'instant où le jeune homme parvint à marcher à nouveau, il ne lui fallut pas plus de dix jours pour retrouver l'essentiel de ses capacités physiques. Plus étrange encore, ses cheveux se mirent à repousser, plus drus et plus fournis encore qu'auparavant. Des dents, bien blanches et bien plantées, pointèrent à nouveau à ses gencives et sa vue redevint aussi perçante qu'autrefois. Quant à ses escarres, elles disparurent du jour au lendemain, sans laisser la moindre cicatrice ni la plus petite trace.

Avec fougue maintenant – et pendant que Virgile sentait contre sa langue les bridges mal ajustés qu'il avait dû se résoudre à faire poser –, le professeur précisa :

« J'ignorais totalement pourquoi mais, à chaque jour et même à chaque heure qui passait, mon corps, mon pauvre corps, se gonfla d'une énergie vitale que je n'avais encore jamais ressentie avec autant de puissance. J'étais bientôt plus robuste et plus souple que lorsque j'égorgeais des agneaux et des truies dans l'échoppe de mon père, à Marseille. Je me sentais plus endurant encore que lors de mon interminable voyage qui m'avait mené à pied du port de Djibouti à la plantation de la forêt de Bourca. Grisé par cette force nouvelle, je voulus l'étrenner et, un matin, je partis à l'embauche dans un champ de cannes voisin afin de gagner quelques sous. Là, malgré la chaleur écrasante et le manque de nourriture, le miracle se confirma, au-delà de toutes mes espérances. La machette bien en main, je travaillais comme dix hommes. Je taillais, je coupais, je fauchais et je mettais à bas les cannes à sucre avec une violence et une facilité qui me surprenaient moi-même. Lorsque mes compagnons de peine s'interrompaient pour prendre quelques instants de repos ou se désaltérer, je poursuivais ma besogne, parfaitement léger, jamais essoufflé, ne souffrant pas de mes muscles qui auraient pourtant dû, à ce régime, être durs comme de la pierre.

– Un miracle ?

– Si l'on veut. Le soir, le contremaître me paya mon dû et me fit promettre de revenir, dès le lendemain. Je promis. Sur le retour, j'achetai deux bouteilles de rhum et un poulet rôti. Je bus les deux bouteilles jusqu'à la dernière goutte et je léchai jusqu'aux os du poulet. Le jour suivant, sans avoir dormi plus de deux heures, je me présentai à nouveau à la plantation. Hélas, si le contremaître était ravi de me revoir dans son champ, mes *alter ego* l'étaient largement moins. Je travaillais à leur goût beaucoup trop bien et, surtout, beaucoup trop vite. Dès que le contremaître tourna le dos, ils commencèrent à me maudire. Puis, à m'insulter. Le ton monta. Alors que j'allais gagner mon rang de cannes, un Nègre mal embouché me cracha au visage. Je lui répondis par une bourrade qui l'envoya valdinguer à cinq mètres. Celui-ci saisit alors sa machette et, sans prévenir, il me lacéra le ventre au-dessous du nombril, dans le sens de la largeur.

– Nom de Dieu !

– Aussitôt, mes boyaux apparurent au soleil et les coupeurs de cannes, par crainte de représailles, déguerpirent et m'abandonnèrent là, perdant tout mon sang. »

Face au visage consterné de Virgile, Jaume posa sa main sur son avant-bras et poursuivit son récit :

« Tombé sur le dos, les yeux dans le ciel bleu et pur, aussi pur et bleu que celui de ma Provence natale, je crus cette fois encore que ma dernière heure avait sonné. D'ailleurs, je m'évanouis. Une heure après, mes paupières s'ouvrirent à nouveau. Le ciel était toujours là. Avec angoisse, je touchai mon ventre et je portai lentement ma main à mes yeux. Mes doigts étaient secs. Aucune trace de sang. N'y croyant pas, je m'assis à même le sol et je tentai d'observer la gravité de ma blessure. Mais c'était peine perdue, la plaie avait disparu.

– Quoi ?

– Rien. Il n'y avait plus rien à l'endroit où, une heure avant, la machette avait tranché dans mes chairs et mis à nu mes intestins et mes boyaux. Je regardai, j'examinai encore. Je touchai, je palpai, j'appuyai sur mon ventre de toutes mes forces. Je ne ressentais rien de particulier. Mon abdomen était là, sous mes yeux, parfaitement intact… »

Comme, face à lui, Virgile restait interdit, Jaume s'inquiéta :

« Vous ne me croyez pas ? Voulez-vous que je vous montre mon ventre ? »

Voyant que le professeur joignait le geste à la parole et que, debout maintenant, il dégrafait sa ceinture, le bistrotier sortit de sa torpeur et l'interrompit d'un mouvement du bras, tout en protestant :

« Non ! Je vous crois ! Ce n'est pas la peine de vous déshabiller, je vous crois.

– C'est vrai ?

– Oui. Enfin, presque.

– Vous me croyez ou pas ?

– Je vous crois, si vous voulez que je vous croie. Mais vous avouerez quand même que votre histoire, elle se pose un peu là. Et si vous me montrez votre ventre et qu'il n'y a pas de cicatrice, ça ne veut pas dire pour autant qu'il y en a eu une et qu'elle a disparu depuis. »

Touché par l'argument, Jaume remit sa ceinture dans son passant et s'assit à nouveau. Puis, il reconnut :

« Vous avez raison, monsieur Virgile. Vous êtes comme saint Thomas, il vous faut des preuves pour croire. Et si ce sont des preuves que vous voulez, je vais vous en donner une, immédiatement.

– Qu'est-ce que vous voulez dire ? »

Avant de répondre, Jaume tira de sa poche de pantalon un opinel qu'il prit le temps d'ouvrir. Pendant qu'il faisait coulisser l'anneau servant à empêcher les retours de lame, ce fut Virgile qui bredouilla le premier :

« C'est quoi, ça ?

– Un couteau, comme vous pouvez le constater.

– Vous l'avez sorti pour quoi faire ? »

Le plus posément du monde, l'air maintenant amusé, Jaume expliqua :

« Pour vous donner la preuve dont vous semblez avoir absolument besoin pour me croire.

– Pardon ?

– Je vais planter le couteau dans l'endroit de mon corps que vous aurez vous-même choisi. Est-ce que cela vous convient ?

– Vous plaisantez, j'espère ?

– Pas le moins du monde. Désignez-moi le point précis et, sur le champ, je vous prouve que mon histoire ne doit rien à mon imagination et qu'elle est juste le fruit de la vérité. »

Si l'alcool ne semblait avoir altéré ni les gestes ni le débit de voix du professeur, il n'en était maintenant plus de même pour Virgile. Face au couteau ouvert et au ton posé et parfaitement amical de Jaume, il ne savait plus que répondre. Finalement, il balbutia :

« Faites-moi plaisir, rangez ça.

– Vous me croyez, alors ?

– Je vous ai dit que oui.

– Vous ne voulez pas que je tranche mon pouce ? Ou que je coupe les veines, là, au niveau du poignet ?

– Je vous crois, nom de Dieu ! Puis, le sang me fiche la trouille. En plus, ça risquerait de gâter ma banquette. Soyez gentil, fermez-moi cette lame ! »

Finissant par obéir à l'injonction, Jaume replaça son couteau dans sa poche. Puis, il récupéra sa cigarette dans la soucoupe et regretta :

« C'est dommage. Vraiment dommage. Je pouvais vous offrir une preuve épatante que tout ce que je vous ai raconté était la stricte vérité. »

Dans le silence qui s'ensuivit, il ajouta :

« Mais si vous avez peur du sang, je peux comprendre.

Quant à votre banquette, il est vrai que les taches de sang sont toujours difficiles à ravoir, même sur de la moleskine. »

Au moment où le professeur se remit à tirer sur sa cigarette, le bistrotier s'aperçut – mais peut-être n'était-ce qu'une impression – que les cheveux de Jaume avaient blanchi par endroits et que des rides s'étaient creusées sur son visage. Sans y porter plus d'attention que cela, il se réinstalla plus confortablement sur sa chaise et attendit la suite de l'histoire.

CHAPITRE V

Ce qu'il advint de Jaume entre les mains des orpailleurs et des Indiens, comment il revint à Cayenne après la mort de Morgue et ne fut pas reçu par monsieur d'Orvilliers.

« À dater du jour où ce Nègre mal embouché crut m'avoir envoyé *ad patres* d'un seul coup de machette, je comprends aujourd'hui que ce fut le début de ma descente aux enfers.

– Vous aviez quand même déjà descendu quelques marches...

– Certes. Mais ce n'était rien en comparaison avec ce qu'il m'arriva par la suite. De retour dans la cabane de Morgue, je trouvai celui-ci endormi, comme à son habitude, une bouteille de ratafia gisant sur son grabat. Afin de le réveiller, je lui jetai au visage un plein seau de cette eau saumâtre qui coule dans la rivière de Cayenne, ce qui eut pour effet immédiat de le faire hurler à tous les diables et me menacer de mille morts. Afin qu'il ne fût pas en reste de ses promesses de m'occire, je lui tendis le couteau que je portais à la taille et le priai de donner libre cours à sa sauvagerie naturelle. Comme il ne s'exécutait pas, encore tout ruisselant de sa douche improvisée, je m'exécutai à sa place. Avec une certaine appréhension – même si le miracle que je venais de vivre étincelait encore dans mon crâne –, je plaçai la lame sous ma gorge. Puis, avec une violence dont je ne me savais pas moi-même capable, je me tranchai le gosier.

– Qu'est-ce que vous dites?

– Parfaitement. D'une oreille à l'autre. La carotide fut sectionnée sur-le-champ. Un flot de sang se mit à gicler de la plaie béante. Morgue pâlit, ses traits se décomposèrent.

– Ma foi! Et vous?

– Je tombai raide mort. Une heure plus tard, grâce à Dieu, j'étais à nouveau sur pieds. Et c'est moi qui, avec un fond de rhum en guise de cordial, humectais les lèvres de ce pauvre Morgue afin de le faire revenir à la raison. »

Cette nuit-là, Jaume mourut une poignée de fois. Au début, ce furent ses propres coups qui, portés à la poitrine ou au ventre, le firent passer de vie à trépas. Assis à ses pieds, Morgue assista à ce prodige avec stupeur, tout d'abord. Puis, la stupeur se mua en ébahissement et, assez vite, en simple étonnement. Au petit matin, pour le mendiant détrousseur de cadavres, la chose était acquise: Jaume était devenu immortel et ce fut lui, alors, qui le trucida avec un plaisir sans cesse croissant. Au début, bien entendu, il le fit avec répugnance, du bout du couteau, comme quelqu'un qui n'ose pas. Puis, il se prit au jeu et, de nouvelles lampées de ratafia aidant, il ressentit une véritable jouissance à lacérer son compagnon, à le percer et à le transpercer, à le larder à la manière d'un chapon. Lorsque Jaume, vaincu, s'écroulait sur le sol, Morgue essuyait son couteau, allumait sa bouffarde et, avec toujours le même ravissement, il observait le miracle s'opérer, les chairs se refermer, la pâleur mortuaire disparaître du visage à la façon dont une mauvaise onde se retire.

Jaume croisa une nouvelle fois ses jambes l'une sur l'autre. Puis, il poursuivit, du même ton détaché :

« Ce gredin de Morgue, je vous l'ai dit, savait mener sa barque en toutes circonstances – du moins le croyait-il. Et chacun des voyages à bord de cette embarcation possédait comme but unique la richesse. J'étais un miraculé à répétition, un animal de foire, une erreur dans le Grand Ordonnancement de Dieu. Bref, j'étais unique et je valais, de ce fait, mon pesant d'or. Piqué par l'appât du gain, il me persuada dès le midi du lendemain de le suivre dans une taverne voisine, fréquentée exclusivement par les forçats des fleuves, qu'ils soient de Cayenne ou de Maroni. Dans un carbet bas de plafond, absolument crasseux, aux murs portant des trophées ricanants de têtes de singes et au comptoir se résumant à une simple planche de bois posée sur des tréteaux, toute la lie de la Guyane, du Brésil et du Suriname se réunissait. L'on y jouait aux cartes, aux dames et aux dés, bien entendu. Ce que l'on y buvait ou mangeait, les prostituées vérolées exerçant leur art, tout cela se payait en paillettes ou en pépites d'or. Pourtant, la plus grande attraction de ce lieu de perdition, ce n'étaient ni l'alcool, ni les jeux et encore moins les filles.

– Qu'est-ce que c'était ?

– Les paris, mon cher Virgile.

– Des paris sur quoi ?

– Sur tout. Sur le nombre de minutes qu'un homme pourrait tenir, la tête enfoncée dans un baquet d'eau. Le nombre de bouteilles de guildive qu'il pourrait descendre cul sec, coup sur coup. Le nombre de coups de bâton qu'il pourrait recevoir, sans perdre connaissance.

– Des poètes, quoi… »

Durant deux jours et deux nuits, Morgue utilisa Jaume au cours de ces paris insensés avec le savoir-faire cauteleux d'un bateleur de foire et la perversité du pourceau qu'il était. Afin de sortir vainqueur de chacun des paris lancés, il posa pour règle intangible que Jaume ne pourrait être déclaré mort, et donc perdant, qu'une heure après la fin de l'épreuve. Les orpailleurs – tous assassins, voleurs, violeurs, ivrognes, parjures, traîtres, blasphémateurs et autres joyeusetés du même tonneau – virent dans l'arrivée du mendiant et du jeune homme une occasion inespérée de briser un peu l'ennui et la routine quotidiens. Durant ces deux jours et ces deux nuits, ils parièrent donc et perdirent immanquablement tout ce qu'ils possédaient. Avec docilité, Jaume mourut et ressuscita. Quant à Morgue, il rafla le contenu des bourses avec une rapacité toujours renouvelée et une jouissance presque physique.

« C'est donc en mourant que vous êtes devenu riche ? s'étonna Virgile.

– Malheureusement, non. Au matin du troisième jour, les orpailleurs étaient proprement ratissés et nous aurions dû mettre les voiles pendant qu'il en était encore temps.

Hélas, Morgue, ce fieffé coquin, n'en avait jamais assez. Lorsque ces brutes ont commencé à fulminer et à crier à la tricherie, il les a houspillés une fois de plus. Une fois de trop. Les plaintes sont devenues des menaces. J'avais beau tirer Morgue vers la porte, il ne voulait rien savoir. Complètement saoul, il se mit à répliquer aux menaces par des insultes. Planté devant le comptoir, il les traita de poules mouillées, de fillettes, de pucelles, d'enfants de Marie et d'autres expressions que la décence m'interdit de vous rapporter ici. Et ce qui devait arriver arriva. Les orpailleurs se sont levés, ont attrapé Morgue et ont voulu voir, de leurs propres yeux, si celui-ci réchapperait d'une balle de pistolet tirée en pleine tête.

– Aïe…

– Comme vous dites. Pendant que deux Indiens maintenaient le pauvre Morgue immobile et que trois autres m'interdisaient d'esquisser le moindre geste, l'un des orpailleurs a sorti son pistolet et lui a tiré à bout portant une balle de plomb, juste ici… »

Ce faisant, Jaume indiqua de son index la ride du lion qui se creusait entre ses deux yeux. Puis, il conclut avec fatalité :

« La caboche de Morgue n'a pas résisté. Son crâne a éclaté à la façon d'un melon trop mûr. Pendant que la clientèle avinée enfin vengée se passait le pauvre corps de bras en bras, sans attendre l'heure nécessaire pour constater le décès définitif du malheureux, j'en profitai pour m'échapper et courir à toutes jambes jusqu'à Cayenne, dans l'espoir que monsieur d'Orvilliers, mon bienfaiteur, viendrait à mon secours.

– C'est ce qu'il a fait ?

– Pas le moins du monde, bien au contraire... »

Lorsque Jaume se présenta, en nage, à la demeure du premier gouverneur de Guyane, il fut reçu de la pire des façons que l'on puisse imaginer. Il est vrai qu'il venait d'être assassiné à de multiples reprises et, si sa chair ne portait bien entendu plus la moindre trace des coups reçus, sa tenue était en revanche maculée de boue, d'alcool et de crasse. Son équipage inspira une telle terreur au planton que celui-ci, croyant avoir affaire au diable en personne, lui claqua la porte au nez. Dans ses appartements, monsieur d'Orvilliers ne voulut rien savoir, lui non plus. Il ne daigna même pas se déplacer pour rencontrer l'énergumène se faisant appeler Jaume qui tambourinait à la porte. Il avait vu le jeune homme mort, de ses propres yeux, parfaitement occis d'un coup d'épée par le félon brésilien. Il avait suivi sa dépouille jusqu'à la fosse commune. Il n'avait pas pu se tromper. Pas plus lui que le carabin, le prêtre, les enfants de chœur, les fossoyeurs et même les femmes faisant profession de pleureuses. De plus, il butait en ce moment avec obstination sur une toccata du jeune Bach, une œuvre toute en doubles croches qui faisait souffrir ses doigts au-delà du raisonnable.

Quant à madame d'Orvilliers, alertée elle aussi par les cris, elle consentit par pure curiosité à risquer un œil par la fenêtre de sa chambre. Lorsqu'elle vit cette silhouette ressemblant à s'y méprendre à celle de Jaume, suppliant et tambourinant à la porte, elle défaillit aussitôt. Jaume était mort. Elle l'avait vu mort. Il ne pouvait être que mort. Et ce malheureux, en contrebas, ne pouvait donc être qu'un imposteur ou, pire, le fantôme malfaisant du jardinier des plants de caféiers.

Encadré par deux soldats, les mains liées, Jaume fut jeté quelques mois en prison avant d'être reconduit aux portes de la ville de Cayenne sous les quolibets de la population, les crachats haineux des enfants et les pierres que lui lancèrent quelques esclaves parfaitement heureux de constater que, sur cette terre de misère, il existait tout de même un Blanc frappé par un sort qui était encore pire que le leur.

Les mains jointes devant sa bouche de manière instinctive, Virgile compatit :

« Ce n'est pas Dieu possible, tout de même...

– Dieu n'est pour rien dans tout cela. Ce sont les hommes qui sont responsables de leurs malheurs comme de ceux des autres. Quoi qu'il en soit, voilà comment je pris conscience que, sur cette terre, un homme qui ne se décide pas à mourir est tout simplement catalogué au rang des parias, voire des nuisibles.

– Vous étiez immortel ! Ce n'est pas rien !

– Vous pouvez le dire, monsieur Virgile. J'étais immortel. J'aurais voulu me suicider que je n'y serais pas parvenu.

– Quelle histoire, tout de même... »

S'apercevant alors que la demi-bouteille de rhum était, elle aussi, passée de vie à trépas, le bistrotier se leva. La démarche moins assurée, l'esprit tout émoustillé par ce qu'il venait d'entendre, il se rendit derrière son comptoir à la recherche du ravitaillement. Puis, tout en farfouillant dans sa réserve avec des bruits de verres entrechoqués, il lança :

« Heureusement que ce n'est qu'une histoire, monsieur Jaume ! Sans quoi, si tout le monde était comme ça, on finirait par se marcher sur les pieds.

– Pourquoi dites-vous cela ?

– La surpopulation ? Ça ne vous dit rien ? »

Avec un petit ricanement, il ajouta :

« Sans compter les croque-morts. Voilà une profession qui ne manquerait pas de faire faillite !

– Vous ne croyez pas si bien dire… »

Pendant que Virgile introduisait des pièces dans le distributeur de cacahuètes situé sur le comptoir – une antiquité grinçante dont il ne parvenait pas à se défaire –, Jaume s'expliqua :

« Les entrepreneurs des pompes funèbres ne m'ont jamais aimé, je vous le confirme. Et ce n'est rien encore, comparé aux docteurs.

– Eux aussi ?

– Eux, surtout ! Vous n'imagineriez pas le nombre de fois où l'un de ces médecins a failli rendre son tablier en me voyant revenir à la vie. Tenez, un jour à Venise, pour une simple querelle à propos de… de je ne sais plus quoi, d'ailleurs.

– Eh bien ?

– Un maître d'armes, un bretteur de toute première qualité, m'avait tué en me passant par le sabre. Dites-vous bien que c'était un travail de professionnel, pas une petite coupure. Un de ces coups dont l'on ne peut pas se remettre. Le maître d'armes avait parfaitement réalisé sa figure, il faut lui rendre cette justice. Quand le carabin est arrivé, il a constaté le décès avec un air docte – ce qui n'était pas bien difficile puisque j'avais perdu la totalité, ou presque, de mon sang. J'étais blanc comme un linceul et les premières mouches butinaient déjà mes lèvres. »

Tenant une nouvelle bouteille de rhum dans une main et une assiette de cacahuètes dans l'autre, Virgile revint s'asseoir et résuma, avec fatalisme :

« Bref, vous étiez mort.

– À cet instant-là, oui. Mais pas le suivant. Après une heure d'état cadavérique, mon corps est revenu à la vie et j'ai demandé, *in petto*, que l'on me serve un plein verre de vin rouge. Aussitôt, le docteur a poussé un cri de terreur. Puis, il s'est mis à me traiter d'escroc. Moi, un escroc !

– Quel mal élevé... Il aurait pourtant dû être heureux pour vous, non ?

– Pensez-vous ! Il s'est mis au contraire à s'arracher la perruque et à la piétiner de rage en me qualifiant de Tartuffe, de faiseur, de sinistre, d'esprit du mal, de loup-garou, de...

– À vous ? Vous qui veniez de trépasser ?

– Oui, monsieur. Parfaitement. Toutes ces injures étaient pour moi. »

Engloutissant une poignée de cacahuètes, le bistrotier postillonna :

« Quel manque de tact, tout de même...

– Quant aux pompes funèbres, combien de fois, là encore, j'ai dû cogner au couvercle de mon cercueil, en pleine procession, pour que l'on me fasse sortir.

– Attendez un peu... Votre histoire ne tient plus, là.

– Pourquoi ? »

Soupçonneux, Virgile prit le temps d'avaler ses arachides, avant d'objecter :

« Pour les docteurs, je ne dis pas. Ils arrivent dans l'heure. Mais pour organiser une procession, il faut plus de temps, non ? Au moins un jour ou deux. Peut-être même trois. Soit largement le temps pour vous de ressusciter. »

D'un geste toujours élégant, Jaume piqua une cacahuète entre ses doigts osseux, l'observa un instant puis répliqua, avec malice :

« Cela dépend des causes du décès, monsieur Virgile.

– Pardon ?

– Un coup d'épée ou une balle, il faut une heure, c'est vrai. Mais si vous prenez la fois où je suis passé sous une moissonneuse-batteuse, il n'y a d'ailleurs pas bien longtemps de cela, vous comprendrez que la chose est différente.

– Pourquoi ? Vous avez besoin de temps pour vous reconstituer ? C'est ça ?

– C'est un peu ça, oui. À grands traits et sans vouloir entrer dans les détails, nous pouvons même dire que c'est tout à fait cela. De fait, vous pouvez aisément vous imaginer que la stupeur des membres du cortège, lorsque j'ai cogné au couvercle, n'en a été que plus grande. Surtout, quarante-huit heures après mon accident.

– Ça peut se comprendre. »

Jaume reposa la cacahuète sur le bord de l'assiette et se désola :

« Eux, oui. Mais les croque-morts ? Tout de même ! La mort, c'est leur métier, non ? Ce jour-là, dès que j'ai sorti ma tête du cercueil, les noms d'oiseaux ont commencé à pleuvoir aussi sec. Ils se sont mis à crier que ça ne se faisait pas, que leur journée était fichue, qu'ils en étaient pour leur argent du corbillard, des encensoirs, des enfants de chœur et des couronnes. Que leur réputation était ternie à tout jamais. Et même le prêtre s'y est mis. Plutôt que de tomber à deux genoux et de crier au miracle, il s'est mis à vitupérer, à hurler qu'on lui avait volé son défunt, que son homélie funèbre était bonne à mettre à la poubelle. Il a aboyé comme un roquet à l'entourloupe, au tour de fakir, à la mauvaise blague. Comme si passer sous une moissonneuse-batteuse était une blague… »

D'un coup de poignet, le bistrotier tordit le cou de la bouteille neuve et resservit les deux verres. Après avoir trinqué, il descendit le sien d'une lampée gourmande et fit claquer de satisfaction sa langue contre son palais. Puis, il interrogea :

« Dites-moi un peu… Ça vous est venu d'où, cette idée du personnage qui ressuscite ?

– Vous recommencez ? Dans tout ce que je vous raconte, il n'y a aucun personnage, si ce n'est moi. »

Virgile se fendit d'un haussement de sourcils faussement innocent. Sur l'air de la duplicité la plus éhontée, il se reprit :

« C'est vrai. Mais alors ? Comment vous expliquez tout ça ?

– Quoi donc ?

– Tout ça, quoi ! Vous mourez, puis vous ne mourez plus. Vous ressuscitez comme qui rigole. Ça vous vient d'où ?

– Je n'en sais rien.

– Vous êtes sûr ? Depuis tout ce temps, vous avez bien dû réfléchir à la chose, non ? Alors ? Malin comme vous l'êtes, je suis sûr que vous avez une théorie ou quelque chose. Vous ne voulez pas me dire ? »

Pour s'offrir le temps de la réflexion, Jaume porta enfin son verre à sa bouche. Cette fois-ci, il n'en but aucune gorgée, se contentant d'aspirer en connaisseur le parfum violent du rhum. De l'autre côté du guéridon, le bistrotier ne le lâchait plus du regard. Il avait raison. Le professeur s'était mille fois posé la question de son immortalité. Il avait échafaudé, au fil des années qui s'étaient succédé, une multitude de possibles mais sans parvenir jamais, cependant, à posséder de certitudes.

Ne le quittant toujours pas des yeux, Virgile grommela à nouveau, les narines frémissantes :

« Vous me le dites, votre secret pour devenir immortel ? Avec moi, vous ne risquez rien, allez. Motus et bouche cousue. Il sera bien gardé. »

Savoir comment il faisait pour revenir d'entre les morts n'offrait, finalement, qu'un intérêt extrêmement limité. À bien y regarder, ce n'était qu'un détail dans cette véritable odyssée qu'était son existence. La question du comment disparaissait, inutile et dérisoire, lorsque le pourquoi s'imposait, engloutissant tout le reste. Pourquoi ? Pourquoi lui ?

Toujours sans se départir de son regard fixe, le bistrotier attrapa à tâtons le paquet de cigarettes blondes. Pendant que ses doigts bataillaient et s'embrouillaient avec le carton, il murmura :

« Alors ? Vous voulez bien me le dire, votre secret ? »

À cet instant, une voix juvénile et haut perchée, impatiente aussi, bouscula le silence qui s'était imposé dans la Table des Arts :

« Patron ? Vous voulez bien prendre notre commande ? Nous sommes un peu pressées ! »

Sans se retourner, Virgile répliqua d'une voix sèche :

« C'est fermé !

– Vous plaisantez ? À cette heure-ci ? Et en pleine période des fêtes ?

– C'est fermé, je vous dis !

– Monsieur, vous êtes visiblement ouvert et vous devez nous servir. »

À regret, Virgile détourna son visage de celui de Jaume. Il s'accorda le temps d'allumer une cigarette. Alors qu'il était sur le point de se lever, la voix piaillarde reprit avec, cette fois, une pointe d'exaspération parfaitement désagréable :

« Alors ? On attend !

– J'arrive…

– Et je vous signale qu'il est strictement interdit de fumer dans les lieux publics, *dixit* le décret du 15 novembre 2006. »

Ventre en avant, blonde en bouche et mains sur les hanches, le bistrotier rejoignit son comptoir. Face à lui, trois jeunes pimbêches qui n'avaient pas 20 ans, trois sauterelles qui faisaient leurs classes à la faculté de droit, l'attendaient. Le parapluie à la main, les joues rougies de froid, vêtues sans la moindre fantaisie, elles possédaient l'arrogance insupportable des rejetons à qui, depuis leur naissance, tout est dû.

Celle qui semblait être la meneuse, une bringue sèche serrant son sac de marque sur sa hanche, grinça à nouveau :

« C'est vrai que c'est bientôt Noël et que l'on peut se permettre certaines choses. Mais il n'en demeure pas moins que le décret du 15 novembre 2006 est particulièrement clair sur ce point : fumer dans les lieux publics est interdit. »

Sans ôter le moins du monde la cigarette de ses lèvres, Virgile fronça les sourcils et rétorqua :

« Ici, ce n'est pas un lieu public. Ici, c'est chez moi.

– Je vous demande pardon mais, jusqu'à preuve du contraire, un bar reste un lieu public, non ?

– Si je veux.

– Comment ça : si vous voulez ? Mais la loi est faite pour tout le monde ! »

En guise de réponse, le bistrotier tira une longue bouffée qu'il retint un instant dans sa poitrine avant de la recracher ostensiblement en pleine face des trois pécores. Aussitôt, celles-ci agitèrent leurs mains devant leur nez, avec un air de profond dégoût. La meneuse, ulcérée, tempêta alors :

« Vous venez de perdre trois clientes, monsieur !

– Non. Je viens de gagner le droit qu'on me foute la paix.

– Je me plaindrai, monsieur ! Le refus de vente est prohibé par l'article L. 121-11 du code de la consommation ! J'ai le bras long, vous savez ? Très long !

– Et moi, je l'ai musclé. Maintenant, vous dégagez.

– Oh ! »

Pendant qu'elles reculaient vers la porte, l'une d'entre elles crut bon d'ajouter, cinglante :

« Quel bar de ploucs ! C'est une honte !

– Qu'est-ce que vous avez dit ?

– Rien… Je me comprends. »

D'une bourrade, Virgile referma la porte que la meneuse avait déjà entrebâillée. L'haleine chargée de tabac et d'alcool, la main en battoir sur le montant vitré, il grogna d'une voix sombre :

« Je fume si je veux, vous m'avez bien compris ? Et je refuse de vous servir, si ça me fait plaisir. »

Maintenant inquiète, la jeune fille bredouilla :

« Laissez-nous partir. Nous sommes pressées et…

– Partir ? Bien sûr que je vais vous laisser partir. Et même plutôt deux fois qu'une. Vous vouliez boire un verre, c'est bien ça ?

– Oui, mais nous…

– Ici, dites-vous bien qu'on ne boit pas un verre. On en boit plusieurs ou on n'en boit pas. D'ailleurs, ici, on ne boit pas. »

Le cou rentré entre les épaules, la fille au sac se ratatina encore un peu plus pendant que le bistrotier embrayait, saisi à bras-le-corps par une sainte colère :

« Ici, on ne boit pas. Ici, on écluse, on se rince la dalle, on s'endort les souvenirs, on se gargarise, on s'humecte les muqueuses. Si vous préférez, on se démâte, on se dézingue, on s'empaffe, on se déglingue, on s'oublie, on s'enclume, on s'anesthésie au Pernod, on…

– S'il vous plaît, laissez…

– On s'étourdit la glotte, on se la coule en pente, on se fait exploser les gamma-GT ! Ici, on taquine la bouteille en experts, fillette ! On la siffle en connaisseurs, en Mozart du goulot, en maquereaux du palais, en esthètes de la cuite ! »

« J'ignorais que vous possédiez un langage aussi fleuri, monsieur Virgile. Toutes mes félicitations, vraiment. »

Faussement modeste, le bistrotier se rassit pesamment, tête basse. Puis, dans le bar à nouveau vide, il bougonna :

« Vous savez, quarante ans à entendre des discussions de comptoir, il vous en reste fatalement quelque chose. Puis l'alcool, ça ne me réussit pas. Dès que j'ai bu trois verres, il faut que je m'emporte. C'est plus fort que moi.

– Vous n'avez pas à rougir, l'ami. Vous le faites avec talent. »

Ignorant volontairement le compliment, le patron de la Table écrasa son mégot et demanda à nouveau :

« Eh bien ? Vous allez me le dire, votre secret ?

– Je vais y venir. »

Jaume remarqua alors que les aiguilles de l'horloge murale marquaient maintenant 22 heures. Aussitôt, il se reprit :

« Mais il se fait tard. Normalement, vous devriez être fermé, non ? Je vais vous laisser.

– Déjà ?

– Je reviendrai demain, si vous voulez. Enfin, si c'est encore possible.

– Pourquoi dites-vous ça ? »

En guise de réponse, le professeur détourna la tête et entreprit de renouer à son cou son écharpe de laine blanche. Constatant qu'il faisait réellement mine de quitter la Table, Virgile le retint en posant sa main sur son avant-bras, tout en plaisantant :

« Pas de ça entre nous, monsieur Jaume. Vous avez

commencé votre histoire, maintenant il faut la finir. Vous étiez entre deux soldats et on vous expulsait de Cayenne, c'est bien ça ?

– Oui. Mais je vous promets que mon récit est encore long et je ne sais pas si…

– Allez ! Pour une fois qu'on se parle ! J'ai tout mon temps, moi. Et vous ?

– Le temps ? Vous savez, moi, le temps…

– Soyez chic, quoi. Ce n'est pas une soirée comme une autre, non ?

– Vous ne croyez pas si bien dire. »

Face au regard pressant de Virgile, le professeur hésita encore quelques secondes. Dénouant son écharpe, il finit par concéder :

« Vous avez raison, après tout. Ce n'est pas une soirée comme les autres. Puis, comme vous le dites fort justement, j'ai commencé mon histoire et je vous dois donc, en toute loyauté, de la terminer.

– Voilà qui est parlé !

– Mais si vous êtes fatigué ou si je vous ennuie, il ne faudra pas hésiter à me le dire.

– M'ennuyer ? Vous plaisantez, j'espère ? Rien qu'en vous écoutant, j'ai l'impression de faire un peu le tour du monde… Alors ? Après Cayenne ? Qu'est-ce qu'il s'est passé ? »

Le tabac de la cigarette grésilla et se tordit dans la flamme du briquet. Un instant, le visage de Jaume disparut derrière un épais nuage de fumée, juste au moment où il demanda :

« Et vous ? Je vais vous raconter la suite de Cayenne, puisque je vous l'ai promis. Mais vous ? Si vous aimez les voyages, pourquoi n'avez-vous jamais quitté votre bar ? »

Durant de longues secondes, la question demeura sans réponse, comme suspendue dans l'air surchauffé de la Table. Voyager ? Bien entendu, Virgile en avait rêvé. Lorsqu'il était enfant, il avait même longtemps caressé la chimère de devenir explorateur. Puis, le temps avait passé. Le seul voyage qu'il avait accompli s'était résumé à celui qui l'avait emmené de sa province natale jusqu'à Paris.

Se dessinant de plus en plus nettement dans le nuage gris qui se dissipait, le bistrotier distingua les lèvres fines du professeur qui insistait :

« Eh bien ? Le grand vent de l'aventure ne vous a jamais tenté ? Vous n'avez jamais eu envie de tout quitter, d'un seul coup, et de partir ? Vous n'aimez pas les voyages ?

– Les voyages ? Si, bien sûr…

– Alors ?

– Ce n'est pas le voyage qui m'a empêché de partir. C'est les voyageurs.

– Pardon ? »

En haussant les épaules pour s'excuser à l'avance de ce qu'il allait dire, Virgile maugréa :

« Vous m'avez bien compris. De votre temps – enfin, du temps dont vous parlez –, voyager, ça voulait dire quelque chose. Ce n'était pas donné à tout le monde. On faisait un peu le grand saut dans l'inconnu, quoi. Ça se préparait longtemps à l'avance. À mon avis, je dirais même que la préparation du voyage, c'était presque plus de plaisir que le voyage lui-même. Mais aujourd'hui ? On attrape un long-courrier comme on prend le métro.

– Vous prêchez un convaincu mais continuez, je vous en prie. »

Encouragé par la voix amicale et chaude de Jaume, il s'exécuta :

« Comment vous dire ? Avant, on prenait le temps de rêver. Avant même d'être parti, on s'imaginait l'endroit. Le voyage, on se le faisait en douce, en égoïste. On se le faisait à sa main, en quelque sorte. Une fois sur place, on vivait sans doute des choses uniques, des trucs extraordinaires. Mais ce n'était rien comparé aux rêves qu'on en avait faits. »

Un nouveau sourire du professeur suffit pour décider le bistrotier à préciser sa pensée :

« Quand j'étais gamin, c'est de cette façon que ça se passait. Enfin, pour moi. Le reste du monde était encore inconnu, plein de promesses. On ouvrait un livre de géographie et on voyageait d'abord comme ça, gratis et à l'œil. On pouvait s'imaginer l'Amérique avec des cow-boys et des Sioux, l'Afrique avec des éléphants et des girafes, le Brésil plein d'or et de diamants. En se montant un peu l'imagination, Lesbos était une île pleine de lesbiennes, Pékin grouillait de Pékinois à deux ou à quatre pattes. Quant à l'Inde, on ne savait pas trop si c'était rempli d'Hindous ou d'Indiens, mais on savait qu'il y avait des fakirs et des planches à clous. Mais aujourd'hui, c'est fini, tout ça. Aujourd'hui, les touristes sont partout.

– Ça vous ennuie ?

– Les touristes, c'est devenu la plaie de ce monde. Et il faut avoir connu un bus plein de Chinois qui débarquent dans son troquet pour comprendre ce que je dis. Ils sont chez vous comme chez eux. Ils crient, ils crachent par terre. Et ils ne parlent même pas un mot de français !

– Et vous ? Vous parlez le chinois, je suppose ? »

Comme Virgile grommelait, le professeur demanda :

« Donc, vous n'êtes jamais sorti de votre bar ? C'est bien ça ?

– Pour aller où ?

– Je ne sais pas. Le monde est vaste.

– Le monde est vaste et mes pattes sont courtes. Je n'ai jamais couru le monde, c'est vrai. Mais il y a peut-être une raison à ça.

– Encore les touristes ?

– Non. Le monde, à bien y réfléchir, c'est lui qui vient me visiter. Des Berbères, des Ivoiriens, des Comoriens, des Iraniens, des gitans qui ne disent le plus souvent pas un mot, des Américains du Nord qui trouvent tout "*terrific*", comme ils disent. Il y a aussi des Américains du Sud, des Lusitaniens, des Serbes, des Croates, des Australiens qui pourraient marcher la tête en bas, si l'envie les prenait. Et même des Italiens, tenez ! Ils passent tous ici, je vous dis. Alors, qu'est-ce que vous voulez que moi, j'aille faire dans votre vaste monde ?

– C'est une position qui se défend. »

D'un geste du bras, Virgile désigna la salle silencieuse de la Table, tout en expliquant :

« La Table des Arts, c'est ma grotte, ma caverne. Non, mieux encore. Mon café, c'est mon navire, ma goélette, ma felouque, mon drakkar. Au comptoir, je suis seul maître à bord. Et ce rafiot-là, même s'il ne paye guère de mine, il m'a déjà emporté bien plus loin et bien plus vite que tous les avions possibles. Vous me parleriez de voyager sur la lune, je ne dis pas. Je serais même prêt à reconsidérer la chose. Mais pour le monde, votre vaste monde, c'est non.

– Définitivement ?

– Sans le moindre doute. J'ai peut-être l'ambition d'une moule, mais mon rocher me suffit, voyez-vous ? »

Jugeant qu'il avait suffisamment parlé, Virgile conclut alors :

« Si on veut revenir à votre voyage, je propose qu'on change de carburant. Certains avaient le saké pour se balader sur le Yang-Tseu-Kiang, mais moi je vous propose le whisky. Chez les barons de la cuite, le whisky remplace le sextant et même la boussole. Il vous met du vent dans les voiles et il vous ouvre des routes qui ne sont pas fréquentées par les touristes. En plus, il tue la solitude.

– D'où tenez-vous ça ?

– Un copain brésilien. Un poète de passage. Dès qu'il avait son compte, il affirmait que le whisky était le plus fidèle ami de l'homme. Une espèce de chien en bouteille, quoi.

– Dans ce cas… »

CHAPITRE VI

Comment Jaume repartit vers l'Afrique, se fixa en Angola et se fit le serment de ne plus jamais aimer. Comment il fut roulé dans la farine par un capitaine hollandais avant de faire fortune dans le commerce triangulaire, de devenir le Prince des Nègres de l'Occident, et comment il finit seul mendiant blanc de la ville de Dakar.

Après avoir donné un tour de clé aux deux portes d'entrée, Virgile avait invité Jaume à le suivre dans la cave de la Table des Arts. Ils avaient emprunté derrière le comptoir un court escalier en colimaçon qui empestait tout à la fois le soufre, la pourriture et l'humidité. Les marches, irrégulières et rendues glissantes par un mélange pernicieux de poussière et de condensation, branlaient à chaque pas. Se tenant à une coursive de bois, dans la lumière avare d'une unique ampoule à baïonnette, ils atteignirent tout de même une salle voûtée encombrée par un invraisemblable capharnaüm.

Les mains sur les hanches, ravi de pouvoir partager cette tanière avec son visiteur, Virgile soupira d'aise :

« Eh voilà, c'est chez moi. Ceux qui sont venus ici, ils ne sont pas nombreux, vous pouvez me croire.

– Je vous crois sur parole. »

Le long de deux parois se faisant face, des casiers supportaient des rangées de bouteilles de toutes formes et de tous âges. Sans aucun classement apparent, on y trouvait des bordeaux et des bourgognes ventrus, des silhouettes élancées de gewurztraminer, des fiasques de chianti emmitouflées de paille moisie, quelques goulots à muselets de champagne, des magnums, une poignée de mathusalems, des flacons de verre grossier tirant sur le vert d'eau renfermant de la blanche de prune, de pomme, de poire, de raisin ou de framboise. À même le sol de terre battue, une dizaine de bonbonnes gisaient sur le flanc, inutiles et exsangues. Dans ce foutoir merveilleux, il aurait été vain de rechercher la moindre trace d'étiquettes indiquant les millésimes classés par année de production, les appellations ou les noms de terroirs soigneusement calligraphiés à la plume Sergent-Major. Entre une machine à laver éventrée, une caisse débordante d'outils, un chauffage d'appoint renversé, des journaux empilés et quelques valises et cartons retenus par des ficelles, tout se livrait ainsi dans la pénombre, en parfaite impudeur.

Après avoir essuyé une toile d'araignée qui collait à son visage, Virgile envoya à tâtons une main dans une niche masquée par un rideau défraîchi. La langue passée entre les dents, il farfouilla un instant avant de retirer de la cavité une bouteille qu'il présenta à Jaume dans la maigre lumière, avec autant de fierté que s'il avait tenu son propre enfant. Pendant que le professeur frottait l'étiquette afin de la débarrasser de sa couche de poussière, le bistrotier énonça lentement :

« C'est lui que je voulais. Le Glenglassaugh Torfa. Un Highland, monsieur. C'est du rare et du bon. Livré avec la tourbe. Ce n'est pas de la petite bière, quoi. »

Virgile souleva la bouteille et l'offrit à la lueur de l'ampoule, avant d'ajouter :

« C'est un commercial qui m'en a fait cadeau, voilà quarante ans, pour l'ouverture de la Table. Je le mettais de côté pour… Attendez, je le gardais pour quoi, déjà ? Pour une grande occasion, c'est sûr. Mais je ne sais plus laquelle.

– Vous ne voulez pas le conserver encore ?

– Pour quoi faire ? Plus les années passent, plus je me dis que chaque jour est une grande occasion. Pouvoir ouvrir les yeux, chaque matin, en ne se sentant encore pas trop mal foutu, c'est ça qu'on devrait fêter. Quant à marcher en équilibre et sur ses deux pattes, pour moi, ça a toujours tenu du miracle. »

« Putain d'Adèle… C'est du bon ! »

Parfaitement ragaillardi, Virgile avait repris sa place au guéridon de marbre et observait avec des yeux embués d'une reconnaissance infinie le liquide doré qui emplissait au tiers son verre évasé vers le bas. Après l'avoir une nouvelle fois porté à ses narines et aspiré longuement, il jubila :

« Un nectar pareil, ça vous réveillerait un mort. Et ne voyez surtout pas d'offense à ce que je viens de dire, monsieur Jaume !

– Je vous en prie.

– Moi, ça me fouette l'estomac. Ça me brûle à l'intérieur et ça me donne envie de repartir dans votre histoire, toutes voiles tendues et cap sur l'horizon.

– Hélas, j'ai bien peur que ce que je vais vous raconter maintenant relève plus du sordide que de la plaisanterie. Mais si c'est ce que vous désirez…

– Bien sûr que c'est ce que je veux ! Avec le Glenglassaugh Torfa, on est parés ! Alors, hauts les cœurs, monsieur Jaume ! Et dites-moi un peu ce que vous êtes devenu, après la Guyane… »

Encadré par les deux soldats, les chevilles liées entre elles par un licol de corde épaisse, les poignets entravés à l'aide de fers d'esclaves, le jeune homme avait été expulsé de Cayenne le cœur gros et la gorge nouée. Il avait perdu Morgue, sa canaille de complice, d'une balle de plomb tirée en pleine tête. De la même façon, il avait dû faire une croix sur celui qu'il pensait être son bienfaiteur, monsieur d'Orvilliers. Et voilà que, maintenant, on le chassait de son jardin à la manière d'un pestiféré. Finis les émois prodigués par Perrine, les lectures, la perruque poudrée de monsieur de la Motte-Aigron. Il en allait de même pour les roses de porcelaine, les pièces pour guitare, le tabac et l'eau-de-vie, les massepains croustillants aux amandes et au sucre, les plants de caféiers qui ne feraient jamais sa richesse. Dans son cœur, les cicatrices abandonnées par Blanche Beaupré et madame d'Orvilliers saignaient et, sous les crachats des gueux et les jets de pierres des esclaves, Jaume se fit, sur son chemin de souffrance, un serment solennel.

« Je jurai, mon cher Virgile, de ne plus jamais tomber amoureux. Dans un même sac, je jetais toutes les femmes, sans distinction aucune. Désormais, elles pourraient être belles et troublantes, émouvantes même, l'esprit vif et la croupe engageante, vêtues des plus beaux atours, cultivées, parfumées des essences les plus délicates, usant de la repartie comme d'une arme de précision : rien n'y ferait. Entre mes deux gardiens, ce fut bel et bien le serment que je me fis. À dater de ce jour, je décrétais que l'amour était une perte de temps car toutes les femmes étaient, par nature ou par inclination, volages, égoïstes, inconséquentes, capricieuses, cruelles, félonnes, infidèles, indignes de confiance. Bref, des êtres malfaisants et nuisibles. À peu près l'équivalent du genre masculin, chose dont vous ne disconviendrez sans doute pas. Désormais, je consacrerais la totalité de mon temps et de mes efforts à devenir riche et, à défaut d'être estimé, à être craint par le plus grand nombre. »

Jaume tint parole. Lorsque les soldats le délivrèrent de ses entraves, au lieu-dit de Farnous, il ne lui fallut pas longtemps avant de trouver à s'embarquer sur un voilier qui gagnait en cabotage, à l'ouest de la Guyane, le port de Paramaribo. Là, absolument rétif aux plaisirs faciles qui s'y offraient, il se fit embaucher sur un navire hollandais qui pratiquait le commerce triangulaire. Le capitaine – qui était aussi pour partie armateur –, répondant au nom absolument imprononçable de Sijthoff Fijtge Van De Guchteneere, ne mit pas longtemps avant de le distinguer de la masse des autres matelots. Sur ces négriers, l'équipage était composé, comme il était d'usage, de tous les rebuts de l'armée de marine.

C'étaient des soldats qui avaient servi leur pays des années durant contre une solde famélique et qui désiraient plus que tout, une fois rendus à la vie civile, se payer du bon temps et amasser un pécule pour leurs vieux jours. À cette fin, le commerce triangulaire leur garantissait de voir du pays, de bousculer des femmes de toutes les couleurs et de boire en abondance. Les plus téméraires d'entre eux pouvaient aussi tenter la culbute en risquant leurs gains sur l'armement d'autres expéditions.

Oubliant un instant les reflets fauves de son whisky, Virgile s'inquiéta :

« C'est ce que vous avez fait ? La traite des Noirs ? Vous ?

– Pas encore, mais ne vous impatientez pas. Le pire est toujours à venir… »

En l'an 1726, Jaume s'embarqua donc comme simple matelot sous les ordres du capitaine Sijthoff Fijtge Van De Guchteneere, à bord du *Barend Fokke.* Ce puissant navire de deux cents tonneaux regagnait Amsterdam avec ses cales pleines de café, de métaux précieux, de bois aux essences rares, d'indigo et de sucre. Sur le vaisseau, hormis une mauvaise tempête qui coûta la vie à trois marins jetés par-dessus bord à cause d'une déferlante, au large de Dakhla, le voyage fut plaisant. L'on entonna beaucoup de chansons de corps de garde, l'on bâtit de nombreux châteaux en Espagne ou ailleurs et, lorsque le *Barend Fokke* toucha à quai, des hourras et des vivats jaillirent en un bel ensemble des gosiers. Jaume, que la solitude de la pleine mer lavait à grande eau de toutes les déconvenues qu'il avait subies, erra quelques semaines de cabarets en bordels, de grabats empuantis de punaises en longues promenades sur les digues qui longent les polders. Chaque lundi, il venait tirer la sonnette à la porte de la demeure de monsieur Sijthoff Fijtge Van De Guchteneere, dans l'espoir que celui-ci lui annoncerait la date de la prochaine expédition. Lorsque, enfin, le capitaine fixa le départ du *Barend Fokke* pour le premier jour du printemps 1727, le jeune homme s'inscrivit le premier sur la liste.

Suspendu aux lèvres de Jaume, Virgile demanda :

« Où allait-il, votre bateau ? Encore en Abyssinie ?

– En Angola. La route, comme toujours, était toute tracée. Nous partions d'Amsterdam avec, à bord, un équipage rompu à toutes les roueries de la navigation, des tempêtes, des pétoles comme des mers d'huile. Dans les cales, toute une marchandise sans grande valeur avait été soigneusement embarquée. L'on y trouvait de la verroterie, bien évidemment. Mais aussi des barres de fer brut, du drap écarlate, de l'eau-de-vie en grande quantité, de la toile de Rouen, des cordes tressées, des indiennes criardes et de piètre qualité. Sans oublier la poudre, les fusils, les balles et les armes blanches qui offraient aux tribus acceptant de les échanger contre leurs esclaves une force de frappe imparable. Une fois à Luanda, après des palabres dont je vous passerai la teneur et la durée – car elles furent, comme toujours, interminables –, le *Barend Fokke* mit le cap vers le Brésil avec cette fois, à son bord, une cargaison de six cents captifs. Le vaisseau, cependant, appareilla sans moi.

– Pourquoi ?

– Je vous l'ai dit : je rêvais de richesse et de puissance,

de reconnaissance. Et ce n'était pas avec ma solde, même si elle était tout à fait estimable, que je parviendrais à me bâtir, un jour, la position dont je rêvais. La veille du grand départ pour l'Amérique du Sud, j'acceptai ainsi la proposition que monsieur Sijthoff Fijtge Van De Guchteneere me fit. Je l'acceptai pour ce que je crus être alors, naïvement, mon plus grand bonheur. Hélas, cette mission se révéla bientôt être un pacte avec le diable lui-même… »

Le capitaine-armateur était, bien entendu, un fin négociateur, âpre au gain, sans le moindre scrupule. Il savait, dès le premier regard, juger de la qualité et des défauts d'un homme. Lorsqu'il embaucha Jaume à Paramaribo, il sut ainsi immédiatement à qui il avait affaire. Le jeune homme était volontaire, entreprenant et qui plus est, pétri d'ambition. Il fit donc semblant de se lier d'amitié avec lui durant toute la course, mais aussi le temps que le vaisseau passa dans le port d'Amsterdam. Chaque lundi, il le recevait en personne, prenait le temps de discourir avec lui, l'entretenait des affaires courantes et de la difficulté d'armer correctement un navire. Lorsque l'instant de la séparation arrivait, il ne le laissait jamais repartir sans un panier contenant un poulet rôti, du jambon, du pain, du fromage batave ainsi que deux bouteilles de vin cachetées à la cire.

À Luanda, alors que les derniers esclaves étaient embarqués, monsieur Sijthoff Fijtge Van De Guchteneere lui tint ce discours :

« Jaume, comme tu peux le constater, la vie m'a gâté. Grâce au ciel, je possède une petite flotte ainsi que plusieurs maisons, dans les meilleurs quartiers d'Amsterdam. Hélas, chaque médaille a son revers et la nature n'a pas voulu que j'aie un fils. Ce n'est pas de ma faute, car toutes les femmes que j'ai eues étaient, par un étrange caprice du destin, stériles. Bref, à cause de ce mauvais tour que la vie m'a joué, je ressens aujourd'hui, sur mes vieux jours, la nécessité d'avoir un fils. Je voudrais avoir un descendant sur qui je pourrais m'appuyer et à qui je pourrais léguer toute ma fortune, une fois que mon heure aura sonné. »

Comme Jaume ne répondait pas, l'armateur-navigant reprit :

« Ce fils, je désire que ce soit toi.

– Mais capitaine, je…

– Quand je dis que je veux que ce soit toi, il faut comprendre que je l'exige, que je l'ordonne. »

Redressant tout de même le menton, Jaume osa :

« Et votre épouse, madame Van De Guchteneere ? Ne lui laisserez-vous donc rien ?

– Ne t'inquiète pas pour elle, fils. Elle m'a déjà pris bien plus que son content. Puis, que pourrait faire une femme avec toute cette fortune, à part la dilapider chez les fourreurs et les joailliers ? Crois-moi, j'ai bien réfléchi à la question : considère-toi dès à présent comme mon fils et sache bien que je compte sur toi, ici, afin de veiller sur nos intérêts.

– À Luanda ? Je ne ferai donc pas la route jusqu'au Brésil ? »

Monsieur Sijthoff Fijtge Van De Guchteneere saisit paternellement Jaume aux épaules. Avec un sourire affable, il souffla :

« La mer est une traîtresse. S'il arrivait malheur au *Barend Fokke* et que nous soyons tous deux à son bord, la totalité de mes biens reviendrait à mon épouse. Tu vois donc qu'il vaut bien mieux que tu demeures ici, sur la terre ferme, à préparer mon prochain passage.

– Mais je…

– Ne me remercie pas. C'est bien la moindre des choses qu'un père prévoyant puisse faire pour son fils. Lorsque je reviendrai, dans cinq ou six mois tout au plus, et si tu as bien travaillé, je te reprendrai à mon bord et nous nous installerons à Amsterdam. »

Pendant que le capitaine ouvrait une bouteille de vin de Moselle au son des fouets claquant sur la plage, Jaume tenta d'objecter :

« Que dira madame votre épouse ?

– Elle est d'accord. En tout cas, elle le sera. De toute façon, elle n'a pas le choix. Tu deviendras pour moi mon héritier et, pour elle, le fils qu'elle n'a jamais pu me donner. Tout sera ainsi pour le mieux. »

Avec émotion, Virgile avala une nouvelle gorgée de whisky et apprécia en connaisseur le long silence qui suivit les derniers mots du professeur. Le bistrotier, pour ainsi dire, n'avait jamais eu de père ou, plutôt, celui-ci s'était borné à n'être qu'un géniteur taciturne, incapable de la moindre tendresse. Lorsqu'il avait appris qu'il avait un fils, il n'avait pas plus souri que grimacé. C'était une bouche supplémentaire à nourrir, voilà tout. À quelques reprises, Virgile avait bien tenté de rompre la muraille de silence qui le séparait de son père, alternant les élans filiaux ou les bêtises sans réelle gravité. Jamais, pourtant, il n'avait obtenu de son créateur autre chose qu'une absolue indifférence. Cela aussi, il le raconterait peut-être à Jaume, lorsque le temps serait venu.

« Lorsque le temps serait venu ? Mais vous commencez à m'emmerder avec ça ! »

À cet instant, Jaume sursauta. Dans la quiétude qui succédait à son récit, la voix de Virgile avait retenti avec violence. Face au visage renfrogné du bistrotier, il s'inquiéta :

« Eh bien ? C'est mon histoire qui vous déplaît ?

– Non. Ce n'est pas vous. C'est l'autre.

– L'autre ? Mais l'autre qui ?

– L'autre, là ! Lui !

– Je ne vois pas... »

Avec impatience et agacement, Virgile jeta plusieurs regards en direction du plafond et répéta :

« Lui, quoi ! Vous ne l'entendez pas ? Je ne suis pas fou, quand même ! »

Après quelques secondes d'une perplexité non feinte, le visage de Jaume finit par s'éclairer enfin et il rétorqua :

« Lui ? Bien sûr ! Oui, je l'entends. Rassurez-vous, vous n'êtes pas fou.

– Merci.

– Que lui reprochez-vous ? »

Le front buté, le bistrotier bougonna :

« Il m'empêche de parler. C'est un monde, tout de même !

– Il ne fait que son métier.

– C'est possible, mais c'est vexant. Comment peut-il savoir si l'histoire que j'ai à raconter est moins intéressante que la vôtre ?

– Il est là pour ça, je suppose. C'est lui qui tient le stylo. »

Comme Virgile menaçait de se murer dans le silence, Jaume reprit :

« Vous ne voulez pas savoir ce qu'il m'est arrivé lorsque monsieur Sijthoff Fijtge Van De Guchteneere m'a abandonné en Angola, à la factorerie de Luanda, afin que je veille sur ses intérêts ?

– Si, bien sûr. Mais quand même…

– Alors ? Je continue ? »

Toujours renfrogné, le bistrotier hésita. Puis, faisant contre mauvaise fortune bon cœur, il finit par acquiescer, du bout des lèvres :

« S'il vous plaît, oui.

– Vous êtes sûr de vous ?

– Oui, là ! Surtout que votre capitaine-armateur machin, je ne le sens pas. Il a l'air trop gentil pour être honnête.

– Vous trouvez ?

– Ma foi ! Donner son nom et sa fortune à un gamin qu'on ne connaît pas plus que ça, ça cache quelque chose, non ? C'est bien ça ou je me trompe ? Il y a bien un loup de caché dans cette histoire ?

– Un loup ? Il y en a hélas une meute, monsieur Virgile. Une meute entière… »

À cause d'avaries, de temps mauvais, de créances impayées, le *Barend Fokke* ne réapparut pas sur les côtes angolaises pendant plus d'une année et demie. Durant toute cette période, Jaume ne chôma pas. Il commença tout d'abord par s'affranchir des us et coutumes qui régnaient alors dans les factoreries africaines qu'Anglais, Espagnols, Portugais, Hollandais et Français se disputaient à grands coups de canonnades. Il apprit ainsi que le prix de chaque pièce de Guinée se monnayait quatorze onces à Luanda, mais douze à Ouidah, soit environ quarante livres ou quatorze barres de fer brut pour un homme et huit pour une femme. Ou bien trois ancres d'eau-de-vie, cent vingt-trois livres de cauris et cinq rolles de tabac. Ou encore, deux ancres d'eau-de-vie, deux cent cinq livres de cauris, seize platilles, deux rolles de tabac et un chapeau de cuir huilé.

Très vite, il sut qui exerçait le pouvoir et comment il devait en user avec ces édiles. Au sommet de la hiérarchie, les militaires vivaient en maîtres absolus. Ils étaient là pour faire flotter le drap de leur nation au sommet d'un mât de misère, n'embouteillaient pas les ruelles par leur nombre, mouraient assez volontiers des fièvres malignes que l'on attrape en Afrique et passaient l'essentiel de leur temps à boire et à violer les femmes et les enfants du pays. En d'autres termes, ils symbolisaient la gloire des nations chrétiennes et l'incarnation même des valeurs du siècle des Lumières, du progrès en marche et de l'église catholique dans toute son infinie splendeur.

En fait, c'étaient les commerçants qui possédaient les clés de toutes les factoreries du continent noir. Peu leur chalait que les envahisseurs soient français, hollandais, portugais, espagnols ou anglais. Tout ce qui importait, à Luanda comme ailleurs, c'étaient les esclaves. Venus de toute l'Afrique, en lentes processions de souffrance, menés par des guerriers et des roitelets assoiffés de terres à conquérir, de fusils et de poudre, ils échouaient dans ces camps et attendaient, parqués comme des animaux, que des bateaux veuillent bien les charger. Incapables de se révolter, ils restaient prostrés dans une terreur que rien ne pouvait dissiper, celle d'être emportés de l'autre côté de l'Océan et d'être dévorés par les Blancs.

Lorsqu'un négrier mouillait au large de la factorerie, les palabres pouvaient démarrer. Elles duraient des jours et des nuits entières et Jaume, au contact de ces fins négociateurs, apprit toutes les ficelles du métier. Au bout de six mois, il était passé maître dans l'art de distinguer au premier coup d'œil les plus belles pièces et de les blanchir – à savoir, de maquiller par de l'huile de palme et du cirage les plaies et les contusions récoltées au cours de la marche forcée. Un trimestre plus tard, il pouvait réciter par cœur les noms des grands dignitaires africains et ceux de leurs tribus. Encore trois mois, et il possédait suffisamment de connaissances pour baragouiner une bonne vingtaine de dialectes, se limitant toutefois aux termes nécessaires pour mener une négociation serrée.

Après avoir passé un rapide coup de langue sur ses lèvres humectées de whisky, Jaume poursuivit :

« À la fin de la saison des pluies de l'an 1728, la fière silhouette du *Barend Fokke* se détacha enfin sur la ligne d'horizon. Je me souviens que, ce matin-là, je manquais de défaillir et de m'étrangler de joie. Le temps de la libération était enfin venu…

– Vous étiez si malheureux que ça ?

– Malheureux ? Non. Du moins, je ne le crois pas,

aujourd'hui. En revanche, j'étais terriblement seul. J'étais détesté par les marchands français qui m'accusaient de m'être vendu à la Hollande. Et j'étais méprisé par les Bataves, qui me reprochaient ma trahison à la France. Les négociants des autres nationalités me vomissaient, eux aussi, mais cela était dans l'ordre des choses de traîner la concurrence dans la boue. Quant aux chefs des tribus, ils m'exécraient, me traitaient de voleur, de peste blanche et me prenaient pour l'incarnation du mal absolu. Après une année et demie passée à dormir armé de mon pistolet et de mes couteaux dans la crainte de me faire agresser durant mon sommeil, l'arrivée du *Barend Fokke* signifiait donc pour moi la meilleure nouvelle qui était en ce monde. Avec l'argent que monsieur Sijthoff Fijtge Van De Guchteneere m'avait confié, j'avais pu réserver sept cents des plus beaux esclaves et je m'attendais donc à être félicité et récompensé comme je le méritais.

– C'est ce qu'a fait votre soi-disant nouveau paternel ?

– Pas le moins du monde.

– Pourquoi diable ? »

Jaume espéra sur la plage toute la journée durant, mais monsieur Sijthoff Fijtge Van De Guchteneere ne parut jamais à bord de l'une des chaloupes envoyées par le *Barend Fokke*. À sa place, ce fut un autre capitaine – un homme bourru, rustre et sans la moindre éducation, au front plat et aux idées courtes – qui vint le trouver et qui, sans un mot, lui remit une lettre dûment cachetée à la cire.

Avec la malice qu'autorise l'alcool, Virgile minauda :

« Et vous l'auriez, cette lettre ?

– Oui, pourquoi ?
– Vous l'avez sur vous, ici ? Vous pourriez me la montrer ?
– S'il n'y a que cela pour vous satisfaire... »
De la poche intérieure de son costume, Jaume exhuma un billet jaunâtre qu'il déposa sur la table. Comme le bistrotier ne le lâchait pas des yeux, le professeur se fit plus engageant :
« Ouvrez-le donc, je vous en prie. Je sais bien que vous mourez d'envie de voir si je dis la vérité ou si je mens.
– Ce n'est pas ça...
– Mais si, c'est ça. Et vous le savez parfaitement bien. Ouvrez, je vous dis. Allez... »
Comme un chat avance sa patte en direction d'un insecte qu'il ne souhaite pas tuer tout de suite, Virgile s'exécuta. Avec des gestes lents, il saisit le document, le déplia avec des précautions infinies. Après quelques secondes d'un examen d'ensemble, il chaussa ses lunettes pendant que Jaume, pour sa part, s'abîmait à nouveau dans ses pensées. Cette lettre, il l'avait lue à même le sable de la plage de Luanda. Il en connaissait chaque mot, chaque virgule, il en savait même le rythme de chaque phrase et pouvait, les yeux fermés, visualiser le moindre pâté d'encre qui s'était échappé de la plume. Monsieur Sijthoff Fijtge Van De Guchteneere n'était pas du voyage pour des raisons de santé. Mais il serait du suivant, il le jurait sur la Bible. Il reviendrait en personne chercher son fils de cœur en terre d'Afrique pour l'établir à Amsterdam, à ses côtés. Ce n'était plus que l'affaire de quelques mois. Il viendrait. Il le jurait à nouveau sur la très sainte Bible et sur la non moins sainte icône

de Sint Nicolaas. Il viendrait. En attendant, il le suppliait de poursuivre son travail.

Virgile, tiraillé entre le doute et la surprise, replia méticuleusement le papier, tout en questionnant :

« Et il est venu ?

– Vous pensez bien que non. Au voyage suivant, une nouvelle lettre prétextait des ennuis financiers. Puis, ce furent les épidémies. Vint ensuite la famine. Et le décès d'un parent proche. À chaque fois, les missives se faisaient plus courtes, plus sèches. Il me demandait, bien entendu, de travailler et de travailler encore. En m'échinant pour lui, m'écrivait-il, je préparais mon avenir.

– Vous l'avez cru ?

– Sur parole. Puis, le temps passant, je me suis inventé des raisons d'y croire. Je me suis accroché à des chimères. Je me suis étourdi dans le travail, tordant toujours un peu plus le cou à mes fournisseurs, me battant en duel si nécessaire et ressuscitant aussitôt, le cas échéant. Mais monsieur Sijthoff Fijtge Van De Guchteneere n'est jamais venu me chercher.

– Quel salaud… »

Dans un silence que le premier tapis de neige tenant au sol ouatait maintenant, Jaume s'étira longuement. Puis, il sourit :

« Ne soyez pas triste pour moi, monsieur Virgile. À moins d'être un imbécile, un sot ou un doux rêveur, il ne faut jamais vivre des promesses des autres. De celles que l'on se fait à soi-même, peut-être. Et encore…

– Vous avez travaillé combien de temps pour cette crapule ?

– Huit ans et demi. Puis un matin, un matin pourtant semblable à tous les autres matins, je me suis levé et j'étais guéri. Je n'attendais déjà plus rien des femmes, je pris donc la même résolution pour les hommes. Je récupérai tout d'abord l'or que j'avais enterré au fond de ma hutte et qui devait me permettre de réserver mon lot d'esclaves pour les mois à venir. Je chargeai ensuite un mulet d'eau, de vivres et de quelques effets personnels – sans oublier mes pistolets, mes fusils, un tonnelet de poudre et un autre de balles. Puis, je partis, le long de la côte, droit devant moi, en direction du nord.

– Pour y faire quoi ?

– Pour achever d'y vendre mon âme, mon ami. »

Le voyage de Jaume dura près d'une année et fut l'occasion de tant de dangers, de péripéties, de drames et de morts violentes qu'il serait impossible de tous les raconter ici par le menu. Marchant devant sa mule, traversant les déserts, les brousses et les savanes, s'enlisant dans les marécages et les sables mouvants, il avança avec une rage sourde, ne déviant jamais de sa route, pas plus pour éviter une montagne que des bêtes féroces, des bandits de grands chemins ou les troupes des armées régulières, qui dépassaient alors en barbarie tout ce que l'on peut imaginer de pire. Il progressa, jour après jour, ne s'interrompant que pour laisser le temps à sa mule de souffler et se privant même parfois d'eau et de mil afin que celle-ci ne succombe pas.

« Qu'est-ce que vous alliez chercher, au nord ? s'inquiéta Virgile. Vous vouliez remonter jusqu'à Marseille ?

Ou peut-être même jusqu'à Amsterdam pour régler vos comptes avec l'autre canaille ?

– Pas le moins du monde. Au long de ces huit années et demie d'attente infructueuse et de travail acharné, j'avais eu le temps de bien connaître les esclaves, mais aussi de cerner avec précision quelles étaient les attentes des négociants. Je m'étais fait une idée très précise et parfaitement dénuée de toute sensiblerie des pièces qui attiraient, outre-Atlantique, le plus de convoitises. Je me résolus donc à créer un élevage parfait.

– Mais c'est monstrueux !

– C'est la loi du marché. J'allais créer une nouvelle race d'esclaves dont l'Ancien et même le Nouveau Monde ne pourraient bientôt plus se passer.

– Vous m'effrayez.

– Vous ne croyez pas si bien dire. »

Le plan de Jaume était d'une simplicité confondante. Afin qu'il réussisse, il avait tout d'abord besoin d'un lieu discret donnant sur la mer et, pour débuter son trafic, d'une centaine d'esclaves jeunes et bien portants. Comme sa mule rendit l'âme à Dakar, et que ce pays était en Afrique le plus proche qui soit des Amériques, il s'y établit, non pas sur les rivages sablonneux habités par les Lébous parlant le wolof, mais sur une île distante de deux kilomètres à peine et qui répondait au joli nom de Gorée.

« Vous trouvez ça joli, comme nom : Gorée ?

– Ça vient du hollandais *Goede Reede* qui signifie "bonne rade", monsieur Virgile.

– Il y avait donc des Hollandais ?

– Ça dépendait du moment. J'ai connu l'île sous domination hollandaise, espagnole, française ou anglaise. Mais cela n'avait aucune importance puisque je m'étais installé dans la partie sud de l'île où les rares soldats, de quelque nationalité qu'ils soient, ne venaient jamais patrouiller. Bref, avec ce que je possédais comme or, j'achetai mes cent esclaves à un pirate arabe faisant du cabotage et je recrutai quelques aventuriers afin qu'ils veillent sur eux. Sur mes derniers deniers, enfin, j'achetai trois répétiteurs et une gouvernante… »

En guise de gouvernante, il s'agissait en fait d'une Anglaise hors d'âge qui était tombée de Charybde en Scylla et qui moisissait sur le port de Dakar en attendant d'être jetée à la fosse commune. Gouvernante, elle l'avait bien été, durant ses plus jeunes années. Puis, elle était devenue courtisane, avait fait un enfant à un lord écossais qui, pour toute récompense, l'avait fait bastonner, emprisonner puis envoyer aux colonies où les mauvais traitements et la petite vérole avaient bien failli avoir raison d'elle. Elle se prénommait Margareth, sentait le fauve et, contre la tétée d'un goulot, elle vous offrait les restes de son pauvre corps avec la même indifférence que si celui-ci ne lui appartenait pas.

« Quant aux répétiteurs, expliqua Jaume, ils se disaient descendants de janissaires. Ils savaient le latin, avaient dispensé leur savoir dans quelques maisons françaises et étaient devenus, à force d'alcool, des outres à vin parfaitement désespérées. Comme ils ne tenaient pas à leurs prénoms, je décidais de les appeler Gaspard, Melchior et Balthazar.

– Ils se sont laissé rebaptiser sans rien dire ? Quelle drôle d'époque, tout de même…

– Quels drôles d'hommes, plutôt. Ils avaient perdu toute notion de respect pour eux-mêmes et ne s'inquiétaient que de l'état de leur chopine. Avec ces trois Rois mages et la gouvernante Margareth, j'avais conclu un marché des plus simples. S'ils s'acquittaient de leur charge, à savoir éduquer mes esclaves du lever du soleil jusqu'au mitan du jour, l'après-midi leur était acquise et l'alcool coulait à flots.

– À quoi vouliez-vous les éduquer ?

– À être de bons domestiques. Et ne restez pas ainsi, bouche bée. Les esclaves étaient des bêtes de somme qui, une fois dans le Nouveau Monde, voyaient leur espérance de vie se restreindre à cinq ou sept ans, tout au plus. Les cales des bateaux des négociants grouillaient de ces pièces de Guinée que rien ne distinguait des autres. C'étaient des hommes solides ou des femmes qui, en plus de leur travail aux champs et si elles possédaient des hanches bien larges, devaient enfanter chaque année afin de grossir le cheptel du maître. Coupé de l'Afrique, ce troupeau ne valait que par sa force de travail. Mais moi, Jaume, je prétendais fournir à cette population des atouts qui la distingueraient au premier coup d'œil et mon idée, je l'avoue sans prétention, frisait le génie.

– Génie ? Vous y allez un peu fort.

– L'ignoble peut lui aussi posséder sa part de génie, comme vous allez pouvoir le constater… »

Six mois durant, les esclaves de Jaume, en plus d'une nourriture abondante et variée, recevaient en effet les premiers rudiments d'une éducation propre à les transformer en sujets obéissants, mais aussi aptes à intégrer immédiatement une famille roulant carrosse de l'autre côté de l'Atlantique. À cette fin, la vieille Margareth enseignait aux plus jeunes des enfants toutes les ficelles afin qu'ils plaisent aux rejetons des maîtres des plantations. Sous ses ordres, ils devaient imiter le hennissement du cheval et l'aboiement du chien, apprendre à manger du foin ou à laper dans des écuelles de bois, à ruer des deux jambes ou à faire le beau. Jusqu'à leur petite adolescence et leur départ programmé pour les champs, ces Négrillonnes et ces Négrillons devraient être de parfaits jouets aptes à plaire à la progéniture de leurs seigneurs et maîtres. Aux femmes les plus jeunes et les plus gracieuses, la vieille Margareth enseignait les secrets de l'amour, des caresses, des baisers, des postures les plus licencieuses. Une fois aux Amériques, elles devraient être capables de satisfaire tous les mâles de la famille, du plus jeune des puceaux jusqu'au propriétaire de la plantation et au patriarche. Quant aux moins jolies, entre les mains de la gouvernante, elles apprenaient les métiers de nourrice, de lavandière, de repasseuse, de cuisinière, de ravaudeuse et mille autres petits savoir-faire qui, dans le Nouveau Monde, manquaient cruellement.

« C'est dégueulasse ! s'emporta soudain Virgile.

– Vous voyez le mal partout. En les éduquant, j'évitais à une grande partie d'entre eux le travail des champs, la morsure du fouet et une mort prématurée.

– Comment ça ?

– Lorsque l'on possède une chose à laquelle on tient parce qu'elle a de la valeur, l'on en prend soin, non ?

– Mais c'étaient des êtres humains, tout de même !

– Raison de plus.

– Et les hommes ? Que faisiez-vous des hommes ?

– Mes Rois mages s'en occupaient avec un art consommé. Tous les matins, ils les dressaient à la chicote à se tenir bien droits, à porter sans grimace des livrées empesées dont j'avais fait l'acquisition dans ce but, à articuler les premiers mots de portugais, d'anglais et de français. Melchior s'était fait une spécialité d'enseigner aux mâles les moins jeunes la façon idéale de cirer des bottes, de culotter une pipe et de servir les alcools. Balthazar, lui, transmettait sa science de la lecture et de l'écriture, là encore uniquement pour les mots les plus usuels. Quant à Gaspard, il s'échinait à montrer comment l'on doit marcher de l'autre côté de l'Océan avec des chaussures aux pieds, ce qui était à mille lieues des coutumes africaines. Pour ces populations, porter des brodequins s'apparentait à une certaine forme de torture et ce bon Gaspard dut, plus souvent qu'à son tour, faire appel au contremaître afin qu'il fasse claquer son fouet aux oreilles des plus rétifs. Le dimanche, enfin, la vieille Margareth et les trois Rois mages montaient sur une estrade. Tous habillés de sombre, en corbeaux croyants et pratiquants, ils inculquaient à tous ces esclaves les rudiments de l'église catholique : comment faire convenablement le signe de croix, s'agenouiller dans la poussière, lever au ciel des yeux implorants, se flageller, faire défiler entre ses doigts les billes des chapelets, tendre la langue pour recevoir l'hostie – bref, toutes les simagrées d'usage si l'on veut passer aux yeux des autres pour un bon et loyal adorateur de Dieu.

– Et votre combine, elle a bien marché ? »

La fortune de Jaume fut, pour ainsi dire, immédiate. Chaque élément passant par son élevage de l'île de Gorée acquérait, à la fin de sa formation, une plus-value qui le classait aussitôt parmi les pièces rares. Très rapidement, la chose se sut dans l'ensemble des ports du commerce triangulaire. Les bateaux de toutes les nationalités dévièrent bientôt de leur route afin de s'approvisionner en Nègres domestiques chez le jeune homme qui y gagna alors le surnom de Prince des Nègres de l'Occident. Sachant pertinemment que tout ce qui est rare est cher, celui-ci n'en vendait jamais plus de sept à chaque négrier, mais chacun d'eux valait son pesant d'or. De plus, les mots de négociation ou de marchandage n'avaient aucun droit de cité. On prenait le lot et l'on payait le prix demandé. En outre, le capitaine du navire s'engageait sur l'honneur et sur la Bible à ne jamais maltraiter sa marchandise et, loin des miasmes mortifères des cales, à lui réserver un enclos sur le gaillard d'avant.

Remettant en place le col de son veston, Jaume lâcha :

« En dix-neuf années, j'ai amassé une fortune que vous ne pourriez même pas imaginer, mon cher Virgile. Et j'aurais pu concurrencer jusqu'au grand Crésus si je n'avais dû soudainement mettre fin à mes activités.

– Pourquoi vous êtes-vous arrêté ? Vous n'allez pas me dire que c'est à cause des remords ?

– Non. À cette époque, je n'avais pas d'états d'âme. Si j'ai dû interrompre mon commerce, ce fut tout simplement à cause de mon âge.

– C'est-à-dire ?

– Si le temps passait pour tout le monde, je m'aperçus peu à peu qu'il n'en allait pas de même avec moi. Chaque année, les capitaines des négriers avec qui je traitais revenaient accoster à l'île de Gorée. À chaque mouillage, ils me trouvaient égal à moi-même, sans un cheveu blanc, sans une ride, toujours vaillant et fringant alors que, eux, subissaient les outrages du temps. Durant les premières années, tout se déroula pour le mieux et l'on se dit simplement que j'avais une bonne composition et que le terreau de mes ancêtres devait être solide. Puis, les choses se gâtèrent. L'on se demanda bientôt, sous cape bien entendu, pourquoi je ne vieillissais pas. Des capitaines que j'avais connus droits comme des I et le pied ferme s'étaient courbés avec le temps. Ils commençaient à souffrir des mille maux que distille Saturne et qui finissent par aigrir l'âme la mieux trempée. Alors que je resplendissais toujours d'une jeunesse insolente, ils se voûtaient, se ratatinaient, devenaient pour certains cacochymes. L'on fit courir sur moi des bruits et des rumeurs qui, de simplement déplaisants, devinrent vite injurieux.

– Qu'est-ce qu'on disait ? »

Avec un brin de résignation, Jaume expliqua :

« Lorsque l'homme est confronté à une situation qu'il ne comprend ni ne maîtrise, ce sont toujours les mêmes inepties qui reviennent. On rapporta que j'avais fait un pacte avec le diable, que mon nom véritable était Faust, que je dévorais les enfants que je ne vendais pas afin de m'approprier leur jeunesse, que je buvais le lait d'une licorne que je cachais dans la cave de ma maison. Bref, des âneries qui trouvèrent rapidement, chez les esprits les plus jaloux et les plus ignares, un écho des plus favorables. Ces bruits parvenaient à mes oreilles avec une fréquence toujours plus rapprochée, mais je décidai de ne pas y prêter cas. Ce fut là l'une des erreurs les plus graves de toute mon existence… »

Un soir, un brick battant pavillon nantais mouilla au large de l'île de Gorée. Le capitaine, un homme aux sourcils en bataille et au ventre proéminent, avec qui Jaume avait moult fois commercé dans les meilleurs termes du monde, se présenta à lui dans le crépuscule. Ce soir-là, le marin ne s'embarrassa pas des salamalecs d'usage. Il venait chercher son lot d'esclaves domestiques, comme à l'accoutumée. Cependant, alors que le jeune homme donnait des ordres afin que les meilleurs alcools soient servis, le capitaine ajouta qu'il embarquerait sa cargaison sans délier sa bourse. Comme Jaume ne voyait pas où il voulait en venir, le Nantais se fit plus clair. Sur son brick, des hommes en armes se préparaient à le rejoindre. Il les avait reçus à son bord lors de son escale à Lisbonne, contraint et forcé par les douanes et la plus haute autorité de l'Église. L'Inquisition avait en effet eu vent des histoires qui couraient sur l'éleveur en Nègres domestiques de l'île de Gorée et voulait y voir clair.

Les bras croisés sur sa poitrine, Jaume railla :

« On ne venait pas me chercher des poux dans la tête parce que je faisais le commerce d'êtres humains, non. Le pape et toutes ses bulles étaient favorables à cette pratique et l'Église bénissait ceux qui mettaient les Sarrasins en captivité. Si l'on voulait me faire subir la question, c'était à cause de ma jeunesse inexplicable.

– Qu'est-ce que vous avez fait ?
– Et vous ? Qu'auriez-vous fait à ma place ?
– Mais je n'ai jamais été un trafiquant, moi !
– C'était une figure de style, monsieur Virgile. Rien de plus.
– Si vous voulez. Comment vous en êtes-vous sorti ?
– J'ai fui. Contre la totalité de ma fortune, j'ai acquis la petite barque du Nantais et, à la rame, j'ai rejoint les côtes de Dakar à la faveur de la nuit pour échapper à l'Inquisition. J'ai su toutefois plus tard que le capitaine du brick ne l'avait pas emporté au paradis. Lorsque les prélats ont investi ma demeure et qu'ils ne m'ont pas trouvé, ils ont fait retomber leur colère sur lui. Ils l'ont fait jeter à fond de cale, ont rallié Lisbonne et lui ont fait subir la question avec tant d'empressement et d'application que celui-ci est mort dans des souffrances que vous n'oseriez pas imaginer.
– Bien fait. Et vous ? »

Jaume coinça une nouvelle blonde entre ses lèvres. Avant de l'allumer, il conclut avec lassitude :

« Je me suis fait mendiant. Et j'ai assez rapidement découvert que j'étais plutôt doué dans cette profession qui réclame plus d'efforts et de malice qu'on ne veut bien le croire. Dans les rues de Dakar, incapable de mourir de tristesse ou de désespoir, j'ai appris à implorer, à quémander, à mentir, à supplier sans fin. Couvert de crasse, privé à mon tour de toute fierté, j'ai survécu un temps comme j'ai pu, me nourrissant de ce que les chiens eux-mêmes répugnaient à manger. Le plus souvent ivre mort, déambulant dans les ruelles à la façon d'un fantôme, je me repassais le fil de ma triste et déjà longue vie, depuis les tripes de Marseille jusqu'aux caféiers d'Abyssinie, de Blanche Beaupré jusqu'à madame d'Orvilliers, des rives de la Guyane au grand port d'Amsterdam et aux promesses de monsieur Sijthoff Fijtge Van De Guchteneere. J'avais été Jaume-le-tripier, Jaume-le-mal-blanchi, Jaume-le-pourri et Jaume le Prince des Nègres de l'Occident. J'étais désormais Jaume le seul mendiant blanc de Dakar… »

CHAPITRE VII

Des mille et une façons dont Jaume croisa serpents, scorpions et mygales. Puis comment, aux confins de Lisbonne, il rencontra enfin le grand amour, vécut heureux, finit par abandonner ses huit enfants et se retrouva seul, une nouvelle fois.

« On tape aux carreaux, monsieur Virgile. Vous avez de la visite !

– À cette heure ?

– C'est une dame. Tout habillée de noir.

– Avec un drôle de bibi sur la tête et pas plus épaisse qu'une mante religieuse ?

– Ça y ressemble.

– Alors, je vois ce que c'est. Vous pouvez lui ouvrir et lui servir son verre. Elle ne restera pas longtemps. Je vous rejoins tout de suite. »

Dans le grésillement d'une poignée d'oignons blancs hachés sautant dans de l'huile bouillante, le bistrotier n'avait même pas passé la tête par l'entrebâillement de la porte de la cuisine pour répondre. Après le rhum, le Glenglassaugh Torfa avait fini par embrumer son cerveau. S'il voulait connaître la suite de l'histoire du professeur et de sa soi-disant immortalité, il devait maintenant emplir son estomac avec une nourriture plus robuste que quelques cacahuètes. Le tablier noué sur le ventre, la cuillère en bois à la main, il faisait danser les oignons, parfaitement satisfait de la tournure que prenait la soirée. Ce monsieur Jaume, c'était vraiment quelqu'un. Il ne lui avait pas menti lorsque, suite à son bref évanouissement, il lui avait promis une histoire qui sortait du lot, des confidences telles qu'il n'en avait encore jamais entendu.

Montant du bar, la voix du professeur parvint à couvrir la musique sèche et aiguë de la friture :

« Monsieur Virgile ? Nous vous attendons pour trinquer !

– Commencez sans moi ! J'arrive ! »

Assise d'un quart de fesse sur la chaise occupée l'instant d'avant par le bistrotier, la nouvelle venue semblait laisser volontairement les flocons de neige disparaître d'eux-mêmes de ses épaules. Le visage émacié et les joues creusées à la façon d'un Modigliani, deux grands yeux verts et légèrement globuleux flottant dans le vide, l'apparition portait de longs cheveux totalement blancs qui, maintenant débarrassés d'un béret de feutre rouge, s'épanouissaient en corolle sur sa capeline anthracite. Lorsque Jaume posa devant elle un kir royal, elle le remercia d'un sourire distrait et se mura à nouveau dans son silence. Le professeur, que l'alcool avait rendu plus disert qu'à son habitude, entama la conversation comme il le put :

« Il fait un froid de gueux, n'est-ce pas ?
– C'est l'hiver.
– Vous êtes une amie de monsieur Virgile ?
– Si on veut.
– Moi, je veux bien.
– Alors, disons que oui. »

Avec une grâce lente, des gestes mesurés, la femme porta sa flûte à sa bouche et ce fut seulement à cet instant-là que Jaume s'aperçut qu'elle possédait des lèvres d'une pâleur extrême. Après une petite gorgée, elle reposa son verre sur le marbre et, toujours silencieuse, attendit à nouveau. Afin de rompre la glace, le professeur reprit :

« Je m'appelle Jaume. J'enseigne la philosophie au lycée Fénelon. Et vous ? Puis-je savoir à qui j'ai l'honneur ?
– Je m'appelle Zéphyra.
– Quel nom étrange…
– C'est mon nom, voilà tout. Et je suis sylphide.
– Pardon ?
– Sylphide. Enfin, j'étais sylphide pour être plus exacte.
– Et vous ne l'êtes plus ?
– Il y a un temps pour tout, monsieur Jaume. Vous êtes bien placé pour le savoir, non ? »

Alors que le professeur fronçait les sourcils, décontenancé par cette phrase sibylline, Zéphyra reprit soudain, de façon plus enjouée cette fois :

« Ça ne sert à rien de vivre dans le passé. J'ai été sylphide et je ne le suis plus, voilà tout. On m'a beaucoup aimée et on ne m'aime plus. Ainsi va la vie. L'amour est de l'histoire ancienne.

– Vous ne croyez plus à l'amour ?

– C'est lui qui ne croit plus en moi. Pourtant, Dieu sait que je l'ai aimé, l'amour. Et qu'on m'a beaucoup aimée, en retour. Mais tout cela est bien fini, aujourd'hui. Je suis trop vieille. L'amour passionné, celui qui fait faire des folies, tout ça a disparu. Le grand amour, comme celui qu'on voit au cinéma, c'est fini.

– Peut-être simplement que vous ne regardez plus les bons films ? »

Dédaignant la remarque, Zéphyra poursuivit le fil de sa réflexion :

« L'amour est passé de mode. On ne sait plus s'aimer pour rien, gratuitement. On finit par trouver chaussure à son pied, ça oui. Mais si on aime, c'est avant tout parce qu'on a peur de vieillir tout seul, vous ne trouvez pas ? »

Comme Jaume se contentait d'écouter, elle insista :

« On continue à se mettre en couple, bien entendu, et on appelle toujours ça le grand amour. Mais c'est juste de la peur. La peur de vieillir seul, d'avoir des revers de fortune, de ne pas pouvoir payer son loyer, de tomber malade et de finir à la rue. Alors, on se marie et on fait semblant de bien s'amuser à la noce, on trinque à l'avenir et on fait même des enfants. Mais l'amour est devenu un placement sur l'avenir. On s'aime comme nos parents ouvraient un compte à la Caisse d'Épargne.

– Vous êtes sans le moindre doute la sylphide la plus sombre que j'aie rencontrée de toute mon existence.

– Parce que je dis la vérité ? »

Un dernier mouvement de menton et Zéphyra reposa sa

flûte vidée sur le marbre. Tout en se mettant debout et en rajustant son béret couleur coquelicot, elle ajouta :

« Les coureuses de dots et de rentes, ça a toujours existé, monsieur Jaume. De tout temps, on s'est attaché à un gros sac d'or, mais ça n'empêchait pas d'aimer à côté. Ça avait du panache et le goût délicieux du péché. On aimait en douce, sans bruit, pour le plaisir d'aimer. Aujourd'hui, c'est trop risqué. Quand on a ferré son fonctionnaire, on se le garde et on passe sa vie à faire semblant de l'aimer. Si on le quitte – parce que ça arrive tout de même, parfois –, c'est pour un autre un peu plus riche, un peu mieux installé. C'est rarement pour plus pauvre que ce qu'on possède déjà. »

Avant d'abandonner la Table, Zéphyra promena encore un instant ses immenses yeux verts sur Jaume. Puis, elle souffla :

« Le grand amour, aimer à perdre son âme... C'est pourtant la seule chose qui vaille vraiment la peine d'être vécue, non ? »

Lorsque Virgile sortit de sa cuisine, portant comme un trophée un plateau chargé d'une omelette aux oignons fumante, d'un fromage et d'une bouteille de vin rouge, Zéphyra avait disparu. Il ne restait plus d'elle, sur le sol, que quelques flocons de neige fondue. Alors qu'il disposait les couverts sur le guéridon, le bistrotier s'interrompit soudain et demanda :

« Elle est déjà partie ?

– Qui donc ? Votre amie Zéphyra ?

– Zéphyra ? C'est la première fois que j'entends ce nom. Ici, les habitués l'appellent simplement Zézette.

– C'est moins poétique.

– C'est possible. Mais c'est bien comme ça qu'on l'appelle, dans le quartier : Zézette. Madame Zézette, peut-être. »

S'installant devant son assiette s'arrondissant en une éclatante tache jaune, les narines frémissant avec gourmandise du fumet qui emplissait la pièce, Virgile reprit :

« Un drôle de numéro, la Zézette. Et pas une vie facile, avec ça. Elle a repoussé tous les hommes qui lui couraient après. Et ils étaient nombreux, les bougres. Mais non. Elle disait qu'elle cherchait le grand amour. Comme il ne venait pas, elle a fini par dire oui à un juge aux affaires familiales, un type pas marrant mais qui avait des sous. Lui, ça ne lui a pas porté bonheur puisqu'il est mort, juste après la noce. Depuis, elle marche au kir royal. C'est un peu tout ce qu'il lui reste du temps où elle était la reine du quartier…

– Son juge est mort de quoi ?

– Ça… Y a des histoires qui ont couru qui n'étaient pas jolies jolies, à l'époque. Il s'est dit qu'elle l'avait un peu aidé à passer l'arme à gauche. Mais ce ne sont pas mes affaires ni les vôtres, n'est-ce pas ? »

Après avoir englouti une lourde bouchée d'omelette encore baveuse, Virgile ronronna un instant de plaisir. Puis, ragaillardi, les lèvres toutes parfumées d'huile d'olive, il s'impatienta :

« Alors ? Qu'est-ce qu'il est devenu, le seul mendiant blanc de Dakar ?

– Il a aimé, lui aussi. Il a vraiment aimé. Il a même connu le grand amour.

– Racontez, alors… »

Il fallut à Jaume toute une année avant qu'il ne prenne la décision de se défaire de la désolation d'avoir tout perdu. L'or qu'il avait amassé par la traite des Noirs lui avait été confisqué sans espoir de retour et grossissait désormais le trésor des États pontificaux. Il passa ces douze mois à tenter de se laisser mourir dans un cul de basse-fosse naturel, creusé par les pluies, un peu à l'extérieur des quelques centaines de huttes qui composaient la ville. Les rares Blancs ne le considéraient pas comme l'un des leurs et le méprisaient plus que tout au monde. Les métis lui crachaient volontiers dessus, lorsqu'il leur arrivait de passer devant son trou. Les Africains, eux, semblaient ne pas même le voir. Seules, les signares, ces belles métisses vivant avec des marchands européens, éprouvaient un peu de pitié et lui faisaient la charité, se reconnaissant sans doute dans son extrême solitude.

Jaume, dans un état second, se moquait de tout. Un jour, il vit se planter devant lui la vieille Margareth. Étonnamment silencieuse, elle le considéra longuement avec un profond dégoût. Puis elle finit par tirer d'une des poches de sa robe une pièce de monnaie qui étincela aussitôt au soleil. Avec un sourire mauvais sur le visage, elle cracha sur le sequin venu d'Italie et le jeta de toutes ses pauvres forces à la face de Jaume, avant de s'éloigner sur le sable souillé de Dakar.

Torturant une boulette de mie de pain entre les doigts de sa main droite, le professeur railla faiblement :

« Elle venait de me faire l'aumône. À moi. Moi qui l'avais sortie de l'enfer où elle se prostituait. Cette pièce d'or m'a brûlé les mains, lorsque je l'ai ramassée. Et elle ne m'a jamais quitté, depuis. »

Jaume déposa alors la pièce, pas plus grande qu'une rondelle de saucisson, sur le marbre de la table. Pendant que Virgile observait ce sequin usé, griffé et déformé par le temps, le professeur poursuivit :

« Ce fut pour moi le déclic. Dès que la silhouette de la vieille Margareth disparut au coin de la rue, je me levai et je décidai de quitter à tout jamais Dakar et mes rêves avortés de fortune. À nouveau, je mis le cap au nord, quémandant ma pitance auprès des Bédouins ou des bergers croisés sur mon chemin, me nourrissant sans leur secours de racines et de baies, lapant l'eau croupie à la première occasion. De Dakar, je passai en Mauritanie, puis je longeai la côte du Sahara occidental. Lorsque je parvins à la pointe sud du Maroc, mes cheveux collés par mèches et ma barbe hirsute, les os qui saillaient sous ma peau, mes yeux hallucinés et mon sourire béat me firent passer pour un fou. On me traita d'aliéné, d'illuminé, de démon, de dément. Des femmes désespérées et ne croyant plus en rien voulurent même voir en moi un prophète et elles tombèrent à mes genoux en me voyant passer, me suppliant de leur révéler quel Dieu il fallait révérer si l'on voulait mériter le paradis. »

Épongeant l'huile abandonnée par sa part d'omelette avec une tranche de pain, Virgile demanda :

« Si je comprends bien, vous ne pouvez pas non plus mourir de faim ni de soif ?

– Hélas, non. Sans quoi, j'aurais quitté cette terre depuis bien longtemps. En revanche, j'ai subi les affres de la faim et celles, bien plus terribles encore, de la soif. Dans ces moments de délire, j'aurais même arraché sans la moindre vergogne un nouveau-né au sein de sa mère pour lui voler son lait. Mais je n'ai croisé, sur ma route, que ces Bédouins, ces bergers, ces femmes désespérées – sans oublier une quantité non négligeable de scorpions, de serpents et de mygales. Abruti par le soleil, j'ai suivi les côtes du Maroc jusqu'à Essaouira, Safi, Oualidia et El Jadida. Après avoir évité Casablanca et Rabat, j'ai continué mon chemin par Kénitra, Assilah, Had Gharbia et Gueznaia. Enfin, sur le port de Tanger, je me suis assis sur un quai, face à la mer, et j'ai attendu. »

Comme Virgile louchait avec insistance sur l'assiette que Jaume n'avait pas touchée, celui-ci la poussa dans sa direction. Tout en l'acceptant de bonne grâce et en salant la portion vigoureusement, le bistrotier interrogea :

« Qu'est-ce que vous attendiez ?

– Je ne le savais pas moi-même. Un signe, un geste du destin.

– Et il est venu ?

– Oui. Par la grâce de Dieu ou la bienveillance des hommes, chacun pourra faire son choix.

– À quoi ressemblait-il, votre signe ? »

Un matin, après d'interminables semaines d'attente immobile, dans le clapotis des vagues et les hurlements incessants des marchands se mêlant à l'*adhan* du muezzin, un homme d'une quarantaine d'années aborda Jaume en lui tendant un verre de lait et quelques dattes. Puis, sans poser de question, il le chargea sur son bateau, lui fit passer le détroit de Gibraltar et remonta les côtes espagnoles jusqu'à Mazagón et Huelva. Après une halte à Faro, lors de laquelle il monnaya les jarres d'huile d'olive et les épices dont il faisait commerce, il mit le cap vers Sagres, Aljezur, Vila Nova de Milfontes, Sines et Melides. Durant ce périple qui ne prit fin qu'à Lisbonne, l'homme resta muet, se contentant d'indiquer par de brefs mouvements du menton les tâches dont Jaume devait s'acquitter à bord – étarquer la voile, jeter l'ancre, écoper les jours de pluie, brosser le petit pont ou pêcher à la palangrotte le repas de la journée.

Dans la capitale portugaise, après avoir amarré solidement son bateau qui, au milieu des bricks, des goélettes et des vaisseaux de fort tonnage ressemblait à une simple coquille de noix, l'homme lui parla enfin ainsi :

« Étranger, tu as fait ta part du travail et tu es libre de partir où bon te semblera. Tu ne me dois rien et je ne te dois rien. Mais, si tu le veux, tu peux aussi m'accompagner chez moi, à Cascais. J'ai ma première fille à marier. »

Étourdi par tant de mots, Jaume laissa s'écouler un long temps de silence. Puis, il répondit avec un sourire blagueur :

« Les hommes de ton village ne sont pas assez valeureux pour que tu viennes choisir si loin un étranger pour ta fille ?

– Ce n'est pas ça. Il n'y a pas plus braves ni plus travailleurs que les hommes de Cascais.

– Alors, c'est ta fille ? Qu'est-ce qu'elle a ? Elle est borgne et bossue ? Elle a un bec-de-lièvre ? Elle est grosse et laide à faire peur ?

– Elle n'est ni borgne, ni bossue. Et sa beauté est à nulle autre pareille.

– Pourquoi m'as-tu choisi, moi ? »

Un instant gêné par le ton ironique de la question, l'homme hésita un instant. Puis, il finit par expliquer :

« Parce qu'elle ne veut pas seulement un mari.

– Qu'est-ce qu'elle veut d'autre ?

– Elle dit qu'elle veut le grand amour. Elle l'attend face à la mer, comme toi aussi tu attendais face à la mer. Alors, je me suis dit que c'était peut-être toi, le bon. »

Jugeant qu'il avait assez parlé, il rentra sa tête entre ses épaules, assura sa besace sur son dos et, d'un pas décidé, emprunta le chemin des muletiers qui mène en zigzaguant de la grande ville de Lisbonne à la petite enclave de Cascais. Jaume ne sut d'abord pas quelle décision il convenait de prendre. La proposition le troublait. Échapper aux griffes de l'Inquisition, croupir une année pleine dans Dakar, traverser tant de déserts, souffrir de la faim et de la soif, se faire piquer par des serpents, des mygales et des scorpions, échapper à des femmes désespérées : il aurait donc subi toutes ces épreuves pour rencontrer, finalement, une mystérieuse Portugaise rêvant du grand amour ? La chose lui plut et il emboîta le pas à l'homme dont il ignorait le nom comme le prénom.

Le dos bien calé contre le dossier de sa chaise, les cuisses ouvertes et le ventre en avant, Virgile écoutait les aventures de Jaume avec un plaisir non feint. Il servit à son invité un verre de Côte de Nuits, un bourgogne-le-chapitre qui roulait sur la langue et coulait dans la gorge à la façon d'une source sucrée et poivrée tout à la fois, puis il s'inquiéta amicalement :

« Ça valait vraiment la peine de suivre cet homme jusqu'à son village ? »

Pour la première fois de la soirée – et peut-être même pour la première fois depuis quarante années qu'il le connaissait, Virgile n'aurait su le dire –, le visage de Jaume se détendit pleinement et s'ouvrit d'un sourire de félicité. La gorgée qu'il but du bourgogne-le-chapitre ne fit qu'accentuer encore son plaisir et sa voix, d'ordinaire calme et posée, se mit à trembler de manière imperceptible :

« Si j'avais su ce qui m'attendait à Cascais, j'aurais jeté au feu et Blanche Beaupré, et madame d'Orvilliers. Je serais même venu à la nage, depuis Dakar jusque sur les côtes du Portugal.

– Diable !

– Le diable n'a rien à voir avec ça, bien au contraire !

– Mais qui était cette merveille ? Tout à l'heure, vous parliez avec tellement de passion de Blanche Beaupré et de madame d'Orvilliers…

– C'est que je ne connaissais rien encore. J'ignorais ce que j'allais vivre à Cascais.

– Vous avez donc eu plusieurs grands amours ? »

Comme un escrimeur évite un coup d'estoc ou de taille, Jaume se recula soudain sur la banquette et s'exclama :

« Non, monsieur ! Je n'ai eu qu'un seul grand amour !

– Vous pensez qu'on ne peut aimer qu'une seule fois dans sa vie, alors ?

– Je n'ai jamais dit une chose pareille, monsieur Virgile. L'on peut bien évidemment aimer plusieurs fois, et à tout âge. Mais il n'existe qu'un seul grand amour. Et le simple fait de venir sur terre ne vous garantit certainement pas de le trouver. D'ailleurs, rares sont ceux qui ont connu le grand amour.

– Tout ça, c'est des mots. Qu'est-ce que vous appelez, vous, le grand amour ? »

Le professeur reposa son ballon de vin et tenta d'expliquer :

« D'abord, c'est la chose la plus équitablement répartie au monde puisque le grand amour frappe sans distinction de richesse, de classe sociale, d'âge, ni même d'apparence physique. C'est un don que l'on nous fait, mais encore faut-il être capable de le reconnaître et de le recevoir comme tel. De nombreuses autres formes d'amour tentent de se faire passer pour le grand, l'unique, le fondamental.

– De quelles formes parlez-vous ?

– Il y a l'amour de la première fois, de la découverte, du premier coup de sang. Pour moi, c'était avec cette chipie de Blanche Beaupré… »

Un instant, Virgile songea avec mélancolie à Magalie, à ses seins fatigués et à son sac débordant de préservatifs. Puis, ce fut une autre silhouette qui s'imposa à son esprit. Une jeune femme gracile, au regard toujours lointain, comme éternellement absent, étranger à tout. Cela avait été sa première grande histoire d'amour, à lui, simple bistrotier encore en devenir. Elle possédait une nonchalance et une douceur irréelles, ne riait jamais. Sa seule histoire. Il la lui raconterait. Dès qu'il le pourrait.

À la façon d'un jeune chien, Virgile s'ébroua et confirma :

« Pour le premier amour, nous sommes bien d'accord. Il existe. Mais les autres ?

– Ce n'est pas ce qui manque ! Il y a l'amour interdit, l'amour raisonné, l'amour chaste, l'amour courtois, l'amour purement charnel, l'amour que l'on qualifie à tort de platonique, l'amour désespéré, l'amour épistolaire, l'amour déviant...

– L'amourette, l'amour fou ou l'amour d'une nuit : j'ai compris. Mais le grand amour ? Qu'est-ce que c'est, à la fin ? »

Cette fois, Jaume se pencha par-dessus le guéridon vers le visage du bistrotier, puis il chuchota :

« Le grand amour ? C'est ceci, mon ami. Il arrive parfois, chez certains êtres particulièrement chanceux, que toutes ces sortes d'amour que nous venons d'évoquer finissent par s'agglomérer, par ne plus former qu'une seule galaxie qui va elle-même donner naissance à une seule planète. C'est cela, le grand amour. C'est cette planète. Avant elle, ça ne comptait pas. Après elle, il n'y a plus rien. Le grand amour, c'est cette planète autour de laquelle tout ce que l'on a connu gravite toujours, mais ne parvient plus à prendre corps. Ce n'est plus qu'une succession d'astéroïdes, de poussières d'étoiles mortes. Voilà ce que c'est que le grand amour... »

Se rasseyant sur la banquette, le professeur alluma une cigarette qu'il prit le temps de voir fumer au bout de ses doigts. Puis, il la tendit à Virgile de manière fraternelle. Pendant que celui-ci tirait sa première bouffée, il renoua avec le fil de son histoire un temps interrompue :

« Mon grand amour se nommait Zélia. Elle venait d'avoir 20 ans et n'ambitionnait dans la vie d'autre but que celui d'être heureuse par l'amour. L'argent, le pouvoir ou les honneurs, tout cela l'indifférait au plus haut point. »

La rencontre entre Zélia et Jaume se déroula comme dans un rêve. Après cinq heures de marche, oublieux du fracas de Lisbonne, les deux hommes entreprirent de gravir une colline en pente douce plantée d'oliviers, de pins maritimes, de cactus, de figuiers et de quelques eucalyptus qui croissaient en bordure d'une plantation de chênes-lièges centenaires, tordus par les rafales océanes. De la terre caillouteuse et chaude de soleil, des bouffées de parfums puissants s'élevaient et enveloppaient les marcheurs dans un nuage invisible. Laurier, thym, marjolaine, estragon, romarin, menthe poivrée ou aneth : les plantes aromatiques poussaient en bouquets, capables de vous enivrer plus sûrement encore que n'importe quel alcool. Au fur et à mesure de leur progression, ils abandonnaient derrière eux le fortin et les bicoques formant le hameau de Cascais, les barques peintes de couleurs vives, les filets des pêcheurs finissant de sécher entre des piquets de bois flotté. Bientôt, à la faveur d'une sente plongeant dans un vallon, toute trace d'humanité disparut. Ils se retrouvèrent seuls au monde, engloutis désormais par une forêt de jacarandas, de flamboyants bleus, dont les myriades de fleurs formant grappes possédaient la teinte indicible du cours lent et majestueux du Tage.

Comme si elle l'avait su, Zélia était là, qui attendait Jaume. Elle avait abandonné son poste de vigie immobile sur la crête de la colline qui dominait l'Océan. Vêtue d'une simple robe de coton blanc, les pieds nus, un œillet piqué dans la masse noire de ses cheveux, elle souriait gravement sur le porche de la maisonnée. Plus loin, dans un ruisseau qui perçait de la pierre sèche, sa mère et ses sœurs battaient le linge en fredonnant une chanson en patois de Lisbonne que Jaume ne comprit pas. Il saisit seulement que cela parlait, encore et toujours, d'amour, d'étoiles et de soleil. Après avoir pudiquement embrassé sa fille sur le front, l'homme qui avait mené Jaume jusque-là disparut dans la bouche fraîche de l'habitation et, au sommet d'un jacaranda, un merle se mit à dérouler ses notes et ses trilles.

« Nous ne nous sommes rien dit, se souvint Jaume. Je l'ai prise par la main et elle est devenue ma femme, voilà tout. Le soir même, nous couchions sous un pin maritime et, dès le lendemain, je commençais à construire notre maison dans un vallon voisin.

– Sans rien dire ?

– Pas le moindre mot.

– Vous n'étiez pas curieux l'un de l'autre ? Vous ne vouliez rien savoir de sa vie, ni elle de la vôtre ?

– À quoi cela aurait-il servi ? Nous étions comme deux notes d'une même portée, deux couleurs d'un même tableau qui ont longtemps été séparées et qui, par miracle, se retrouvent enfin et s'accordent l'une à l'autre à la perfection. Notre amour était d'une telle évidence que parler aurait été déparler. Plus tard, nous avons échangé quelques mots, oui. Mais c'étaient des riens, des broutilles. C'était bien plus de la musique que des paroles. À dater de ce jour-là, la vie a coulé pour nous, sans heurts et sans violence. »

Afin de gagner sa vie, Jaume se fit pêcheur au village de Cascais. Ne désirant rien posséder, il travailla toujours sur les barques des autres et se promit surtout de ne jamais retourner sur le continent africain. Deux ans après son arrivée, Zélia et lui vivaient dans une petite maison qui ne comptait qu'une seule pièce. Pendant qu'il cabotait, elle cultivait leur jardin. Un matin, ils furent réveillés par ce qu'ils crurent être d'infernaux grondements de tonnerre. À trente kilomètres de là, un tremblement de terre ravageait Lisbonne, massacrant sans pitié des dizaines de milliers de femmes et d'hommes, le jour de la Toussaint. Ils sortirent en courant et, aussitôt après, leur petite maison s'écroulait tandis que leur potager disparaissait dans les entrailles de la colline. Dès le lendemain, Jaume commençait à dresser de nouveaux murs et Zélia binait une nouvelle portion de terre afin d'y faire pousser des tomates, des oignons, quelques pommes de terre et des pois chiches. Le hameau de Cascais avait totalement été rayé de la carte. Pourtant, ni l'un ni l'autre ne participèrent aux multiples processions qui s'organisèrent en contrebas et qui avaient pour unique objet de chasser le mauvais œil. Ils se contentèrent de poursuivre leur existence, se nourrissant de poisson, de lait, de pain, de légumes et de fruits. Chaque nuit, ils faisaient l'amour avec une belle énergie, ne s'interdisant rien, puis ils s'endormaient, serrés dans les bras l'un de l'autre.

Les sourcils froncés, Virgile demanda :

« C'est tout ce que vous faisiez ?

– Ce n'est déjà pas mal, non ? Faire l'amour et travailler, cela occupe une bonne partie de votre temps. Et cela chasse aussi l'ennui, le vice et les besoins.

– Vous n'alliez pas à l'église ? Aux fêtes du village ? Au café ?

– Non.

– Ça devait être triste.

– Détrompez-vous. Les amants qui s'aiment n'ont besoin de rien pour être heureux. Et surtout pas des babillages, le plus souvent inutiles, des uns et des autres. »

Durant l'année qui suivit la destruction de Lisbonne, Zélia tomba enceinte. Ce fut un garçon et ils le baptisèrent Jorge. Pour lui, Jaume bâtit une deuxième pièce et acquit, en échange d'une semaine de travail, une vieille guitare au manche vrillé mais qui sonnait encore joliment. Un an plus tard, le ventre de Zélia s'arrondit à nouveau. C'était une fille et ils lui donnèrent le prénom de Maria. Jaume dressa les murs d'une troisième pièce et revint un soir au logis avec un grand livre relié par une couverture de cuir tachée de moisissures, échangé à un gitan de passage contre deux langoustes et une daurade encore frétillante. Cet ouvrage portait le titre de *Decameron* et, chaque soir, la jeune femme prit l'habitude de lire à haute voix le tiers d'un conte, très lentement, afin de bien en apprécier les détails. Ces histoires de Boccace rythmèrent leurs veillées durant près de trois cents jours et Zélia mit au monde une petite Elissa.

« Nous eûmes en tout et pour tout huit enfants, tous parfaitement sains de corps et d'esprit. Notre maison s'agrandit d'autant de pièces et notre bibliothèque s'enrichit progressivement des fables d'Ésope, des traités de Platon relayant la pensée socratique, des recueils des grands Ronsard et Marot, des chroniques de Damião de Góis, de certains essais d'Érasme – sans oublier *La Vie de Lazarillo de Tormes* que tout homme se prétendant libre et instruit des choses de ce monde devrait, au moins une fois dans sa vie, lire avec attention de bout en bout. La seule ombre au tableau vint de ma belle-famille d'alors. Le père de Zélia, qui était pourtant un brave homme, se mit à devenir jaloux de moi qui rendais sa fille plus heureuse que lui-même n'y était jamais parvenu. De plus, ma maison devenant plus grande que la sienne, il abandonna un jour son commerce d'épices et d'huile d'olive pour entrer au service d'un grand marchand lisboète ayant pignon sur rue. Il y gagna de l'or, mais il y perdit aussi la vie dans des circonstances qui seraient bien trop longues à préciser ici. Sa femme en mourut de désespoir et ses filles quittèrent la maisonnée pour entrer dans les ordres. Pour nous, il y eut le temps du deuil, bien sûr, mais très vite, nous fûmes de nouveau parfaitement heureux. »

Comme Virgile ne disait plus un mot, Jaume soupira. Puis, tout en remplissant les verres, il s'amusa :

« Vous trouvez maintenant mon histoire ennuyeuse, je me trompe ?

– Ce n'est pas ça.

– Mais si. Vous préfériez lorsque je vous racontais par le menu la peste et les coups d'épée, la soif de l'or et les amours impossibles. Vous aimiez mieux les trahisons, les lâchetés, les coucheries et les faits d'armes. Osez dire seulement que ce n'est pas vrai ? »

Le regard au sol, le bistrotier finit par avouer :

« Ce n'est pas faux...

– Je le sais bien. Le bonheur simple n'intéresse personne. Mais rassurez-vous. La vie possède un goût prononcé pour le drame et la tragédie. Tout ce que je viens de vous raconter n'était qu'une parenthèse, un souffle, un instant…

– Vous voulez dire que ça va repartir comme avant ? »

S'apercevant immédiatement qu'il avait prononcé ces mots avec un soulagement mêlé d'une impatience trop visible, Virgile tenta de s'excuser :

« Attention, monsieur Jaume, ne vous trompez pas. Après tout ce que vous aviez vécu, vous aviez droit à un peu de bonheur, quand même.

– Je vous remercie.

– Vous m'avez parlé de madame Zélia. Mais vos enfants ? Qu'est-ce qu'ils sont devenus ? »

Le visage du professeur s'assombrit soudain. Tout en faisant machinalement tourner la bouteille sur sa base, il gronda :

« Mes enfants ? Je les ai abandonnés.

– Quoi ? Vous disiez pourtant qu'ils étaient superbes, sains de corps et d'esprit ?

– C'est exact. Mais n'oubliez pas une chose : le temps passe. Pour les autres, en tout cas. Pas pour moi. Voilà pourquoi je vous parlais à l'instant de drame et de tragédie… »

Personne ne s'aventurait jamais dans la grande maison baignée de jacarandas bleus et bordée par une rivière prenant sa source dans la sécheresse de la pierre. Personne ne s'aperçut donc du sort qui frappait Jaume. Personne, hormis Zélia. Une après-midi où, main dans la main, ils fumaient tous deux une pipe sous le plus haut des flamboyants, et pendant que leurs huit enfants couraient la colline, ce fut elle qui mit un terme à leur félicité.

De sa voix la plus douce, tenant les doigts de Jaume dans les siens, elle murmura :

« L'homme, je ne crois pas aux diableries, mais j'ai des yeux et je sais ce qu'ils voient.

– Que voient-ils ?

– Ils voient que les années s'empilent, patiemment, et que nos enfants atteignent déjà pour certains l'âge de vouloir voler de leurs propres ailes. Ils voient aussi que le temps fait son œuvre. Mes hanches s'empâtent, mes premiers cheveux blancs apparaissent et des rides que rien ne viendra jamais combler se creusent au coin de mes yeux. Ils voient enfin que, toi, tu restes toujours le même. Malgré les hivers qui chassent les hivers et les étés qui succèdent aux étés, tu demeures le même jeune homme que j'ai rencontré, voilà déjà de longues années.

– Cela te déplaît ?

– Certainement, non. Mais nos enfants commencent à m'interroger, dans ton dos. Ils me posent des questions. Lorsqu'ils seront en âge de courir le monde, ils répandront le bruit qu'il existe, aux confins de Cascais, un homme qui ne vieillit pas. Tous les diacres et les sous-diacres de l'Inquisition ne tarderont alors pas à en faire des gorges chaudes auprès du pape. Celui-ci finira bien par envoyer ses soldats pour te passer la corde au cou ou pour te faire brûler sur un bûcher pour sorcellerie. »

Face au silence de Jaume, Zélia serra encore un peu plus fort sa main et conclut :

« Si nous voulons nous aimer jusqu'au terme de ma vie, puisque la tienne semble infinie, nous devons nous séparer de nos enfants. Dès demain, tu les conduiras jusqu'à Porto. Là, tu les confieras à ma tante et tu lui donneras toutes nos économies. Elle n'a jamais eu d'enfant, mais elle saura faire d'eux des jésuites ou des nonnes, d'honnêtes commerçants ou des jeunes filles bonnes à marier. Quant à nous, nous quitterons notre maison et nous nous établirons ailleurs, plus loin encore vers le nord. »

Le jour suivant, Jaume conduisit leurs huit enfants dans la bonne ville de Porto et, cachant ses pleurs, il les abandonna à la vieille tante dont le ventre n'avait jamais enfanté. Et peu après, Zélia et lui partirent s'établir non loin de Cabo da Roca, sur les flancs de la colline d'Ulgueira.

Délaissant un instant la bouteille de vin, Jaume sourit faiblement.

« Nous sommes restés là, dans une cabane de bergers abandonnée, durant les trente-trois années qui ont suivi.

– Vous n'avez jamais revu vos enfants ?

– Jamais plus. Nous avions choisi de vivre coupés de tout, en véritables anachorètes. Ou en ermites, si vous préférez.

– Vos huit gamins ne vous manquaient pas ?

– Si, bien sûr, mais le temps passe très vite, monsieur Virgile, je vous l'ai déjà dit. J'espère, aujourd'hui encore, que leurs vies ont été belles et douces. Pour Zélia et moi, les saisons ont coulé sans heurts. »

Au fil des années, la belle chevelure noire de la jeune femme disparut, remplacée par une teinte virant au gris, puis au blanc. Les rides se creusèrent toujours un peu plus sur son visage et, vers la fin de sa vie, ses forces déclinèrent insensiblement tandis que Jaume demeurait obstinément ancré dans sa jeunesse. Dans les derniers temps, Zélia se révéla incapable de s'occuper de leur petit jardin. Ses courses jusque sur les crêtes de la colline s'espacèrent, puis s'interrompirent complètement. Elle n'accomplit bientôt plus que les quelques mètres séparant la cabane d'une source dont le filet ne coulait pas plus gros que le doigt, même au plus fort des pluies. Enfin, elle finit par ne plus quitter son grabat de paille fraîche que pour profiter des rayons du soleil dispensés par la fenêtre, ne fuma plus qu'une pipe par jour et ne se nourrit, comme les enfants en bas âge, que de lait de chèvre.

« Moi, reprit Jaume d'une voix mal assurée, je fis comme je pus afin d'adoucir ses dernières années. Nous avions emporté nos livres avec nous et, comme ses yeux ne pouvaient plus distinguer les caractères, je lui lus les ouvrages qu'elle préférait. Je la portais moi-même jusqu'à la fenêtre et je l'emmitouflais de mon mieux afin qu'elle n'ait pas froid dans le triste soleil de l'hiver du Portugal. Un soir, alors que je terminais notre lecture quotidienne, elle trouva encore assez de force tout au fond d'elle pour serrer ma main plus fiévreusement qu'à l'ordinaire. Puis, elle me dit dans un souffle : "Tu as été mon grand amour, l'homme de ma vie. Maintenant, tu vas être l'homme de ma mort. Je vais fermer les yeux pour ne plus jamais les ouvrir tandis que toi, tu vas encore connaître des milliers de choses et des milliers de gens. Je ne t'ai jamais rien demandé, mais il faut croire que l'approche de la mort rend curieux. Aussi, je voudrais savoir quel est ton secret, ton secret de l'immortalité…" »

Virgile saisit alors la balle au bond et, malgré le nœud de l'émotion qui obstruait sa gorge, il parvint à questionner :

« Vous le lui avez dit ? Le secret, vous le lui avez dit ? »

Jaume prit le temps de soupirer. Puis, il acquiesça.

« Oui. Je le lui ai dit. Du moins, je lui ai dit ce que j'en savais. Et elle m'a répondu qu'elle avait eu raison.

– Raison de quoi ?

– De ne jamais m'avoir questionné auparavant sur ce sujet. Sans quoi, elle aurait passé le plus clair de son existence à tenter de reproduire ce miracle.

– Et alors ?

– En tentant de percer le secret de mon immortalité, elle en aurait oublié de vivre, monsieur Virgile. Voilà tout. »

Interloqué, le bistrotier demeura un instant pensif. Puis, il finit par murmurer :

« Et à moi ? Vous me le direz, votre secret ?

– Vous y tenez réellement ?

– Ma foi ! Qui ne rêverait pas de vivre éternellement ?

– Moi. Mais puisque vous semblez le vouloir vraiment, je vous promets de vous dire ce que je sais. Cela ne vous servira sans doute pas à grand-chose, je préfère vous avertir tout de suite.

– Ne vous inquiétez pas, je saurai bien me débrouiller pour… »

À cet instant, des coups redoublés donnés à la porte s'ouvrant sur la rue des Grands-Augustins interrompirent le bistrotier dans sa phrase. Avec colère, il se retourna alors à moitié et avisa, derrière la vitre, un gros manteau couvert de neige surmonté d'une casquette à rabats. Résigné, il finit par lâcher :

« C'est mon docteur. Je suis obligé d'aller lui ouvrir.

– À cette heure-ci ?

– C'est son heure à lui. Il vient pour mes piqûres d'insuline. »

Tout en se redressant et en traînant ses souliers en direction de l'entrée, il ajouta :

« Mon toubib, c'est un bon papa, vous allez voir. Il est un peu fêlé, mais il me va bien.

– Fêlé ?

– Il a ses manies, quoi. Mais il pique comme pas un et il boira le coup avec nous, si vous n'y voyez pas d'inconvénient.

– Vous êtes chez vous. »

Avant d'actionner le verrou, Virgile se retourna et demanda encore, le regard par en dessous :

« Pour le secret, vous n'oubliez pas ce que vous m'avez promis, d'accord ?

– Je n'ai qu'une parole. Mais je vous le répète : cela risque de ne pas vous servir à grand-chose… »

CHAPITRE VIII

Comment Jaume devint guetteur de cadavres sur le Rhône, se fit blanchisseur de Nègres, sauva Iansã de la mort et perdit ses illusions au marché aux esclaves de la rue du Valongo.

Virgile n'avait ni menti, ni même exagéré. Le docteur Raymond Charpaint était effectivement un bon papa, un toubib à l'ancienne qui faisait du *primum non nocere* – « d'abord ne pas nuire » – sa principale philosophie de praticien. S'il n'exerçait plus aujourd'hui, fatigué d'avoir vu mourir trop de monde malgré ses bons soins, il continuait néanmoins à s'occuper du bistrotier, qu'il piquait quotidiennement. Pendant que, dans la cuisine, Virgile lui présentait sa flasque rotondité et le mettait au courant de l'histoire de Jaume, celui-ci se leva de la banquette et s'approcha des portes d'entrée. Dehors, la neige forcissait encore. Les voitures avaient disparu en même temps que les piétons. Tout Paris semblait figé dans une croûte moelleuse de glace, hors du temps, et cela procura un sentiment de bien-être au professeur. Avec le redoux, la neige fondrait et se transformerait en boue, c'était couru. Les cristaux délicats redeviendraient de simples gouttes d'eau et les commerçants finiraient de rompre le charme en jetant à la volée de pleines poignées de gros sel sur le pas de leur porte. Les clients se presseraient à nouveau pour consommer, les camions de livraison s'embouteilleraient et les klaxons sonneraient à tue-tête. La magie disparaîtrait car il n'est rien d'éternel en ce monde. En attendant, cette nuit-là, Paris se drapait dans la blancheur de l'immobilité et redevenait un village muet, piqué de lumières et de silence. Le calvaire de Jaume finirait avec la naissance de l'aube. Il en était certain, maintenant.

Alors qu'il rebouclait sa ceinture, Virgile se glissa derrière le comptoir et entreprit de servir au nouveau venu sa boisson habituelle : une Bonne-Conscience – à savoir un Fernet-Branca-whisky, le Fernet pour la santé, le whisky pour oublier. Toujours vêtu de son pardessus et de sa casquette à rabats, le docteur Raymond Charpaint assista au bon déroulé de l'opération avec la plus grande attention, une langue gourmande passée entre ses lèvres. Lorsque le verre fut plein, il le saisit cérémonieusement entre le pouce et l'index, admira un instant la robe du breuvage improbable à la clarté du néon et, à petites gorgées rapides, le descendit cul sec, les yeux à demi fermés par la volupté.

Après un long soupir de satisfaction, il reposa le verre et étouffa dans le creux de sa main un rot satisfait. Pendant que Virgile recommençait le service, il badina :

« Messieurs, ce cocktail de mon invention n'est certainement pas un petit Jésus en culotte de velours. Mais il ragaillardit son homme, croyez-moi. Et il pourrait même être remboursé par la Sécurité sociale, si nous vivions dans un monde meilleur. »

Tendant alors une petite main potelée en direction de Jaume, il embraya, de sa voix fluette et haut perchée :

« Charpaint. Raymond Charpaint, médecin. Enchanté, monsieur. »

Avec un sourire, le professeur serra la dextre qui aurait pu être celle d'un enfant et répondit :

« Je suis Jaume. Professeur de philosophie au lycée Fé…

– Je sais, je sais. Monsieur Virgile m'a déjà tout raconté, du temps que je l'insulinais.

– Tout ?

– Je suppose que oui. »

Alors que Jaume adressait un regard lourd de reproches au bistrotier qui feignit aussitôt de ne plus s'intéresser qu'à la proportion exacte de whisky qu'il devait ajouter au Fernet-Branca, le petit homme reprit, avec la même sympathie :

« Vous vous dites donc immortel, c'est bien cela ?

– Oui, mais je…

– Classique. Je dirais même banal. Malgré cela, notre ami en est tout retourné. Mais il n'y a là rien que dc très banal. »

Étonné, Jaume rétorqua :

« Vous trouvez mon cas banal ?

– Durant ma longue carrière, j'ai eu à soigner bien des pathologies bizarres, des hommes déments se croyant sains d'esprit, et des sains d'esprit persuadés d'être frappés de démence. Le dernier qui m'a vu surpris par la nature humaine n'est pas jeune, vous pouvez me croire. »

D'un geste de la main interrompant net le versement du whisky dans le verre, il reprit :

« Lorsque j'emploie le mot de dément, n'y voyez pas de malice, mon ami. Ce n'est qu'un mot.

– Certes, mais je…

– Nous avons fait des mots de véritables dépotoirs qui ne signifient plus rien et tout à la fois. C'est fort dommage, oui. Mais les choses sont ainsi. Nous usons des mots sans savoir leur valeur. Nous les enfilons comme des perles, sans discernement, simplement pour faire du bruit qui, en toute logique, ne signifie rien de clair. Fou, dément ou forcené : cela veut tout dire et ne désigne finalement rien de bien précis. Mais passons. »

Toisant maintenant Jaume des pieds à la tête, son deuxième verre bien en main, le docteur enchaîna :

« D'après ce que vient de m'apprendre monsieur Virgile, vous seriez paranoïaque à tendance schizophrénique et vous souffririez donc d'un dédoublement de la personnalité. »

Derrière son comptoir, le bistrotier se défendit faiblement :

« Je n'ai jamais dit ça, monsieur Jaume. Je vous le jure.

– Vous ne l'avez pas dit, je m'en porte garant. Mais c'est sans le moindre doute la conclusion à laquelle n'importe lequel de mes confrères aurait abouti. Schizophrénie et dédoublement de la personnalité… Foutaises, messieurs ! Vous ne souffrez pas d'un dédoublement de la personnalité, mais bien d'une multiplication de la personnalité, nuance. Nuance de taille, soit dit en passant. Nuance, notez-le bien. »

Glissant sa main droite entre deux boutons de son pardessus au niveau de son estomac, le docteur effectua quelques pas dans la salle, tout en maugréant :

« Le dédoublement de la personnalité, je le connais. Mieux que quiconque. Je le connais, oui. Je vis avec. C'est ça. Je vis avec. Depuis toujours. Enfin, depuis toujours, c'est une façon comme une autre de parler. Mais je vis avec, c'est indubitable. C'est ça, indubitable... »

Brusquement, le docteur fit volte-face. S'ouvrant d'un large sourire, il s'exclama :

« Et le suicide, mon cher ami ? Avez-vous seulement déjà songé au suicide ? »

Devançant la réponse, Virgile crut bon d'intervenir :

« Suicide ou assassinat, monsieur Jaume est déjà mort plusieurs fois, docteur. Si vous saviez...

– Si je savais quoi ?

– On a déjà essayé de le tuer à je ne sais combien de reprises.

– Et alors ?

– Rien.

– Comment ça : rien ?

– Rien. Il dit qu'il n'a jamais réussi à mourir... »

Piqué par la curiosité, le petit homme rejoignit le comptoir à pas pressés et posa son verre sur la desserte d'acier brossé. Se postant face à Jaume, il l'interrogea :

« Vous affirmez que vous avez 316 ans et que rien, jusqu'à aujourd'hui, n'a réussi à vous faire passer de vie à trépas. C'est bien ça ?

– Jusqu'à preuve du contraire, oui. C'est bien cela.

– Et quelles sont les différentes façons dont vous avez essayé de mourir ? »

Amusé par le sérieux avec lequel le docteur l'interrogeait, le professeur précisa :

« Je n'ai rien essayé du tout. Je dirais même que c'est à mon corps défendant que la majorité de ces tentatives infructueuses ont eu lieu. Car mourir, peu importe la façon, cela fait le plus souvent un mal de chien.

– Pardon ?

– Je suis immortel, mais cela ne veut pas dire que je suis insensible à la douleur. Une épée qui vous passe à travers le corps, cela déclenche une douleur de tous les diables.

– Admettons, admettons...

– Il n'y a rien à admettre, monsieur. C'est la pure vérité. Voulez-vous y goûter ? »

Voyant que Jaume portait la main à sa poche de pantalon pour en tirer son opinel, Virgile crut bon d'intervenir à nouveau :

« Il vous croit ! Monsieur Charpaint vous croit sur parole, n'est-ce pas docteur ?

– Certes. Mais pouvez-vous me dire comment vous êtes mort ? Quels sont les procédés dont on s'est servi pour vous expédier dans l'autre monde ? »

S'excusant presque, il ajouta aussitôt :

« Si nous voulons y voir clair dans votre affaire, je dois tout savoir, n'est-ce pas ?

– Si vous y tenez. Je ne garantis pas la chronologie des faits, mais j'ai été embroché par des épées, découpé par des sabres, poignardé, égorgé à plusieurs reprises, étouffé. Je me suis rompu les os, empoisonné, j'ai été frappé par des infections de toutes sortes et l'on m'a aussi ouvert les veines, plus ou moins étêté, énucléé…

– N'oubliez pas la moissonneuse-batteuse, monsieur Jaume !

– C'est exact. Et je n'oublie pas non plus la gangrène, la foudre, une ruade de mule qui m'a laissé pour mort dans le désert, divers coups de fusils, de pistolets, d'escopettes, de hallebardes, ni même le fracas des bombes et des grenades. »

Nullement impressionné par l'énumération froide de tant d'atrocités, le docteur avala une brève gorgée et s'inquiéta alors :

« L'eau et le feu ?

– Ce sont deux éléments qui ne font pas bon ménage, vous l'avouerez.

– Ce n'est pas la question. Est-ce que l'on vous a brûlé ou noyé ?

– J'ai évité la chose de mon mieux. Pour le feu, cela met un temps infini avant que le corps ne se reconstitue. De plus, c'est sale et épuisant. Quant à l'eau, je m'en méfie encore plus que de la peste – et ne voyez là aucune figure de style.

– Pourquoi cette méfiance ?

– À cause d'une mauvaise expérience…

– Pardon ? »

Tirant du paquet posé sur le marbre l'une des dernières cigarettes, Jaume l'alluma à courtes bouffées avant d'expliquer :

« Un jour où je participais à une campagne de pêche à la baleine, au large du Québec, je suis malencontreusement passé par-dessus bord et j'ai coulé à pic. Les matelots n'ont rien pu faire pour me repêcher et ils m'ont abandonné là, dans le détroit d'Hudson, quelque part entre Killiniq, Quaqtaq, Kimmirut et Kangiqsujuaq. Revenu à la vie, j'y ai ensuite passé un terrible moment, frigorifié, et j'aurais pu aussi bien y rester une éternité si je n'avais pas eu la chance qu'un autre bateau me croise sur sa route… »

Assis maintenant autour du guéridon, les trois hommes poursuivaient leur discussion. Si Jaume et Virgile fumaient gravement leurs cigarettes, le docteur, par une coquetterie surannée, préférait priser. Une pincée de poudre de tabac qu'il tirait d'une boîte oblongue et déposait sur le revers de la main, une insufflation subite, et le visage de Raymond Charpaint s'illuminait du plaisir de l'interdit. Les joues glabres rougies par les trois Bonne-Conscience ingurgitées coup sur coup, il demanda avec malice :

« Monsieur Jaume, si votre histoire est vraie – et je suppose qu'elle l'est, du moins pour vous –, pourriez-vous nous expliquer pourquoi vous semblez regretter amèrement ce don que la nature vous a fait ?

– C'est tout simplement parce que je suis prisonnier, monsieur Charpaint.

– Prisonnier de quoi, exactement ?

– Du temps qui passe.

– Vous n'en avez retiré aucun bénéfice ? Ni expérience ? Ni sagesse ?

– Si seulement ! J'ai vécu plus de trois siècles et je ne m'estime hélas pas plus sage qu'un autre. La seule chose que j'aie retenue, c'est que, quoi que nous fassions, nous demeurons toujours seuls, effroyablement seuls. »

Comme les deux hommes, face à lui, échangeaient en silence des regards dubitatifs, Jaume tenta de préciser sa pensée :

« Le temps ne fait rien à l'affaire, en quelque sorte. La vie vous donne et vous reprend immédiatement après ce qu'elle vous a offert. L'enfant est d'ordinaire choyé par ses parents. Lorsqu'il atteint l'âge de raison, il doit apprendre à lutter, seul, face à l'adversité. Il aimera une femme et celle-ci disparaîtra. Elle le quittera, le trompera ou mourra, c'est tout comme. Il aura des amis et il sera trahi. Il aura des enfants et ceux-là aussi s'évanouiront pour voler de leurs propres ailes, ne revenant au bercail que pour bien figurer sur la liste de l'héritage. Il possèdera la fortune ? Elle finira par le fuir, par le couper des autres ou par le faire vivre dans la peur de tout perdre. Il sera en bonne santé ? La maladie viendra le faucher. Il exercera un pouvoir quelconque ? Quelqu'un de plus retors que lui finira par le faire chuter de son piédestal et par le piétiner de tout son mépris. »

Reprenant son verre de whisky sur le marbre, il ajouta :

« L'alcool le distrait ? Il finira immanquablement par en devenir l'esclave ou, si sa consommation n'est que ponctuelle, il paiera la fête de la veille par un mal de tête de damné, dès le lendemain. »

De sa voix flûtée, le docteur plaisanta :

« Le bonheur n'est pas de ce monde, c'est bien connu !

– Détrompez-vous, monsieur Charpaint, c'est bien du contraire dont il s'agit. La félicité existe sur cette terre. Mais je vous affirme qu'elle n'existe qu'à la façon d'un repoussoir pour mieux nous faire sentir, lorsqu'elle s'interrompt, que le bonheur dans la durée nous est interdit. J'ai aimé Zélia comme rarement un homme sur cette terre a aimé une femme. Je l'ai vue s'épanouir, devenir forte. Puis, je l'ai vue vieillir, perdre ses cheveux et ses dents. Le grain de sa peau est devenu grossier. Des taches sont apparues sur ses mains et sur ses seins. Son dos s'est tordu, sa mémoire s'est mise à battre la campagne et son humeur s'est gâtée. Malgré tout cela, je l'aimais chaque jour un peu plus. Lorsqu'elle est morte, je me suis retrouvé seul. Seul, avec la douleur de perdre l'être aimé. Mais aussi avec la torture de celui qui, étant immortel, ne le retrouvera donc jamais dans un autre monde. »

Virgile grommela :

« Vous n'êtes pas gai.

– Non. Lorsque l'on sait que le bonheur ne nous est permis que par petites touches qu'aussitôt après la vie nous enlève sans espoir de retour, on ne peut pas être gai, comme vous dites. La vie n'est pas gaie, monsieur Virgile. Et ce ne sont pas les contorsions ridicules que nous nous sentons obligés de faire avec notre bouche pour nous forcer à rire qui la rendent plus joyeuse. »

L'index levé à la façon d'un écolier, le docteur objecta :

« Cher ami, si l'on nous prive du bonheur puisque rien n'est éternel – vous l'avez dit –, il en est donc de même avec la peine et le malheur, non ? Ces choses-là ont, elles aussi, une fin ?

– Vous ne croyez pas si bien dire. Que ce soient les rires ou les pleurs, la gaieté ou la tristesse, l'envie ou le dégoût : nous ne vivons que des parenthèses et c'est entre chacune de ces parenthèses que l'homme clairvoyant touche du doigt sa solitude absolue. Ainsi, lorsque Zélia est partie, j'ai bien cru que je ne m'en remettrais jamais… »

La première des choses qu'accomplit Jaume, après avoir enfoui la dépouille de Zélia sous un jacaranda dominant l'Océan, ce fut de détruire la cabane dans laquelle le couple avait vécu trente-trois années durant. Pierre à pierre, il fit sauter l'argile mêlée de paille et la chaux pour ne plus rien laisser debout. De la même manière, il alluma un grand feu dans lequel il brûla leurs quelques vêtements et les livres, la guitare ainsi que tous les petits riens pouvant lui rappeler qu'il avait eu un jour, lui aussi, droit à une parenthèse de bonheur. Muré dans le silence, il décida de quitter le Portugal pour n'y plus jamais revenir. À pied, il gagna la ville de Porto, puis il emprunta le chemin du littoral qui passe par Vila do Conde, Esposende et Viana do Castelo. Au sommet du mont Santa Luzia, il se reput quelques semaines du spectacle offert par l'Océan qui se mêle à la rivière Lima, puis il fila jusqu'à Caminha et Vila Nova de Cerveira. Sur le Minho, il prit une barque à fond plat qui l'emmena à Valença et, de là, il rejoignit Baiona où une barque de pêcheur l'embaucha pour rallier San Sebastian. Enfin, ce furent Saint-Jean-de-Luz, les contreforts des Pyrénées, les interminables plaines du Languedoc et du Roussillon. Il coucha à la belle étoile, but à même les sources et ne travailla jamais plus que nécessaire, se louant à la journée dans les campagnes pour gagner son pain.

Sur sa route, il croisa des pèlerins béats et tout débordants de psaumes se rendant à Saint-Jacques-de-Compostelle, des curés marchant pieds nus et des moines rubiconds, des gitans et quelques Maures, des protestants sévères, une troupe de cirque roumain, des soldats qui le jetèrent en prison au prétexte qu'il ne possédait pas de papiers, et d'autres qui l'en tirèrent en l'insultant afin qu'il libère de la place pour de plus miséreux que lui.

Parfaitement heureux maintenant de constater que Jaume reprenait le cours de son histoire, Virgile le pressa :

« Jusqu'où êtes-vous allé comme ça ?

– Humainement, je suis allé jusqu'au fond de mon malheur. Géographiquement, j'ai fini par poser mon baluchon au sud de Vienne, au lieu-dit de Coupe-Jarret.

– Comme c'est intéressant ! s'enthousiasma le docteur. Et alors ? Qu'y avez-vous fait ?

– Le moins possible. Fuyant toujours la compagnie des hommes et m'abîmant chaque jour un peu plus dans le souvenir de Zélia, j'ai bâti une hutte sur les rives du Rhône et je me suis fait guetteur de cadavres.

– Quoi ? Mais pourquoi ?

– Parce que ça me faisait plaisir. Durant des mois, je n'ai rien fait d'autre que ça. Chaque matin, je me levais avec le soleil et j'allais m'asseoir sur une pierre plate qui semblait avoir été disposée là pour moi. Je m'y installais et je me plongeais dans le spectacle de ce fleuve mystérieux et souvent grondant, lourd et limoneux. Des yeux, je cherchais les cadavres qui y naviguaient parfois, portés par les flots. Ce pouvaient être des femmes, des hommes, des enfants ou des vieillards fauchés par la maladie, la famine, le meurtre ou les années. Jusqu'à ce que le soleil se couche de l'autre côté du Rhône, je ne faisais rien d'autre que cela. Lorsqu'il arrivait que des embarcations passent devant moi, je ne répondais jamais aux saluts des marins et je priais, au contraire, pour qu'une mauvaise roche éventre leur bateau. Puis, je reprenais ma méditation dans le vent, le soleil ou la pluie. »

Avec un sourire où l'incrédulité le disputait à la compassion, Virgile commenta :

« Si vous étiez bien, comme ça, c'était l'essentiel. Et ça a duré longtemps ?

– Le temps qu'il a fallu. Au bout d'un moment, je me suis tout de même aperçu que quelque chose ne tournait plus rond. J'étais devenu un véritable sauvage. Du plus loin que les gens m'apercevaient, ils me jetaient des pierres et m'insultaient en riant beaucoup. Alors, je me suis mis à parler avec les poissons. Et ne souriez pas, docteur. Je parlais réellement avec les poissons du Rhône.

– Je peux tout entendre, mon ami. Si vous dites que vous faisiez la conversation avec les achigans à grande bouche, les toxostomes et les lamproies fluviatiles, je ne vois rien de répréhensible à cela.

– Vous êtes un connaisseur ? »

Après avoir recueilli sur le bord de son verre une dernière goutte de Bonne-Conscience avec le bout de sa langue, Raymond Charpaint reconnut humblement :

« Disons qu'il m'est arrivé de taquiner le goujon dans ma jeunesse, rien de plus. Une façon comme une autre de faire passer le temps, voyez-vous ? Nous ne sommes finalement pas très différents l'un de l'autre… »

Le front toujours plissé par la curiosité, le bistrotier demanda encore :

« Vous parliez de quoi, avec vos poissons ?

– De tout et de rien, car il faut savoir que les poissons ne sont pas naturellement bavards. Ils m'ont bien appris l'existence de la Vouivre, une espèce de dragon ailé possédant un corps de serpent, des ailes de chauve-souris et des pieds de pourceau. Ils m'ont raconté mille légendes à son sujet. Un moment, je caressai l'idée de partir à sa recherche mais j'abandonnai bien vite car, comme je vous le disais, l'eau ne me vaut rien. »

Passant ses mains sur son visage comme pour en chasser la fatigue, Jaume continua :

« Un matin semblable à tous les autres matins, j'en ai eu assez de m'abîmer dans le spectacle du Rhône, de recevoir des pierres, d'essuyer des insultes et de converser avec les poissons. Comme cela s'était déjà produit à Dakar, je décidai soudain de tourner la page. Je me levai et il m'apparut évident, alors, que ma carrière de guetteur de cadavres était terminée. Il me fallait désormais commencer une nouvelle vie, puisque la mort ne voulait pas de moi.

– Excellente idée ! se réjouit Virgile. Où êtes-vous parti, cette fois ?

– Nous étions déjà en 1804. Je ne savais rien faire d'autre que tuer et éviscérer les animaux, cultiver le café et la terre, pêcher et prendre part au commerce d'esclaves. En Europe, les physiocrates et les abolitionnistes agitaient déjà le chiffon rouge pour prévenir de la fin imminente de l'esclavage. Je partis donc en quête d'ailleurs. En échange de mon travail, je trouvai diverses péniches qui, de fleuves en canaux, me conduisirent jusqu'au port de Saint-Malo. Là, je mis la main sans difficulté sur un négrier en partance pour l'Amérique du Sud et ses mines d'or et de diamants que l'on disait merveilleuses… »

Lorsque Jaume débarqua pour la première fois à Rio de Janeiro, il trouva la ville fort à son goût. Petite dent cariée enchâssée dans la mortifère baie de Guanabara, la cité offrait l'aspect le plus répugnant qu'il soit. Les venelles, encombrées d'ordures de toutes natures, d'ivrognes désespérés, de meutes d'enfants plus mauvais que la gale, de malandrins, de voleurs en tous genres et de prostituées protégeant entre leurs cuisses toutes les maladies honteuses du Nouveau Monde – apportées avec générosité par l'Ancien –, n'obéissaient à aucune logique et semblaient définitivement abandonnées de Dieu. Étroites, mangées de lèpre, ces sentes se coupaient et se recoupaient sans cesse, s'interrompaient brutalement par la faute d'un ru puant et infectieux avant de reprendre plus loin, toutes semblables, toutes pétries et écrasées par la même chaleur étouffante.

D'ordre et de loi ? Il n'y en avait point. La soldatesque portugaise envoyée par Dom João VI le Clément et sa mère, Dona Maria la folle, avait pour unique mission de convoyer l'or et les diamants depuis les lointaines mines du Minas Gerais jusqu'à Lisbonne. Tout ce qui pouvait se tramer à l'intérieur même de la cité ne les concernait donc en rien. La population, hormis quelques gros marchands faisant office d'aristocrates, se résumait donc à cette lie de mendiants, d'aventuriers, de pirates et de filles de joie, de prêteurs sur gage et d'assassins sans Dieu ni maître. La seule loi qui prévalait était celle de la force et du sang versé. *Ultra equinoxialem non peccatur*, avait affirmé l'Église. Au-delà de l'équinoxe, tous les péchés commis en Europe étaient pardonnés, et c'était donc le contenu des geôles et des galères lisboètes qui pourrissait de concert dans cette capitale de l'Empire portugais. De jour comme de nuit, cette faune interlope se gobergeait, s'insultait, vomissait, conchiait et pissait là où l'envie la saisissait, s'escroquait, se défiait en duels, violait les petites mendiantes et faisait subir aux esclaves tentés par l'aventure de la fuite les pires tortures et les morts les plus abominables. Parlant un portugais parfait, ayant été rompu depuis sa plus tendre enfance aux coups de Jarnac de cette lie de l'humanité, Jaume se sentit aussitôt dans son élément.

Alors que Virgile emplissait les verres à nouveau, tout émoustillé par cette vision de cour des Miracles tropicale, le docteur osa :

« N'y avait-il donc rien de bon, dans cette Babylone ?

– Absolument rien, monsieur Charpaint. Depuis la découverte de l'or, le Brésil était devenu la putain du Portugal. À Lisbonne, peu importait que la traînée soit gracieuse ou vilaine, qu'elle adore Dieu ou le diable, pourvu qu'elle soit une bonne gagneuse.

– Certes… Et vous-même ? Dans quel commerce vous êtes-vous lancé ?

– J'ai tout d'abord trouvé à me loger dans une auberge repoussante de crasse, située dans le quartier du port. J'y ai été merveilleusement accueilli. La première nuit, l'on me vola le peu d'or et de bagages que je possédais. Le lendemain, pour une querelle à propos d'une partie de dés, je reçus une balle en pleine tête. Par crainte de l'odeur que dégage rapidement le corps en décomposition sous les tropiques, l'on me jeta aussitôt dans un marais voisin. Le jour suivant, parfaitement remis de cette mésaventure comme vous vous en doutez, je revenais traîner mes guêtres dans la même gargote. »

Déposant les verres devant chaque convive, Virgile s'étonna :

« Vous n'aviez pas peur d'être reconnu ? D'être brûlé pour sorcellerie parce que vous reveniez d'entre les morts ?

– Vous plaisantez ? Rio de Janeiro, à cette époque, n'était qu'une orgie infinie, ininterrompue, où le tafia et le rhum coulaient à flots, où l'on flottait dès sa naissance dans une griserie sans fin. L'on vivait dans l'instant, sans se souvenir de ce que l'on avait fait la veille et sans s'inquiéter du sort que nous réserverait le lendemain. Les hommes couchaient avec tout ce qui se présentait à eux, les femmes faisaient de même. Les frères forniquaient avec les sœurs, les enfants avec les parents, les oncles avec les nièces et les tantes avec les neveux – sans oublier certains prêtres qui se vautraient dans la luxure avec tout ce qui portait jupon.

– Ça devait être un joyeux bordel, sauf votre respect… »

Comme il fallait tout de même gagner quelque argent, Jaume finit par se rendre dans la rue du Valongo car c'était là, lui avait indiqué une prétendue sorcière des îles du Cap Vert, que se tenait le marché aux esclaves. Située entre la rue Larga de São Joaquim et la Pedrada Prainha, cette artère biscornue puait elle aussi de façon épouvantable. Après avoir subi un rapide blanchiment dans l'Ilha das Cobras, les esclaves étaient débarqués sans ménagement dans des hangars de bois et, en attendant d'être mis à l'encan, ils croupissaient dans la boue, les visages noyés de larmes, délirant en dialectes mandingue, wolof, houéda ou ashanti. Certains restaient totalement prostrés. Insensibles aux mauvais traitements, à la faim, à la soif, ils étaient frappés d'un mal que tous les médecins du monde ne pouvaient soigner et que l'on nommait du terme africain de *banzo*.

Précipitamment, le docteur décolla ses lèvres de sa Bonne-Conscience et demanda :

« Savez-vous le nom que notre médecine moderne donne aujourd'hui à ce *banzo* ?

– On pourrait parler de dépression profonde, d'état de prostration, de choc émotionnel irréversible. Ceux qui en étaient frappés, devenus rétifs à toute forme de travail, étaient irrémédiablement abattus d'un coup de machette, car la poudre et les balles coûtaient cher, dans cette partie du monde.

– Quelle horreur !

– Pas pour les négriers. Le Nègre ne pouvait pas souffrir puisque l'Église avait décrété que le Nègre n'avait pas d'âme.

– Et vous insultez encore ces malheureux en les traitant de Nègres ? » s'indigna Raymond Charpaint, une main sur le cœur et le sourcil courroucé.

Sous l'œil inquiet de Virgile, Jaume se défendit :

« C'est bien vous qui disiez que les mots étaient employés à tort et à travers, qu'ils étaient devenus des dépotoirs ?

– Oui, mais je…

– En voilà un exemple parfait, monsieur le docteur. Comme l'on dit en substance au Brésil, noire est la couleur de la peau et nègre est la race. Rue du Valongo, je ne voyais que des Négresses et des Nègres, des Négrillonnes et des Négrillons, tous parqués comme des animaux, certes, mais tous issus de la même racine nègre, pas d'une simple couleur. »

Face au silence embarrassé du docteur, le professeur reprit le fil de son récit. Grâce au savoir-faire qu'il avait acquis en Afrique, il s'improvisa tout d'abord rebouteux. À l'aide de quelques onguents, de cirage anthracite et d'huile de palme, il embellit les esclaves qui patientaient avant de monter sur l'estrade aux enchères et, ce faisant, il fit gagner des sommes rondelettes aux négriers. Sa réputation s'établissant rapidement – et comme les mots qu'il connaissait en dialecte lui revenaient en mémoire et calmaient souvent les plus anxieux des captifs –, il fut bientôt indifféremment employé par les Portugais, les Anglais, les Français, les Hollandais, les Italiens, les Espagnols ainsi que par quelques Allemands de passage. Rue du Valongo, ni les déclarations de guerre, ni les traités de paix conclus puis dénoncés entre toutes ces nations n'avaient cours. L'on était là pour faire tourner l'économie, vendre ou acheter de l'esclave, et peu importait que l'on vienne de Hambourg, de Barcelone, de Naples, d'Amsterdam, de Nantes, de Portsmouth ou de Lisbonne.

Revenant à la charge, le docteur bougonna :

« Bref, vous voudriez nous faire croire que vous étiez le bon Samaritain de la ville ?

– Je n'irai pas jusque-là.

– Quand même !

– Disons que je me bornais à ne pas ajouter de la souffrance à la souffrance et que, parfois, je parvenais à ramener un peu d'espoir dans tous ces regards hagards et désolés. À cette époque, j'acquis assez vite une esclave frappée de *banzo* qui se nommait Iansã et qui arrivait en droite ligne du Niger.

– Quoi ? Vous ? Vous, monsieur le professeur du lycée Fénelon ? Vous avez possédé une esclave ? »

Face au visage outré de Raymond Charpaint, Jaume ne se démonta pas et confirma calmement :

« À cette époque, monsieur le docteur, du commerçant le plus prospère au dernier des va-nu-pieds, tous les Blancs possédaient leurs esclaves.

– Exemple ne fait pas loi !

– Je vous l'accorde. Mais en achetant Iansã pour une bouchée de pain, je lui évitais la machette et la fosse commune.

– Je suppose que vous l'avez choisie jeune et belle ?

– Même pas. Je vous fais grâce de toutes les affections dont elle souffrait. Elle n'était que plaies et bosses, abcès, furoncles, bubons et autres chancres. Dans ses yeux, il était impossible de distinguer la moindre étincelle de vie. Ne s'alimentant plus depuis des jours, ayant tenté de se supprimer par géophagie forcenée, elle n'avait plus que la peau sur les os.

– Pourquoi mettre autant d'acharnement à mourir? C'est incompréhensible.

– J'en saisis toutes les raisons lorsque je parvins, à force de soins, à la ramener à la surface. Quinze jours plus tard, après avoir pris le repos nécessaire et s'être alimentée de sucre, de viande grasse, de fruits, de manioc et, surtout, de lait de coco en abondance, elle me raconta entre deux hoquets de terreur toute son histoire… »

Prise au filet par des Kimbares, ces mercenaires africains au service des trafiquants d'esclaves, alors qu'elle longeait le fleuve Niger, Iansã avait tout d'abord été vendue à un négrier espagnol faisant relâche au large de Calabar, au royaume du Nigeria. Après avoir été marquée au fer rouge du sceau du négociant, violée à plusieurs reprises, et baptisée de force par le moine-cuisinier officiant à bord, elle avait été jetée à fond de cale dans le désespoir le plus absolu. Alors qu'elle tentait de se remettre de ses souffrances et que la terre africaine disparaissait à l'horizon, pour elle à tout jamais, le navire espagnol fut attaqué par un pirate français qui fit main basse sur le bois d'ébène, envoya le vaisseau par le fond et revendit les pièces de Guinée par petits lots, entre Accra et Gibraltar. Tombée entre les mains d'un Italien faisant commerce d'esclaves avec les Amériques, Iansã fut à nouveau battue, violée, marquée au fer rouge et baptisée avant de finir là, rue du Valongo, promise à une mort certaine si Jaume n'était pas intervenu.

Agitant fébrilement ses petites mains devant lui, le docteur jubila soudain.

« Je reviens sur ma réflexion de tout à l'heure. Vous vous êtes comporté comme un honnête homme, monsieur ! Et je vous en remercie. Vous lui avez rendu sa liberté, je suppose ?

– Pour qu'elle soit battue, violée, marquée au fer rouge et baptisée à nouveau ? Certainement pas.

– Quelle tristesse que la race humaine, tout de même…

– En revanche, je l'ai laissée libre d'aller et d'agir à sa convenance. Et je lui ai même fait présent d'une paire de chaussures fermées car, dans le Rio de Janeiro de cette époque, le soulier séparait l'esclave libre du captif avec plus d'efficacité qu'une autorisation royale signée en bonne et due forme. »

Posant ses coudes sur le guéridon, Virgile questionna :

« Vous êtes restés longtemps ensemble ?

– Quelques années, oui. Elle me rendait de menus services et je la laissais en paix. Je faisais mes affaires et elle faisait les siennes. Comme l'on trouve au Brésil bien des ingrédients pour la cuisine que l'on rencontre en Afrique, Iansã me préparait au quotidien des plats dont le souvenir, aujourd'hui encore, me fait monter l'eau à la bouche. Il y avait du poulet aux arachides et des frites de manioc trempées dans le piment, des ragoûts de gombos et de crevettes, des beignets de bananes qu'elle nommait *alloco*. Ils croustillaient sous la dent et leur cœur fondait sur la langue. Et je ne vous parlerai pas de sa spécialité : le *dounguouri soko*. Au pied du morne du Castelo, où j'avais acquis une maison de pêcheur, modeste mais fonctionnelle, et abritée des ardeurs du soleil par toute une colonie de palmiers, son *dounguouri soko* affolait les populations. Dès qu'elle commençait à le préparer, l'air embaumait les oignons vert et rouge mariés à l'ail, la selle d'agneau coupée en dés rôtis, les tomates et l'arachide, les noix de cajou grillées et les petits piments d'Escondida, une variété qui suffit amplement à relever le goût des haricots blancs qui forment le liant de ce ragoût. »

Comme l'omelette aux oignons n'était déjà plus qu'un souvenir, Virgile sentit son estomac gargouiller. Afin de le calmer, il termina en deux gorgées son verre de bourgogne-le-chapitre et lâcha :

« Bref, vous étiez heureux.

– Durant cette période, oui. Assurément. Mais le bonheur est volage et il s'enfuit dès lors que l'on croit le tenir bien fermement entre ses mains. Ma fonction de rebouteux-blanchisseur de Nègres nous nourrissait convenablement, Iansã et moi. J'étais respecté par les négriers car je valorisais leurs prises. Les *feitores*, les gardiens des *fazendas*, se montraient aimables puisque je savais choisir les pièces les plus robustes ou les plus habiles, selon leurs besoins. Ma table était toujours mise, la chère était bonne et variée et, pour aider à faire passer les soirées, j'achetai même une guitare pour jouer les *lundus* et les *modinhas* qui fleurissaient un peu partout, dans les cabarets cariocas. »

Observant Jaume par en dessous, le docteur Charpaint grogna :

« Hélas, le bonheur a fini par vous fuir une fois de plus, je le crains.

– Vous allez pouvoir juger par vous-même comme le

monde est injuste. Un matin, alors que je me rendais rue du Valongo, la parenthèse de paix dans laquelle je commençais à m'habituer à vivre vola soudainement en éclats. J'avais rendez-vous avec un gitan juif qui s'était fait une spécialité dans la revente de Nègres destinés à la machette. C'était un fieffé coquin qui achetait pour trois fois rien des pièces frappées de *banzo*. Il les retapait comme il le pouvait et, le jour de la vente, il leur faisait ingurgiter par la force un breuvage de sa composition à base de café très fort, de rhum et de feuilles de *maconha* macérées. Quelques minutes plus tard, ces pauvres diables sortaient de leur léthargie et étaient comme électrisés. Ne tenant plus en place, ils se mettaient à rire, à gesticuler, à danser la gigue, à faire mille tours et le chaland, du moins celui qui ne connaissait rien aux filouteries des marchands d'esclaves, se laissait généralement séduire par l'extrême vitalité dont faisaient preuve ces malheureux. À un prix défiant toute concurrence, il les achetait, persuadé d'avoir conclu la meilleure affaire qui soit au monde. Hélas, dès le jour suivant, le sujet retombait insensiblement dans sa catalepsie première. À la façon d'un jouet dont le ressort arrive en bout de course, il s'arrêtait et redevenait amorphe. »

Alors qu'il s'approchait de l'échoppe du gitan juif, Jaume fut détourné de son chemin par des hurlements qui montaient d'une venelle attenante. Tout chargé de cirage, d'onguents, d'huile de palme et de teinture propre à dissimuler les cheveux blancs à l'examen des *feitores*, il s'engagea dans la sente. Soudain, il s'immobilisa, bouche bée. Face à lui, sur un tas d'ordures, se tenait un homme au torse maculé de sang qui portait entre ses bras le cadavre d'une fillette égorgée. En apercevant Jaume, il se mit à pousser des grognements, l'air mauvais.

« C'est ignoble ! » s'exclama Virgile.

Aussitôt, Jaume se débarrassa de son barda en le jetant à terre. Écœuré, révolté, bouillonnant de colère, il tira son épée de son fourreau. Ne faisant ni une ni deux, il embrocha proprement l'homme de part en part, à la fois pour venger la petite fille, mais aussi pour faire taire enfin les sons gutturaux qui lui glaçaient les sangs.

« Je ne suis pas partisan de la loi du talion, mais vous vous êtes comporté en honnête homme ! Bravo, bravo, bravo ! » s'enthousiasma le docteur.

Sous le soleil grandissant, Jaume arracha le cadavre de la fillette des bras de l'assassin qu'il envoya rouler au bas du tas d'ordures. Alors que les derniers hoquets de sang finissaient de s'échapper de la gorge de l'enfant, les riverains commencèrent à sortir de leurs masures. On l'entoura, on l'observa, certains avec méfiance, d'autres avec une admiration non feinte. Puis, ce fut une femme qui fendit la foule, les yeux emplis de larmes, les traits déformés par la douleur.

Le docteur murmura :

« C'était sa mère, non ? Racontez, mon ami. Racontez vite la suite… »

Elle avança en titubant, en direction de Jaume, l'œil fixe, les mains tremblantes. Alors qu'il tendait le cadavre à la mère afin qu'elle puisse serrer sa fillette une ultime fois sur son cœur, la femme s'immobilisa soudain. Puis, d'un geste vif, elle tira une dague qu'elle portait coincée dans son dos et la planta dans le cœur de Jaume. Tout d'abord, celui-ci ne bougea pas d'un pouce. Dans son costume de héros, il enveloppa la femme d'un regard d'incompréhension absolue. Ensuite, il tomba lentement à genoux. Il eut le temps de déposer la dépouille de la fillette sur le tas d'immondices. Enfin, sans un soupir, il s'affala en avant, la face contre le sol pestilentiel.

Un pli d'amertume à la bouche, le professeur enchaîna :

« Voilà quelle fut ma récompense. Un couteau planté dans le cœur pour avoir châtié l'assassin d'un coup d'épée. Voyez comme le monde est injuste. »

Le docteur, ne partageant pas ce point de vue, bredouilla :

« Le monde n'est pas toujours aussi injuste que cela, allez… La pauvre femme. La douleur l'aura métamorphosée en meurtrière, voilà tout.

– Si seulement…

– Elle en aura perdu la raison !

– Pas le moins du monde. Elle m'a assassiné avec joie et, si elle l'avait pu, elle aurait très certainement commis ce geste deux fois, voire trois. Sa fillette était morte, c'était un fait. En revanche, l'homme que j'avais embroché n'était pas le meurtrier.

– Que dites-vous ? Vous l'avez vu, non ? Lui, en sang, avec le corps de la petite !

– Au Brésil comme ailleurs, il faut toujours se méfier des apparences. Quant aux conclusions que l'on peut tirer sur quelque sujet que ce soit, il n'est pas rare que la vérité du jour soit le mensonge du lendemain. Cher docteur, l'homme que j'avais occis et qui geignait à mon arrivée, incapable de s'exprimer, ce n'était pas l'assassin : c'était le père. »

Se servant derechef un verre de bourgogne-le-chapitre, Virgile s'étrangla :

« Vous plaisantez, j'espère ?

– Hélas, non. La fillette avait été violée et assassinée. Le père était arrivé et avait mis en fuite le meurtrier. Il avait ensuite pris son enfant dans ses bras. Puis, je me suis présenté à mon tour et, trompé par les apparences, croyant bien faire, j'ai envoyé le pauvre homme *ad patres*. La femme qui m'a planté son couteau dans le cœur venait de perdre, dans le même instant, son mari et sa fillette. Quant à moi, je me suis réveillé peu après, dans la fosse commune. J'ai attendu le plus fort de la nuit et, la rage au cœur, je suis revenu rôder dans cette ruelle de malheur.

– Qu'êtes-vous donc venu y faire ?

– Me venger, parbleu ! L'on m'avait assassiné, tout de même, alors que je croyais avoir accompli un acte héroïque. »

Craignant par avance la réponse, le bistrotier osa néanmoins :

« Qu'est-ce que vous avez fait à cette femme ?

– Je l'ai menacée et je l'ai battue. »

À ces mots, le docteur Raymond Charpaint se leva lentement. Avec dignité, il articula :

« Monsieur Jaume, vous m'écœurez. Vous êtes écœurant.

– Pas du tout. C'est l'histoire qui l'est. J'ignorais encore, à ce moment-là, que l'homme que j'avais tué était le père de la petite. Et tout comme sa femme lorsqu'elle m'a assassiné, j'étais de bonne foi et intimement persuadé d'avoir agi au nom du bien et de la morale.

– C'est possible, mais vous m'écœurez quand même. »

Ce disant, le docteur prit le temps de finir d'une seule lampée sa Bonne-Conscience. Après avoir vissé sa casquette à rabats sur son crâne, il opéra un demi-tour et sortit du bar le plus dignement possible, tout en répétant :

« Vous m'écœurez, monsieur. Vous m'écœurez positivement. Positivement, vous m'entendez ? »

Restés seuls, les deux hommes demeurèrent silencieux, l'un et l'autre passablement gênés par la sortie un peu trop théâtrale et imprévue du docteur. Le premier à prendre la parole, ce fut Jaume qui, à voix basse, s'excusa :

« Je suis désolé, monsieur Virgile. J'espère que monsieur Charpaint ne vous tiendra pas trop rigueur de cet incident.

– Et alors ? Quand bien même ? De toute façon, je vous l'ai déjà dit : il est à moitié toqué, ce vieux-là.

– Tout de même…

– Il est même toqué en plein, je vous dis. Demain, il aura oublié et tout recommencera comme avant, ne vous en faites pas pour ça.

– Vous en êtes sûr ?

– Certain. D'ailleurs, s'il a filé aussi vite, ça n'a rien à voir avec vous.

– Je ne comprends pas…

– Moi, je me comprends très bien… »

Après avoir adressé un rapide coup d'œil à l'horloge qui marquait 23 h 40, il glissa :

« On est vendredi soir. Et, le vendredi soir, le docteur Charpaint a comme qui dirait un rendez-vous. Vous vous souvenez de sa réaction lorsqu'il vous a parlé de la double personnalité ? Il en était tout bizarre, pas vrai ?

– C'est possible…

– Et il n'a pas enlevé son pardessus de tout le temps qu'il a passé avec nous, n'est-ce pas ?

– Je ne vois pas où vous voulez en venir.

– À ceci. Monsieur Charpaint, monsieur le bon docteur Charpaint, honorablement connu de toute la population de Saint-Germain-des-Prés, a un dada. Pour ne pas dire un vice caché.

– Un quoi ? »

Satisfait de pouvoir prendre à son compte la discussion, Virgile hocha la tête d'un air entendu et expliqua :

« Un dada, monsieur Jaume. Une manie, une marotte, un tic, un toc. Vous appelez ça comme vous voulez. En d'autres termes, il a des habitudes un peu spéciales. Chaque vendredi soir, à minuit pile, il rejoint toute une bande d'autres toqués qui ont le même dada que lui.

– Mais de quel dada parlez-vous ?

– Du *Lac des cygnes*, monsieur Jaume. »

Face au visage interloqué du professeur, le bistrotier ricana.

« *Le Lac des cygnes*, c'est comme je vous le dis. Avec toute sa troupe de papis et de mamies, ils se rassemblent chez les uns ou chez les autres et ils écoutent en boucle *Le Lac des cygnes*, tout en buvant des alcools et en grignotant des boudoirs. Comme des souris.

– C'est charmant.

– Dit comme ça, oui. Mais, là non plus, il ne faut pas se fier aux apparences. Chez eux, ça vire à la manie. Et ça vire tellement qu'ils se sont mis en tête de danser eux-mêmes

Le Lac des cygnes. Le très respectable docteur Raymond Charpaint, si vous lui enleviez son pardessus, vous verriez qu'il n'est pas habillé comme tout le monde.

– Ah bon, qu'est-ce qu'il porte ?

– Un tutu, monsieur. Un tutu rose avec des rubans, des colliers et tout ce qui va avec. »

Remettant en place sa mèche de cheveux, Jaume soupira :

« Ce charmant monsieur, si cordial et si bien élevé, se promène en tutu ? Vous êtes sûr de vous ?

– C'est comme je vous le dis.

– Et vous l'avez vu ?

– Quoi donc ? Le tutu ? Que Dieu m'en préserve, non !

– Comment le savez-vous, alors ? »

Avec l'air de celui qui détient la vérité, mais qui ne désire pas écraser le commun des mortels avec toute sa science, le bistrotier se contenta de croiser ses bras sur sa poitrine et d'affirmer, péremptoire :

« Ça se sait, voilà tout. C'est Pierrot le cheminot qui m'a dit qu'il avait assisté à l'une de ces réunions.

– Et vous le croyez, lui ?

– Oui et non. Ça me plaît d'y croire, en tout cas. C'est comme vos histoires. D'ailleurs, sauf votre respect, je vous rappelle que vous me devez un secret.

– Vraiment ?

– Dame ! Votre fameux secret pour être immortel. Vous pouvez me le dire, maintenant. Qu'est-ce que c'est ? »

CHAPITRE IX

De la rencontre de Jaume avec Rose et monsieur le Prince, des grands noms de l'histoire et des sans-grades, comment Virgile constitua son Louvre du pauvre et en quels termes Jaume lui révéla enfin son grand secret.

« Alors, mon loup ? T'es sûr que ça te tente pas ?

– Pas le moins du monde.

– Regarde un peu, au moins. Sois poli, quoi. C'est plus du perdreau de l'année, mais c'est du bon. Si on s'était connus à 20 ans, c'était une autre musique. Mais regarde-moi ça, quand même. Vas-y. Aie pas peur, quoi…

– Je vous ai dit que je n'étais pas intéressé.

– Tu peux bien m'offrir une cigarette, quand même ? »

Au coin de la rue de Buci, à quelques dizaines de mètres de la Table des Arts, Jaume était entré dans la brasserie Conti et, moyennant un billet glissé à l'un des garçons, il avait acheté un paquet de blondes. En quittant la bouche illuminée de l'établissement, il avait été harponné par une grande bringue, une épave qu'il n'avait pas remarquée, l'instant d'avant. Juchée en équilibre instable sur des talons hauts, en tailleur bon marché mettant en avant une poitrine usée mais parfaitement disciplinée par un corsage aux liserés de dentelle rouge, elle faisait de la retape en amatrice, avec un sourire flapi, une étole de fourrure rousse passée autour du cou.

Se retenant au revers de la veste de costume de Jaume, son haleine empestant l'alcool des fins de repas, la femme baragouina à nouveau :

« Tu vas pas me dire que je te plais pas, quand même ? Pas un soir comme ça, quoi... Puis d'abord, c'est comment, ton nom ? Moi, c'est Rose. Ça casse pas des briques, comme on dit. Mais c'est mon nom. Juste mon nom, comme ça : Rose. Et le tien ? »

Le professeur prit le temps de faire sauter l'emballage de plastique du paquet de cigarettes et de tirer sur le rabat en papier d'aluminium. Puis, il répondit :

« Moi, c'est Jaume.

– C'est pas banal, ça.

– C'est vrai. Mais on ne choisit pas. »

La bringue saisit la cigarette que le professeur lui tendait. Un instant, elle la fit rouler entre ses doigts plantés de faux ongles, puis elle la cala enfin de son mieux entre ses deux lèvres épaisses, pulpeuses et tombantes, dont le rouge luisant faisait songer à une grenade éclatée. La lumière du briquet accrocha sa flamme de voleur sur les contours du visage. La femme pouvait avoir dans les 60 ans, peut-être un peu plus. Une épaisse couche de crème et de fond de teint poudré masquait les rides avec peine. Au-dessus d'un nez un peu trop long mais parfaitement dessiné, deux yeux voilés par l'alcool semblaient ne pouvoir se fixer sur rien. Ils dérivaient dans le vide, semblables à deux bouchons de liège noir livrés à eux-mêmes.

Après avoir recraché avec soulagement une longue bouffée de fumée, la bringue se fit plus insistante :

« T'es sûr, alors ? Tu veux pas que je m'occupe de toi ? Juste une petite gâterie, quoi. Ton serpent n'est peut-être pas hors d'âge, tu sais ? T'es vieux, mais je vais te le faire danser et tu me remercieras. Après, tu me remercieras.

– Vous êtes gentille, mais non. »

Comme elle passait maintenant le dos de ses doigts ornés de bagues de pacotille sur la joue de Jaume, celui-ci se recula d'un pas. De la main gauche, elle agrippa un peu plus fort le revers de la veste et reprit :

« Si je rapporte rien, monsieur le Prince va encore m'avoiner. Sois gentil, quoi…

– Monsieur le Prince ? »

Sans détourner la tête, la femme indiqua d'un geste vague de sa main restée libre un homme de vingt ans son cadet qui, fin saoul, dormait assis sur l'une des chaises de la terrasse. Les cheveux blond platine, dans un costume d'un blanc douteux et une redingote d'un vert criard, il portait une invraisemblable paire de bottes bleu électrique, crottées par la neige et la boue.

Tentant encore poliment de se dégager, Jaume sourit.

« C'est ça que vous appelez votre Prince ?

– Ça dépend.

– Ça dépend de quoi ?

– Des jours. Des fois, il dit qu'il est prince. D'autres fois, il se fait appeler le Duc, le Baron. Ou même, le Roi. Mais c'est surtout le roi de mon cul, oui…

– Pourquoi restez-vous avec lui, alors ? »

Les yeux de plus en plus vitreux, la femme ricana.

« Tu voudrais que je le quitte ? C'est facile à dire…

– Pourquoi ? Il est violent ?

– Monsieur le Prince ? Non, je dirais pas ça. Mais je l'ai connu quand il était encore gamin. Alors, fatalement, on s'habitue. Puis, il m'a toujours dit que j'étais la seule, pour lui. La seule au monde. Et une femme, ça marche à ce genre de boniments. On a beau savoir que c'est pas vrai, on fait quand même semblant d'y croire. Et il peut être généreux. Regarde ça… »

Un instant, elle abandonna sa prise pour soupeser avec nostalgie l'étole fauve qu'elle portait autour du cou et elle marmonna :

« C'est lui qui me l'a offert. C'est du renard, il a dit. Du vrai, pas du synthétique chinois. Du renard de bourgeoise. »

Profitant de l'instant, Jaume effectua deux pas en arrière afin de se retrouver hors de portée de l'aguicheuse. Pendant qu'elle continuait à pétrir sa fourrure morte avec tristesse, il s'éloigna rapidement sur le trottoir mangé de neige. Dans son dos, elle jeta encore :

« Il m'a dit que j'étais Rose, sa seule Rose. C'est pas beau, ça ? Et toi, tu veux pas être mon loup, mon vieux loup ? Tu veux pas, dis ? Allez, reviens. Reviens, quoi ! Sois sympa. Je serai aussi la seule pour toi. Et je… »

Les derniers mots s'éteignirent totalement lorsque Jaume, à pas pressés, passa sous un réverbère dont la lumière jaunie faisait scintiller chaque flocon de neige qui dansait, avant d'aller s'écraser sur le sol.

Demeuré seul à la Table, Virgile avait profité de l'absence momentanée du professeur pour débarrasser le guéridon des verres et des assiettes, des couverts et du cadavre du bourgogne-le-chapitre. À la place, il avait choisi une bouteille replète de volnay, un premier cru Clos des Chênes pêché dans la cave. Avec soin, il l'avait débouchée, avait humé en amateur le cul du bouchon rougi de vin et elle trônait maintenant sur le marbre, flanquée de deux verres propres. Voyant que Jaume ne revenait pas, le bistrotier s'était mis à marcher de long en large, les mains croisées dans le dos. Passablement éméché, il haussait parfois les épaules, reniflait bruyamment, maugréait quelques mots sans suite :

« Il va revenir. Monsieur Jaume, c'est quelqu'un de parole. Ça se voit. Oui. Il va revenir. Il m'a promis. Pour le secret. Je suis un con. Toujours. Faudrait toujours avoir des cigarettes, près de la caisse. Un con. Mais il va revenir. Puis, il n'a pas vu mon Louvre. Le Louvre du pauvre. Quel con je suis… »

Se campant devant la porte vitrée donnant sur la rue des Grands-Augustins, il grimaça encore, ses yeux fouillant la pénombre silencieuse.

« Pas un temps à mettre un pèlerin dehors. Ça non. Pas un pèlerin. Pas même un chien. Puis, il faut bien que je lui raconte. Mon histoire à moi de grand amour. Faut bien. J'ai promis. Alors... »

Face à la rue déserte, Virgile frissonna. Son histoire, son grand amour, son premier béguin. Le seul de toute sa satanée existence, en fait. D'ailleurs, monsieur Jaume le lui avait dit : il n'existait pour chaque femme et pour chaque homme qu'un seul grand amour par vie vécue. Et encore, tous n'y avaient pas droit. Mais Virgile, oui. Ça avait été un veinard, un vernis. Celle qu'il avait aimée à la folie, en silence, était bien quelqu'un de différent, d'à part. Elle avait d'ailleurs toujours les yeux absents, lointains. Une mine un rien boudeuse, aussi. Elle était distante, inaccessible et pourtant si proche. Elle était comme ces îles vers lesquelles on peut nager de toutes ses forces, mais que l'on n'atteint jamais. Il lui dirait comme ça, à monsieur Jaume. Il lui dirait tout. Tout, sauf son prénom, peut-être. Elle s'appelait Lucienne.

À cet instant, le bistrotier posa ses poings fermés sur ses hanches et planta ses yeux au plafond. D'une voix sourde, il marmonna :

« Pas ça... Ça, je ne veux pas. Trouvez autre chose. »

De la voussure, à moins que cela ne vînt de la cuisine, de la cave, de la rue ou même seulement de sa propre tête, une voix lui répondit – ou sembla lui répondre – par une question :

« Pardon ?

– Trouvez autre chose. Mon histoire d'amour, je vais la raconter à monsieur Jaume. Mais il ne faut pas mettre ça.

– Mettre quoi ?

– Le prénom. Quand je le prononce, je me rends bien compte que Lucienne, ce n'est pas un prénom qui fait grand amour. Si vous voulez que je raconte mon histoire proprement, si vous voulez qu'il y croie, il faudra changer le prénom.

– C'est impossible. »

Stupéfait, Virgile tapa du pied sur le carrelage et s'exclama :

« Comment ça : c'est impossible ? C'est bien vous qui racontez, non ?

– C'est exact.

– Alors, vous pouvez écrire tout ce qu'il vous plaît ?

– Ce n'est pas aussi simple.

– Qu'est-ce que vous voulez dire ? »

Après un instant de silence durant lequel le bistrotier ne cessa de fixer le plafond, semblant défier la voix du regard, celle-ci finit par se défendre faiblement :

« Je suis le narrateur, c'est vrai. Mais être narrateur, ce n'est pas être Dieu.

– Je m'en fous ! Pour moi, un narrateur, c'est fait pour narrer, comme vous dites. Alors, narrez. Mais narrez surtout ce que je vous dis !

– C'est impossible de changer le prénom de Lucienne. Je le voudrais que je ne le pourrais pas.

– Pourquoi ?

– Le narrateur narre. C'est exact. Mais ce n'est pas lui qui écrit. »

En entendant cette réponse flotter dans la pièce, Virgile frappa dans ses mains avec exaspération. Puis, il grinça :

« Qui est-ce qui écrit, alors ?

– C'est le stylo.

– Et vous ? Vous servez à quoi, finalement ?

– À tenir le stylo. Et à narrer, bien entendu. À rien de plus.

– Ce que vous pouvez être emmerdant, tout de même ! Il n'y a rien à faire, alors ? Lucienne va rester Lucienne ?

– J'en ai peur… »

Sous les pieds de Jaume, la neige crissait à chaque pas, offrant la même consistance que le sable brûlant, les jours d'été. Au niveau de l'hôtel Saint-André-des-Arts, un brusque courant d'air fit frissonner le professeur. Il s'aperçut alors qu'il avait oublié de passer son écharpe blanche. Après un haussement d'épaules, il poursuivit sa marche lente et gomma définitivement de son esprit la Rose fanée et son soûlographe de monsieur le Prince, pitoyable à pleurer. Chacun choisissait sa destinée.

Virgile, il le savait, l'attendait sans doute avec impatience dans son bar. Il venait de lui faire vivre une soirée peu commune, à mille lieues de tous les radotages d'ivrognes dont il devait faire son pain quotidien. Il l'avait sorti de ses habitudes, lui avait fait toucher du doigt d'autres horizons. Pourtant, il sentait confusément que le bistrotier devait être déçu. Ou plutôt, que sa joie devait être incomplète. Afin de le rendre parfaitement heureux, il aurait dû lui raconter par le menu les instants qu'il avait partagés avec quelques grands de ce monde. Ça, oui ! C'était le genre de choses qui faisait glousser les auditoires de plaisir. S'il avait été un tantinet cabotin, Jaume aurait parlé du rôle qu'il avait tenu durant la Révolution de 1789. Comment il avait échoué chez les Chouans de Bretagne et comment il les avait quittés aussitôt, pour rejoindre Paris et Marie-Anne Charlotte de Corday d'Armont. Il aurait dit l'odeur du soufre montant de la baignoire de Marat, le sang se mêlant à l'eau, l'exécution de la Corday qui lui avait tiré des larmes. Il aurait aussi connu un succès plus éclatant s'il avait dévoilé les liens qui l'avaient uni, un temps, à un gamin belliqueux et dévoré d'ambition comme le pauvre Marat pouvait l'être par sa dermatite herpétiforme, sa scabiose ou sa dermatite séborrhéique – aujourd'hui encore, la faculté ne parvenait toujours pas à trancher sur la nature de son mal. Le jeune homme ténébreux se nommait Bonaparte.

En cherchant bien dans ses souvenirs, Jaume aurait pu enfiler des noms glorieux comme autant de perles, de Rousseau à Robespierre, de Pasteur à Goethe, sans oublier les séances de spiritisme avec Victor Hugo sur l'île de Guernesey. Le plus émouvant, il l'aurait gardé pour la fin. Dans le quartier balnéaire et très bourgeois de Dieppe, il avait accompagné son grand ami Alexandre Dumas jusqu'à son dernier souffle, lui lisant à la lueur des chandelles les meilleures recettes que ce merveilleux écrivain avait rassemblées pour son *Grand Dictionnaire de cuisine*, pendant que la guerre de 1870 faisait rage. Oui, tout cela, Jaume aurait pu le révéler et ça ne lui aurait pas coûté plus de salive que de relater ses pérégrinations sur les rives du Rhône, son grand amour portugais avec Zélia ou sa mésaventure de la rue du Valongo. Mais quoi ? Quel intérêt cela pouvait-il vraiment avoir puisque les livres d'histoire regorgeaient de ces événements mille fois racontés ? Puis lui, Jaume, préférait les obscurs, les sans-grades, les seconds couteaux, les femmes et les hommes de l'ombre. Celles et ceux que l'histoire officielle avait oubliés, par ignorance ou par choix.

Après avoir remonté le col de sa veste de costume sur sa nuque, le professeur enfouit ses mains dans ses poches. La cigarette finissant de se consumer à ses lèvres, il prit le temps de s'arrêter quelques secondes sur un bout de trottoir. Lorsqu'il reprit sa marche, il constata avec un plaisir trouble que chaque pas lui coûtait plus d'efforts, que son souffle devenait court, à la fois pénible et irrégulier, et que ses jambes le portaient avec moins d'assurance qu'auparavant.

Une nouvelle fois, Virgile vérifia l'exact positionnement des verres ballons qui encadraient la bouteille de volnay. Par une espèce de terreur sourde, il sentait que si les deux verres n'étaient pas parfaitement disposés par rapport à la bouteille, tout en suivant une ligne imaginaire les reliant à la porte d'entrée, la magie de cette soirée allait s'effondrer. Ce monsieur Jaume, c'était quelqu'un, tout de même. Avec toutes les vies qu'il avait traversées, la sienne semblait d'évidence ridiculement étroite. À bien y réfléchir, il était vrai qu'il n'avait pas connu grand-chose. De sa naissance jusqu'à ce jour, le Grand Ordonnateur des destinées n'avait prévu pour lui aucune faille d'importance, aucun pic, pas la moindre prise de risques. Il avait dû se contenter d'une existence linéaire, sans coup d'éclat. Même la maladie l'avait épargné, c'était dire. Aussi, les soirs de solitude, lorsqu'il lui arrivait de repenser à ces milliers de journées, toutes vécues sur le même rythme monocorde, il en éprouvait un vertige désagréable. Eh quoi ? Tout ça pour ça ? Tout ça pour rien, ou presque ? Il avait l'impression de s'enliser dans un vaste marécage, un banc de sable mouvant l'attirant vers le fond sans aucun espoir de pouvoir se dépêtrer de cette gangue, de pouvoir sortir de cette vie molle, de découvrir qu'il possédait un cœur, le goût de rire et de crier, de courir et d'aimer.

Déplaçant d'un millimètre le verre de gauche sur la droite, puis le repositionnant tout aussitôt après à sa place initiale, Virgile maugréa :

« Bien sûr… Il va revenir. Des conneries. C'est des conneries qu'il raconte. Je le sais. Mais ça fait passer un moment, quoi. Il va revenir. Sinon… »

Quant à son grand amour, puisque le narrateur ne voulait pas en changer le prénom, il garderait son histoire pour lui. Il n'était peut-être qu'un pauvre type qui débitait de la bibine, mais il ne voulait pas être ridicule, pas devant monsieur Jaume. Un prénom comme cela, ce n'était pas possible. Quant à l'histoire, ce ne serait pas une grande perte.

« Saleté de verres… Et lui, qu'est-ce qu'il fait ? Il ne faudrait pas qu'il se jette du pont Neuf ou du pont Saint-Michel. Immortel, immortel… Va-t'en savoir, toi… »

Soudain, Virgile sut ce qu'il allait raconter à monsieur Jaume. Ce ne serait pas son grand amour, non. Ce serait son grand cauchemar. Ça, oui ! C'était une riche idée ! Il devait avoir dans les 6 ou 7 ans. Au milieu d'une nuit d'été, en nage, il s'était éveillé en sursaut. Son cœur battait à lui faire mal, dans sa poitrine maigre. L'espace de toute cette nuit – ou peut-être ne fût-ce que durant une fraction de seconde –, il avait rêvé qu'il avait 50 ans. Lui, ce gamin chétif en culotte courte, il venait de célébrer ses 50 ans. Lesté de toutes ces années, il se sentait fort. Il avait réussi sa vie. Dans un brouillard, tout autour de la table, il y avait sa femme et ses enfants. Et des amis aussi, nombreux. Il avait des sous. C'était quelqu'un. Au moment de souffler les bougies, il s'était retourné. Et il n'avait rien vu. Rien. Il avait alors pris conscience qu'il avait passé ces cinquante années de sa vie à ne rien faire de celles-ci. De son passage sur terre, il ne resterait rien. Personne ne se souviendrait de lui. Au moment où l'on planterait le dernier clou dans son cercueil, il serait déjà oublié. Un autre, dix autres, des millions d'autres prendraient sa place. Tous aussi anonymes et inutiles que lui.

Mais si c'était à refaire, s'il en avait seulement la possibilité, s'il pouvait devenir immortel, même rien qu'un peu, alors...

« Eh bien, monsieur Virgile ? Nous allons assécher votre cave, si nous continuons ainsi ! »

La voix chaude du professeur referma immédiatement la porte du cabinet aux idées noires. Ne se préoccupant plus le moins du monde du bon alignement de la bouteille et des verres, le bistrotier répliqua avec un sourire :

« Mais elle est là pour ça, cette cave ! Et pour quoi d'autre, sinon ? Un petit volnay, monsieur Jaume ? Celle-là aussi, je la gardais pour une grande occasion, mais je ne pourrais pas non plus vous dire laquelle... »

Le Louvre du pauvre, comme le qualifiait affectueusement Virgile, portait bien son nom. Dans une petite pièce située au-dessus de la Table des Arts, le bistrotier avait entassé sans souci aucun de mise en scène un nombre incalculable d'objets hétéroclites qui reposaient là sous une moelleuse couche de poussière. Le verre à la main et la cigarette aux lèvres, les deux hommes avaient lentement gravi des escaliers étroits et, parvenus devant une porte, le patron avait tiré son trousseau de clés. Le mécanisme de serrurerie avait joué sans peine. Avant de pousser le vantail, Virgile s'était excusé, prenant un air embarrassé :

« Il ne faut pas vous attendre à des miracles, attention. C'est juste pour moi, cette affaire. Je n'y fais jamais entrer personne. »

Puis, il avait ouvert la porte en grand, avait actionné l'interrupteur du plafonnier et s'était effacé afin de laisser entrer le professeur en premier. Le spectacle, à dire vrai, était étonnant. Partout, sur le linoléum et sur de rares meubles, sur des chaises dépareillées et sur le rebord de l'unique fenêtre, accrochées aux murs ou à la poutre apparente passée au brou de noix, les pièces de ce musée de toute une vie s'entassaient, s'imbriquaient, s'étalaient, se collaient les unes aux autres. L'œil ne savait où se poser. Il y avait des sculptures africaines grossières, avec des zèbres portant des rayures dans le bon sens, ou pas. Une guitare gondolée, des dizaines de bracelets brésiliens fabriqués en Chine et vendus par des Incas de Clignancourt ou de Montrouge. On y trouvait aussi des poupées de chiffon froissé, des croûtes incendiaires, quelques caricatures du bistrotier, des ballons de baudruche dégonflés, des colliers magiques qui avaient dû être fluorescents, des tours Eiffel en guirlandes, des stylos et des crayons *I love Paris*, des buttes Montmartre dans des boules de neige, de fausses plaques de rues ou d'immatriculation, quelques *Déclarations des droits de l'homme et du citoyen* en posters, des centaines de livres vomis par les boîtes des bouquinistes, des cartes postales du « Paris de la Belle Époque », des clichés jaunis du Che ou de Marilyn, des briquets tricolores, des drapeaux et des fanions français, des jumelles en carton pour voir défiler le 14 juillet. On y trouvait encore des tee-shirts de toutes tailles, des bonnets, des parapluies, des savons, des étuis à cigarettes, des bustes de Marianne, des assiettes et des couverts, des tasses, des verres, des bols – bref, toute une marchandise de pacotille qui se vendait à la sauvette et que des désespérés avaient abandonnée là en échange du coup à boire, de l'œuf dur à avaler tamponné de sel, du sandwich à dévorer pour calmer les entrailles.

Avec précaution, le bistrotier déposa le zèbre du pékin d'Angola riche de kwanzas à côté d'un lion inutilement féroce et d'une girafe au cou brisé. Puis, il marmonna :

« Vous devez me prendre pour un cinglé, non ?

– Moi ? Pas du tout.

– C'est vrai ?

– C'est comme je vous le dis. Si vous avez acquis toutes ces richesses contre des demis de bière ou des ballons de rouge, vous êtes un bienfaiteur de l'humanité, monsieur Virgile. Du moins, de cette partie de l'humanité qui croit trouver dans l'alcool la part de rêve que leur existence ne leur fournit plus. Si j'étais ministre de la Culture, je vous ferais chevalier des Arts et des Lettres, mon ami ! »

Dans l'odeur de moisi qui montait de la pièce, Virgile minauda :

« C'est trop gentil, monsieur Jaume. C'est juste une manie, une espèce de passe-temps.

– Faire passer le temps en soulageant son prochain ? Mais j'ajoute immédiatement au revers de votre veston une autre rosette, ne serait-ce que pour faire rougir la première ! »

Esquissant un simulacre de garde à vous, le bistrotier sourit et trinqua avec le professeur. Après une gorgée de volnay, celui-ci reprit, subitement plus sérieux :

« Maintenant, c'est à moi de tenir ma parole. Vous m'avez promis de me faire visiter votre Louvre du pauvre, voilà qui est fait. Je vous avais promis de vous révéler mon secret, je vais honorer mon engagement.

– Où ça ? Ici ?

– Pourquoi pas ?

– C'est un grand secret, tout de même... Vous êtes sûr ?

– Moi, oui. Mais vous ? »

Subitement embarrassé, Virgile hésita. Puis, il finit par bougonner :

« Si, bien sûr... Qui ne voudrait pas être immortel ?

– Moi, je vous l'ai déjà dit.

– C'est vrai. Mais à part vous ? Être immortel, ça permet tellement de choses. On peut refaire en mieux ce qu'on n'a pas réussi, par exemple.

– Pas moi, hélas. Ce don ne m'a servi à rien. Je n'ai fait qu'enfiler mes existences, les unes derrière les autres, sans jamais rien apprendre. L'expérience n'a rien changé à ma destinée, ou si peu. Bien sûr, vous évitez de commettre les mêmes erreurs mais, aussitôt, ce sont mille autres erreurs qui se présentent à vous, mille pièges auxquels vous n'aviez même pas pensé et dans lesquels vous plongez avec autant de naïveté que dans le premier. Toute l'éternité ne suffirait pas à éduquer un seul homme, croyez-moi sur parole.

– Et votre secret ? Vous allez quand même me…

– Je vous le donne. Pourtant, je vous préviens une nouvelle fois qu'il ne vous servira à rien, sinon à empoisonner le reste de votre existence.

– Dites toujours… »

Jaume prit le temps d'écraser son mégot dans un cendrier célébrant avec force bannières le bicentenaire de la Révolution française. Puis, il expliqua à voix basse :

« Vous l'aurez voulu… Vous vous souvenez sans doute comment, en Guyane, après avoir reçu un coup d'épée de ce maudit Palheta, je me suis retrouvé dans le gourbi de Morgue, près de Montsinéry-Tonnegrande.

– Oui, bien sûr. Et alors ?

– Alors, j'ai eu beau tourner et retourner durant près de trois siècles cette question, j'en suis arrivé à une conclusion qui est, pour moi, la seule possible.

– Laquelle ?

– Si l'on excepte l'hypothèse d'une quelconque intervention divine ou supranaturelle, je ne dois mon immortalité qu'à ce breuvage que ce coquin de Morgue m'a fait boire… »

Fronçant les sourcils, Virgile s'étonna :

« Vous voulez dire que ce serait ça qui…

– Ça ne peut être que cela. Un mélange de guildive, de miel et d'eau. »

Durant d'interminables secondes, le bistrotier demeura silencieux. Puis, face aux objets inanimés composant son Louvre du pauvre, il s'ouvrit soudain d'un sourire plein. Tapant alors à plusieurs reprises sur l'épaule du professeur, il s'exclama :

« Vous alors ! Comme farceur ! Vous êtes unique ! Si je m'attendais ! Oh vous ! Ça alors ! Vous me la copierez ! »

Peu enclin à ce genre de familiarités, Jaume se recula d'un pas et rétorqua, vexé :

« Comment ça ? Vous ne me croyez pas ?

– Non !

– Pardon ?

– Mais alors, pas du tout !

– Expliquez-vous !

– Excusez-moi, monsieur Jaume. Mais s'il suffisait de mélanger du rhum, du miel et de l'eau, tout le monde serait immortel !

– Ce n'était pas du rhum, mais de la guildive.

– Si vous voulez. Guildive ou rhum, c'est bonnet blanc et blanc bonnet, comme on dit. Il ne faut pas m'en vouloir, mais c'est la chose la plus idiote que j'aie entendue depuis longtemps !

– Merci… Mais avez-vous bien pensé à tout ? »

Le visage du bistrotier se figea alors dans son rire et il interrogea :

« Pensé à quoi ?

– Aux ingrédients, monsieur Virgile. Il y a la guildive, c'est un fait. Cette guildive vient du suc de la canne à sucre.

– Je le sais bien. Et alors ?

– Pour renouveler ce miracle, il convient de répéter avec l'exactitude la plus absolue chacune des étapes ayant procédé au mélange. Quelle était la nature de cette canne à sucre ? Elle venait d'Abyssinie, m'a-t-on dit. Mais il existe des dizaines de variétés de cannes, en Abyssinie. De plus, pour être fécondes, ces cannes nécessitent une pollinisation. Quels insectes s'étaient chargés de cette tâche, déposant dans leur travail d'infimes mais bien réelles cellules leur appartenant ? Après combien de jours exacts de mûrissement cette canne avait-elle été coupée ? Avec quels instruments ? Sur quel sol avait-elle poussé ? Durant combien de jours de soleil ? Combien de pluie ? Dans quel récipient le jus avait-il été stocké ? Par quelle machine avait-elle été broyée ? Et ce n'est pas tout… »

Passablement affolé maintenant par autant de questions qui commençaient à lui brouiller l'esprit, Virgile répéta :

« Ce n'est pas tout ?

– Non. Car ce qui vaut pour la guildive vaut aussi pour le miel, n'est-ce pas ? Quelles fleurs ? Quelles abeilles ? Quels pourcentages exacts pour les unes et les autres ? Quelle exposition et quelle terre, pour ces fleurs ? Quelle cuillère avait-on utilisé pour recueillir ce miel ? Combien de temps avait-il été conservé et avec quel degré d'hygrométrie ? Dans quels récipients et quel type de pièce ? Et, à supposer que vous disposiez par miracle des bons ingrédients, quelles étaient les proportions exactes de ce breuvage ? À quelle date le mélange avait-il été fait – car il est bien connu que la lune et sa course influent sur chaque chose vivante ? Et encore, je ne vous ai pas dit le pire… »

Face au visage maintenant complètement déconfit du bistrotier, Jaume asséna le coup de grâce :

« L'eau, mon cher Virgile. L'eau qui coulait près du gourbi de Morgue et qu'il a utilisée pour la mixture… De quelle eau s'agissait-il ? Prenant sa source à quel endroit ? Après quel voyage ? Se chargeant de quelles algues microscopiques ? De quels excréments de poissons ? De quelles boues ? Avec quel pourcentage d'eau de pluie ? Croyez-moi, j'ai passé suffisamment de temps sur les rives du Rhône à guetter les cadavres pour savoir que chaque goutte d'eau qui compose un fleuve est différente de toutes les autres, par nature et par fatalité. »

Le professeur posa sa main sur l'épaule de Virgile. Puis, sur le ton le plus doux qui soit, il conclut :

« Oubliez cette possibilité de devenir immortel en mélangeant de la guildive, du miel et de l'eau. Pour reproduire le miracle de cette alchimie, il vous faudrait bien plus d'années que celles dont vous disposez encore aujourd'hui. Vous ne gagneriez, dans cette entreprise, que désillusions et rancœurs. C'est d'ailleurs pour cela que je n'ai rien révélé de ce secret à ma chère Zélia. Elle aurait passé le plus clair de son temps à tenter le diable et en aurait oublié, et de vivre et de m'aimer. En revanche, si cela vous intéresse, je peux vous apprendre aisément comment moi, Jaume – moi qui suis malheureusement immortel –, je vais enfin parvenir à rompre ce sortilège. Je vais vous confier comment je devrais, dès l'aube et si tout se passe bien, disparaître à tout jamais de la surface de la terre. Mais, avant cela, peut-être est-il temps que je termine de vous exposer le cheminement de mes vies qui m'a conduit à prendre cette décision… »

CHAPITRE X

Comment Jaume se retira à Arraial do Cabo, se fit peintre d'ex-voto, repartit en France à bord d'une brigantine anglaise et connut un nouvel amour, avant de promener le cadavre de celui-ci dans les rues de Paris.

« Lorsque mon heure fut venue – c'est-à-dire dès que le voisinage du quartier du Valongo et celui du morne du Castelo commencèrent à s'interroger, avec un peu trop d'insistance, sur mon apparente jeunesse qui semblait ne jamais connaître de fin –, je résolus de quitter Rio de Janeiro. Nous étions en 1825. Iansã venait de mourir d'une mauvaise fièvre. Les fumets gras et puissants de son *alloco* et de son *dounguouri soko* ne montaient plus dans ma petite maison de pêcheur, toujours bien abritée par les palmiers. Dom Pedro I venait de prendre le pouvoir et, s'il ne faisait preuve d'aucune ambition pour la capitale de la colonie portugaise, il avait en revanche décidé de faire régner l'ordre par des milices armées dans la vieille ville. Rio de Janeiro devenait malsain pour moi. Je fis donc mon baluchon et une nuit, avec mon cheval et une mule transportant mes effets personnels ainsi que ma guitare, je mis le cap à l'est, jusqu'à atteindre le lieu-dit d'Arraial do Cabo. »

À nouveau assis devant le guéridon de marbre, toujours fumant et buvant, les deux hommes baignaient maintenant dans une atmosphère de pleine nuit, façonnée de calme et du simple plaisir de se sentir vivants. Les traits de Jaume semblaient s'être durcis un peu plus, mais peut-être n'étaient-ce que les effets conjugués de l'alcool, du tabac et de la lumière cruelle du néon. Son costume noir, maintenant, semblait trop grand pour lui, mais Virgile ne s'en formalisa pas, à nouveau fasciné par le fil de l'histoire que le professeur s'était remis à dérouler à l'aide de mots choisis, jouant avec les silences, semblant prendre un malin plaisir à allumer dans les yeux du bistrotier mille émotions.

« Pourquoi Arraial do Cabo ? s'interrogea le professeur. Je ne pourrais le dire avec exactitude. Toujours est-il que je passai là, à quarante-cinq lieues de la capitale, un peu plus de vingt années absolument seul et, donc, absolument heureux. Je restai sans femme et sans ami, sans la moindre compagnie – si ce n'était celle de ma vieille guitare et celle d'un chat à demi sauvage qui venait dormir sur le rebord de la fenêtre de ma cahute, les jours de plein soleil. Autant vous le dire tout net : je ne faisais à peu près rien, sinon rêver, fumer des pipes de *maconha* qui poussait là-bas en abondance et contempler l'Océan.

– Vous ne parliez à personne ?

– Non. Sauf, quelquefois, avec une poignée de pêcheurs du cru qui ne rêvaient ni d'amour ni de fortune et qui se contentaient, à chaque jour que Dieu faisait, de ne pas prélever plus de poissons que ce qui leur était absolument nécessaire. Nous discutions de tout et de rien, des courants maritimes qui là-bas sont glacés, des vents capricieux, de l'alternance du soleil et des nuages, des différentes façons d'accommoder la langouste, le crabe que l'on dit là-bas de *siri* ou la crevette. Le sujet toujours épineux de la politique ne nous intéressait pas le moins du monde, et nous nous souciions des amours contrariées entre le Portugal, l'Angleterre et la France comme de nos premières chemises. Quant à la religion, nous ne pouvions que nous féliciter dans cette région reculée de l'absence des prêtres, des curés, des moines, des diacres, des sous-diacres et des archidiacres. »

Jetant un coup d'œil complice à Virgile, Jaume poursuivit :

« Pour ce qui est des tourments que créent inévitablement les affaires liées au sexe, j'avais trouvé la parade. Comme cela m'était déjà arrivé dans la pointe sud du Maroc, mon visage commença à se couvrir d'une véritable barbe de prophète. Mes cheveux pendirent bientôt jusqu'au milieu de mon dos. Je pris la prudente habitude de ne jamais jouer de la guitare en public et je ne m'habillai bientôt plus que de hardes que je lacérais moi-même afin de les rendre encore plus misérables à l'œil. Les femmes des pêcheurs qui tentèrent malgré tout de me charmer en furent pour leurs frais. À leurs présents et à leurs petites attentions faites d'un pot de lait, d'un plat de *farofa*, de la farine de manioc, ou d'une paire de pantalons dénichée Dieu seul savait où, je ne leur répondis que par des grognements de pourceau inintelligibles, de brusques mouvements des bras et des regards d'halluciné. Bien vite, elles firent courir à la ronde le bruit que l'extrême pointe d'Arraial était habitée par un ermite à moitié fou, vraisemblablement impuissant, et l'on me laissa en paix.

– Et pour la nourriture ? Pour l'argent ? Comment faisiez-vous ?

– Ça ? Le hasard m'indiqua bientôt un moyen fort simple et peu fatigant me permettant de répondre à merveille à mes besoins. Vous allez comprendre... »

Un matin de janvier de l'année 1826, alors que le soleil commençait déjà à frapper comme un sourd et à étamer l'Océan, un voyageur s'était arrêté devant la bicoque de Jaume. Il avait quémandé de l'eau et un peu de paille pour son cheval et, si cela était possible, quelque chose à manger pour lui-même. Le pèlerin avait une bonne figure, semblait pauvre et perdu, aussi le jeune homme accepta. Prévue pour durer une heure ou deux, cette halte s'éternisa pourtant quatre mois. L'homme, qui disait se nommer Jesus Clemente, était originaire de Cabo da Roca, non loin de Cascais. Il avait fait le voyage jusqu'au Brésil pour fuir la famine et tenter de faire fortune dans l'or et les diamants qui, disait-on au Portugal, étaient généreusement charriés par le moindre cours d'eau. Les astres ne lui ayant pas été favorables, il s'en retournait donc bêcher la terre sous les jacarandas flamboyants, pauvre comme Job mais riche tout de même d'avoir foulé de ses pieds la colonie du Nouveau Monde. Dans une petite caisse, Jesus Clemente transportait avec lui son seul bien, à savoir tout un assortiment de pinceaux et de brosses, de couleurs et de spatules, de scies et de couteaux à bois. Il avait appris le métier de peintre en enseignes et décorations d'intérieurs à Lisbonne et il transmit bientôt à Jaume les rudiments de son savoir. Il lui expliqua ce qu'il connaissait de l'ombre et de la lumière, des perspectives, du mariage des couleurs et du contre-jour. Il lui dit le contraste, lui toucha un mot du peu qu'il savait de la symbolique propre aux dessins de l'époque et l'instruisit des mille et une façons de masquer les mains d'un personnage – car la main, expliqua-t-il d'un air docte, constituait la partie du corps la plus ardue à reproduire avec exactitude. Un soir de *maconha*, il s'épancha un peu plus encore qu'à l'ordinaire et l'entretint de la grande mode qui agitait sporadiquement le clergé, la noblesse et la bourgeoisie commerçante du Portugal et du Brésil – et ce fut grâce à cette révélation que Jaume trouva enfin sa voie.

« Je me fis peintre en ex-voto, mon cher Virgile. Dès que Jesus Clemente quitta ma cahute, je m'établis artiste. Sur cette terre qu'Amerigo Vespucci, le premier, avait volée aux Indiens tamoios et tupinambas, le bois ne manquait pas puisque, à cette époque, la jungle avait encore les pieds qui trempaient dans l'Océan. Les pigments et les pinceaux se trouvaient somme toute assez facilement. Quant aux clients, ils étaient là, sous mes yeux. Je n'avais qu'à m'asseoir et à attendre.

– Attendre quoi ? Je croyais qu'il ne passait personne sur cette terre oubliée.

– Sur la terre, en effet. Mais sur l'eau, le commerce battait son plein. Les goélettes et les caravelles, pleines à craquer de marchandises ou d'esclaves, se croisaient sans discontinuer. Certains jours, les courants froids se heurtant à la masse chaude de la jungle, des vagues d'une hauteur considérable parvenaient à se former et rabattaient les navires vers les rochers de la rive où ils subissaient d'importantes avaries. Les capitaines mal avertis du danger pouvaient y perdre des hommes d'équipage et tout ou partie de leur chargement, en moins de temps qu'il ne fallait pour le dire.

– Vous passiez donc vos journées à peindre des bateaux ?

– C'est presque ça. Un jour, alors que le vent était particulièrement mauvais et les vagues traîtresses, j'ai vu un négrier mal calfaté s'ouvrir en deux comme une coquille de noix. Après avoir heurté les hauts-fonds, le navire s'est déchiré et s'est délesté d'au moins deux cents captifs d'un seul coup, tous entraînés vers les abysses par le poids de leurs chaînes.

– Quelle misère ! Vous n'avez pas essayé de les sauver ? »

Jaume fit glisser une mèche de cheveux blancs derrière l'une de ses oreilles et répliqua avec calme :

« Comment l'aurais-je pu ? Bien entendu, j'éprouvais un peu de peine pour les disparus – surtout pour les prisonniers car eux, contrairement aux marins, n'avaient pas demandé à s'embarquer. Le capitaine, qui s'avéra s'appeler Fernando Francisco Benedito Dias Coelho Silva Monteiro e Contrao, réussit à s'en tirer. Avec deux de ses lieutenants et un petit mousse qui savaient correctement nager, il parvint à prendre pied sur le rivage. Après une nuit entière passée à délirer dans une bicoque voisine, il apprit ma manie de la peinture et vint aussitôt me trouver. *In petto*, il me demanda de peindre pour lui un ex-voto monumental qu'il désirait, à son retour au pays, déposer dans la cathédrale lisboète de Santa Maior ou, si l'autorisation lui en était refusée, pour l'accrocher dans le phare de Cabo da Roca qui est sur la côte du Portugal le point le plus proche du Brésil. Au début, bien entendu, je refusai.

– Pourquoi ?

– Je ne m'étais pas retiré sur la pointe du Cabo de Arraial pour obéir à des ordres. De plus, j'avais pris l'habitude de jouer à la guitare de vieilles chansons portugaises que Zélia m'avait apprises. Le chat semblait les apprécier et ronronnait en rythme. Quelques merles à ventre roux m'accompagnaient et nous commencions à former un petit orchestre des plus harmonieux. Mais le capitaine Fernando Francisco Benedito Dias Coelho Silva Monteiro e Contrao fit tant et tant, pleurant, gémissant, se mettant à genoux, se prosternant, invoquant tous les saints du paradis qu'il connaissait, se tordant les mains, s'arrachant les cheveux, se flagellant – bref, le malheureux chargea tellement la mule que, n'était-ce que pour retrouver enfin la paix, j'acceptai. Je peignis pour lui mon premier ex-voto de commande que je dédiai comme il se devait à Nossa Senhora dos Remédios, à Nossa Senhora da Boa Viagem, à São Francisco de Paula et, pour faire bonne mesure, à São José et à São Sebastiao… »

L'ex-voto rectangulaire, dans le format dit à l'italienne, représentait la *Principessa Fatima* que Jaume avait vu sombrer de ses propres yeux. Sur la peinture qu'il en fit, destinée à remercier Dieu pour son infinie clémence, elle flottait encore fièrement sur une mer que l'on eût pu qualifier de mer de la félicité tant les flots étaient bleus et le blanc de l'écume, éclatant. Sur le gaillard d'avant, le capitaine accompagné de ses deux lieutenants et du petit mousse faisait bonne figure. Il souriait même, d'un air calme et vainqueur, malgré les grappes d'esclaves qui s'enfonçaient sous ses yeux avec des rictus de terreur. Par malice, à la mode du sculpteur Aleijadinho, Jaume avait pris le soin d'affubler ces quatre envahisseurs portugais de deux pieds gauches. Enfin, dans l'espace céleste, au-dessus de la scène principale, il avait dessiné un visage de femme représentant Marie pour les marins mais qui, pour Jaume, n'était autre que celui de Zélia.

« Ça a marché, votre tableau ? Ça lui a plu ? s'enquit Virgile.

– Plutôt oui. Le capitaine Fernando Francisco Benedito Dias Coelho Silva Monteiro e Contrao, pour me montrer sa gratitude, me remit une bourse pleine d'or qui me permit de passer une année entière sans que j'aie à me préoccuper de subvenir à mes besoins. Lorsque ladite bourse commença à dangereusement s'alléger, je me postai en vigie sur le rocher le plus haut de ce cap et, jour après jour, j'attendis le naufrage suivant. Ce dernier, d'ailleurs, ne tarda guère à se produire, mais c'est encore une autre histoire. Voilà en tout cas comment, en quelques mots, je gagnais ma pitance et le droit de vivre seul et heureux : en peignant, avec des couleurs vives, force catastrophes, souffrances, noyades, agonies, monstruosités et pieds gauches surmontés par le visage merveilleux de ma Zélia… »

Jaume ne regagna la France et Paris via Plymouth qu'en 1846, à la faveur d'une brigantine anglaise dont la coque s'abîma sur les hauts-fonds et qui, malgré tous les efforts des hommes du bord et du menuisier de marine, mit sept mois avant de pouvoir appareiller à nouveau. Le jour du départ, il alla se recueillir sur le tumulus de son chat, que la musique avait longtemps conservé en parfaite santé. Il bredouilla une prière maladroite sur les sépultures mangées d'herbes folles de plusieurs générations de merles à ventre roux qui avaient à la fois accompagné sa guitare et sa solitude heureuse. Il rasa barbe et cheveux, et abandonna pour toujours sur son grabat ses outils de peinture et ses esquisses d'ex-voto. En partant, il prit bien soin de laisser sa porte ouverte. Sa bicoque appartiendrait à qui voudrait bien l'habiter. Désormais, il était à nouveau temps pour lui de voyager.

Paris, à cette époque, n'avait pas encore connu les métamorphoses apportées par le baron Haussmann. Toute la cité semblait irrémédiablement engluée dans le Moyen-Âge et son peuple faisait songer à un rat, pouilleux et puant, subitement devenu fou. Les ouvriers, venus de province pour beaucoup, semblaient perdus dans son labyrinthe, se cognant contre les façades, hésitant, se passionnant et honnissant soudain avec la même ferveur la noblesse et le clergé, les commerçants et les bourgeois. Poussée vers la capitale par la faim, sans culture politique, cette foule déboussolée passait depuis quelques années, et avec une égale aisance, de la royauté à l'empire, de l'empire à la république et de la république à la monarchie. De Louis XVIII le Désiré à

Napoléon, puis à nouveau de Louis XVIII à Charles X, le peuple semblait prendre un malin plaisir à faire et à défaire les régimes, guillotinant ou frappant d'exil ceux qui ne le satisfaisaient pas avant de – et en grande pompe, encore ! – les réinstaller sur leur trône.

Lorsque Jaume entra dans Paris par la porte Montmartre, il apprit que c'était Louis-Philippe, le roi soi-disant citoyen, qui était aux affaires. Défenseur de la bourgeoisie commerçante nouvellement enrichie, fervent partisan de la révolution industrielle, il passait le plus clair de son temps à mater les révoltes, écrasant les canuts à Lyon, les ouvriers à Paris, tout en évitant les tentatives d'assassinats contre sa personne fomentées par les républicains, les bonapartistes et les légitimistes.

Après avoir repris une courte inspiration, le professeur se voulut rassurant :

« Je ne vais pas vous faire subir un cours d'histoire, ne vous inquiétez pas. Avant que cette belle nuit ne s'achève, je voudrais simplement partager avec vous deux souvenirs, sans doute les derniers… Après deux décennies passées sur ma pointe de terre brésilienne, à l'abri de toute l'agitation du monde, préoccupé seulement à peindre les morts, les miraculés et le visage lumineux de Zélia, je tombais donc dans le chaos parisien le plus incroyable que l'on puisse imaginer. Poussé par le hasard, comme à mon habitude, je finis par trouver de l'embauche chez un artisan menuisier à peine plus riche que moi. Ce n'était pas un mauvais bougre et, s'il battait sa femme comme plâtre, ce n'était que pour oublier qu'elle lui avait fait dix à douze marmots… »

Rue des Mathurins, Jaume tâta donc du rabot et de la scie, de la colle et du mètre, de l'équerre et du marteau. Taciturne, il ne participait à aucune des réunions secrètes qui faisaient gronder le ventre de la capitale. Louis-Philippe et ses deux pantins de ministres, nommés Soult et Guizot, ne l'intéressaient pas. Quant aux banquets républicains organisés par les meneurs de la fronde, il n'y prit jamais part, toujours méfiant des foules et de l'euphorie qui, souvent, font naître des ouragans inutiles emportant tout sur leur passage. Les mauvaises récoltes de blé, la maladie qui détruisit les pommes de terre et jusqu'aux topinambours, le droit de vote universel refusé par les édiles, la stricte limitation de la liberté de la presse, les emprisonnements arbitraires pour délits d'opinion, tout cela le laissait de glace. Du temps que Guizot claironnait « Enrichissez-vous ! » et que l'on mourait de la faim, Jaume, lui, choisit le seul parti qui lui sembla alors parfaitement raisonnable : tomber en amour pour la première fois, depuis le départ de Zélia.

« Vous ? Amoureux ? Mais ne m'avez-vous pas affirmé que…

– Je n'ai rien affirmé, mon cher Virgile, sinon une chose : lorsque nous sommes chanceux, nous ne connaissons qu'un seul grand amour durant toute notre existence. Mais cela ne signifie pas que nous sommes condamnés à ne plus aimer.

– Alors, on aime moins ?

– Il ne s'agit pas, ici, de mesurer du ruban ou de la cretonne. Après le grand amour, l'on peut aimer encore. Mais l'on aime différemment, voilà tout.

– Si vous le dites… C'était qui, alors ? Je veux dire : ce moins grand amour que l'autre ? »

Sourd au sarcasme du bistrotier, le professeur se pencha un instant sur ses souvenirs avant de répondre. Une pellicule légèrement plus opaque semblait s'être formée sur la cornée de ses yeux et son souffle, à nouveau, s'était raccourci. Quant à ses longues mains sèches et élégantes, elles s'étaient couvertes de tavelures. S'apercevant que Virgile les observait, il les fit glisser sous la table avant de poursuivre :

« Elle se nommait Philothée, ce qui désigne en grec la personne qui aime Dieu. Ses parents, deux saoulards de la pire espèce, l'ignoraient sans le moindre doute car ils ne juraient que par le drap rouge de l'anarchie et comptaient, lorsqu'ils étaient sobres, parmi les plus enragés du quartier à vouloir trancher les têtes de Louis-Philippe et de ses deux ministres. Mais c'était pourtant bien ainsi qu'elle se nommait. Elle n'avait que 16 ans et était fraîche et fragile comme un coquelicot.

– 16 ans ! Comme vous y allez !

– N'oubliez pas que, moi, je n'avais encore et toujours que 22 ans.

– C'est vrai que c'est pratique.

– Si l'on veut. Toujours est-il que, pendant que Paris gonflait de rage et que la bourgeoisie commerçante thésaurisait avec acharnement, nous nous aimâmes passionnément, avec une intensité qu'il est difficile de simplement concevoir.

– Ça a duré longtemps ?

– Avec elle ? Une éternité. Un jour et une nuit entière.

– Quand même… »

Comme ses frères et sœurs, Philothée avait grandi à la va comme je te pousse sur le pavé de la capitale, échappant de son mieux aux roustes paternelles, aux insultes de sa mère, aux chiens qui rôdaient dans les rues et aux garçons de son âge qui lui tiraient des pinces avec une férocité toujours grandissante, au point d'abandonner sur sa peau des marques qui, du rouge passaient au bleu puis au noir et, enfin, au violine. De petite taille, les cheveux raides et de la couleur de la châtaigne, de longs yeux effilés se perdant sur les tempes, elle était frappée d'un léger strabisme qui l'avait un temps fait surnommer Louchette par les petites teignes de la rue Scribe où vivait sa tribu. Avec les années, sa taille s'était affinée, ses seins aigus et lourds à la fois avaient poussé sous son corsage de drap grossier. Les garnements, devenus apprentis et buvant désormais comme leurs pères, avaient commencé à la regarder différemment, évitant de railler ses yeux qu'ils trouvaient maintenant troublants. Lorsqu'elle partait en livraison dans les venelles, leurs œillades emplies de désirs s'accrochaient à ses courbes. Sous la gamine qui s'estompait, venait au monde une femme qui se gorgeait de sève et de vie. Ils savaient d'instinct que Philothée, à l'image de sa mère et de toutes les commères du bas peuple parisien, devait être cueillie très vite. Après le premier enfant, ses seins tomberaient, sa taille enflerait, ses chairs s'épaissiraient. En remplissant son devoir maternel, elle mettrait en terre sa beauté.

Fouillant plus profondément encore dans ses souvenirs, Jaume sourit dans la nuit qui commençait maintenant tout juste à pâlir. Il accepta avec un hochement de tête courtois la cigarette allumée par Virgile, puis il expliqua :

« Un soir où je traînais après mon travail, rue d'Anjou, je l'ai vue qui s'était arrêtée devant une troupe de théâtre ambulant. Les acteurs n'étaient pas bien fameux, je vous l'accorde mais, dans la couleur uniforme de la misère qui trempait toutes les rues et toutes les façades de la capitale, les saltimbanques tiraient à pleines poignées d'une malle en rotin des tissus flamboyants. Comme des flammes, ces pièces de satin tachaient de jaune, de vert et de bleu la boue sale du passage et faisaient naître un arc-en-ciel sans rime ni raison. Je me souviens qu'il y avait une ballerine bien trop grasse, un avaleur de sabres malingre, un paillasse à la culotte crottée et un cracheur de feu, aussi. À chaque bastonnade qu'un Pierrot boiteux assénait à un gendarme aux fortes moustaches, Philothée riait et battait des mains. Je l'ai abordée, je lui ai parlé du Brésil et de l'Afrique. Je lui ai offert un cornet d'oublies au sucre. Nous l'avons dévoré ensemble. Puis, après une rasade ou deux de bon vin cacheté, nous sommes allés dans ma tanière et elle s'est donnée à moi, sans calcul, sans rien demander en retour.

– Vous, alors… »

Le 23 février de l'année 1848, Jaume pas plus que Philothée n'allèrent travailler. La veille, pendant qu'ils faisaient l'amour à la rage, il s'était mis à souffler sur Paris un vent de révolte plus épicé et enivrant encore que tous ceux qui avaient fait frémir la capitale jusqu'alors. Lorsqu'ils s'éveillèrent, ils décidèrent d'aller se promener, main dans la main, et de dériver durant toute la journée de la rue des

Mathurins à celle de l'Arcade, de la rue d'Anjou à celle de Roquépine. Partout, ils ne croisèrent que des hommes et des femmes hilares ou, chez les plus âgés d'entre eux, des visages déterminés, empreints de gravité. La veille, une manifestation exigeant la démission immédiate de Guizot et la réforme du code électoral avait fait battre le pavé à des milliers d'ouvriers. Contre toute attente, la garde nationale avait refusé de disperser les émeutiers et ceux-ci s'étaient senti pousser des ailes. Ainsi, il était donc possible de fraterniser avec l'armée du pouvoir ennemi ? L'on pouvait faire taire les fusils et les chevaux, les canons et les sabres ? Aussitôt, Paris s'était mise à rêver les yeux ouverts, à toucher à pleines mains cette solidarité et cette union inespérées comme l'on aurait pu serrer entre ses mains une miche de pain chaud.

Pendant que les deux amoureux accomplissaient leur promenade, le miracle s'était répété. La garde nationale, une nouvelle fois, avait refusé de charger les ouvriers et les étudiants. Mieux encore, la deuxième légion s'était mise à gueuler « Vive la réforme ! » Quant au gros Louis-Philippe et à sa tête de poire immortalisée par Daumier, il avait cédé, lui aussi. Il avait renvoyé Guizot et l'avait remplacé à la va-vite par Mathieu Molé, qu'Adolphe Thiers, en sous-main, faisait de son mieux pour conseiller et aider dans ses décisions. Voilà pourquoi, de la rue de Roquépine à celle d'Anjou, et de la rue de l'Arcade à celle des Mathurins, Philothée et Jaume se sentirent à chaque pas toujours un peu plus légers, le cœur et la tête débordant d'espoirs et de la simple joie de ne rencontrer que des visages heureux.

Virgile constata que la bouteille de volnay avait baissé pavillon. Avec une grimace due à une arthrose qui le faisait souffrir, il abandonna sa chaise et se traîna jusqu'au comptoir. Dehors, la neige semblait se fatiguer maintenant d'avoir tombé toute la nuit. Dans le jour qui pointait, livide, ne flottaient plus que quelques flocons, perdus, désolés de ne pas avoir été de la fête. D'un coup sec, le bistrotier enclencha le filtre d'acier du percolateur et disposa deux tasses sur la grille. Puis, il marmonna :

« Elle part trop bien, votre histoire. Deux amoureux dans Paris en fête ? Ça ne va pas durer. Je me trompe ?

– Hélas, non. Au mitan de l'après-midi, dans un cabaret de la rue d'Antin, nous nous sommes arrêtés avec Philothée pour manger une matelote que l'on ne nous a d'ailleurs jamais servie. Il faut dire que, assis sur les chaises, les tabourets, les bancs, les tables, le comptoir et jusque par terre, tout le monde criait, éructait, chantait et commentait la victoire. Il y avait une majorité d'ouvriers avec leurs outils et les gueules de l'emploi : blanches pour les boulangers, noires pour les charbonniers, recuites pour les forgerons ou verdâtres pour les tâcherons des premières usines chimiques. Les étudiants, eux, étaient les plus braillards, les plus chevelus et les plus hirsutes. Certains débitaient des poèmes d'Hugo, d'autres des fragments de discours de Lamartine ou des extraits du *Manifeste du parti communiste* de Marx, dont les premiers exemplaires se répandaient dans toute l'Europe avec la soudaineté d'une traînée de poudre. Tous étaient unis dans l'espoir fou de vivre enfin des lendemains qui chantent.

– Ça devait être quelque chose, quand même…

– Ça l'était, vous pouvez me croire sur parole. Mais le rêve n'a pas duré bien longtemps… »

Au soir de ce 23 février, le vin blanc et l'eau-de-vie aidant, les ardeurs républicaines des Parisiens semblaient ne pas connaître de limites. Subitement, le cabaret où buvaient Philothée et Jaume se vida, en même temps que les établissements voisins. Sur l'air des lampions, en blague de potache ou de carabin, la foule décida comme un seul homme de se rendre en voisine sur le boulevard des Capucines afin de brocarder Guizot. Les drapeaux rouges furent de sortie. L'on alluma des lanternes multicolores. L'on chanta à gorge déployée. Philothée et Jaume, toujours main dans la main, emportés par le torrent, ne se quittaient pas d'une semelle, grisés par la transe collective. Un monde était mort. Un autre ne demandait qu'à naître sur le fumier de la noblesse et de la bourgeoisie qui affamaient le peuple. Soudain, dans le Paris en liesse, ce fut le fracas. Des éclairs jaunes lézardèrent la nuit d'encre. Des cris, des hurlements. La foule qui se disloque.

Une tasse de café fumant dans chaque main, le bistrotier revint s'asseoir précipitamment, tout en balbutiant :

« Vous avez assisté à ça ?

– Oui, monsieur Virgile. Ils ont assassiné l'espoir de toute une nation.

– Mais pourquoi ? »

Pensivement, Jaume remua son café dans lequel il n'avait pourtant pas plongé de sucre. Il se souvenait de chaque détail. L'odeur âcre de la poudre. Les soldats – pour la plupart, des gamins effrayés – qui avaient ouvert le feu en croyant à une insurrection. Les cris de joie et les quolibets subitement remplacés par les râles de l'agonie. Les claquements des fusils ne semblant jamais devoir finir, chaque détonation en entraînant une autre, dix autres. Le bruit mou des corps qui s'effondrent sur eux-mêmes. Le parfum du sang. Les drapeaux rouges tombés dans la boue et piétinés par la fuite. Puis, Philothée, frappée par le fer et le feu de deux balles de plomb, l'une dans la tempe, l'autre éclatant en rosace écarlate à la naissance du sein droit.

Les yeux brillants, Virgile reposa sur le marbre froid sa tasse de café qu'il ne parvenait pas à avaler. Saisi d'un frisson, il grommela :

« Les salauds…

– La fusillade du boulevard des Capucines a laissé cinquante corps sur le pavé de Paris. Parmi eux, il y avait celui de Philothée, le fragile coquelicot. Je l'ai moi-même mis sur une charrette. D'autres m'ont imité, chacun portant son cadavre, chacun pleurant sa peine. Nous avons passé la nuit à promener nos dépouilles du nord au sud et d'est en ouest, en silence. Au petit matin, la révolution était née. Toutes les armureries, sur notre passage, avaient été dévalisées. Paris s'était couverte de centaines de barricades. De bon enfant, la révolution allait devenir meurtrière.

– Au moins, votre amoureuse ne sera pas morte pour rien.

– Vous êtes un naïf, mon cher Virgile. C'est d'ailleurs tout à votre honneur. Hélas, si Louis-Philippe a abdiqué dès le lendemain, si le Palais-Bourbon a été pris d'assaut,

Lamartine a failli. Il a formé un gouvernement, c'est vrai. Mais il a refusé de prendre le drapeau rouge pour remplacer la bannière des rois. La liberté de la presse, le suffrage universel, le droit au travail et la suppression de l'esclavage et de la peine de mort pour les délits politiques ont bien été institués. Mais cela n'a pas tenu.

– Pourquoi donc ?

– Parce qu'il n'y a rien de plus bête qu'une foule en colère, mon ami. Elle réagit toujours dans l'instant et n'a pas de mémoire. Il y a bien eu l'insurrection des Ateliers nationaux qui a fait cinq ou six mille morts, quelques semaines plus tard. Mais tout cela n'a servi à rien. Lorsque la foule a eu son content de sang, elle s'est calmée. Bonaparte a emporté la présidence et Lamartine n'a pas fait plus d'un pour cent aux élections. Les choses sont revenues à leur point de départ et même l'esclavagisme a été rétabli. Le peuple n'a pas de mémoire, je vous le répète. Il n'a ni mémoire, ni culture. Il est chaque jour plus soumis aux politiciens qui ne sont, pour la plupart d'entre eux, que des arrivistes imbéciles, des escrocs affairistes que la vie n'a jamais touchés. »

Alors que Virgile, qui ne supportait plus d'entendre à son comptoir le refrain usé jusqu'à la corde du « Tous pourris ! », allait tenter une riposte, Jaume conclut avec fatalisme :

« Avec le temps, j'en suis même arrivé à me demander si donner le droit de vote au peuple n'était pas tout simplement absurde. D'ailleurs, lorsque vous le lui donnez, il ne lui faut pas plus d'une génération ou deux pour qu'il s'en dégoûte et commence à ne plus vouloir l'exercer. Quant à la liberté, vous pouvez la lui offrir sur un plateau, il en fera le plus grand gâchis qui soit. Le peuple est ainsi, mon ami. Il a besoin d'être gouverné. Sans chef derrière qui il puisse se ranger, le peuple se résume à un géant acariâtre, à un tourbillon meurtrier et aveugle… »

CHAPITRE XI

Qui traite de l'immobilité du temps chez les notaires, de la révélation de l'Exposition universelle de 1900, de comment les immortels écrivent à l'envers, et pourquoi monsieur Innocent se désespéra d'être déshabillé afin de blanchir les rues durant la libération de Paris.

« Eh bien ? Allez-vous venir, à la fin ?

– Voilà, voilà !

– Il fait un froid de gueux. Mes jambes me font mal et mes pieds commencent à être trempés ! Vous le faites exprès ?

– J'arrive !

– Si vous voulez ma mort, dites-le tout de suite… »

Claquant la porte vitrée donnant sur la rue Saint-André-des-Arts, emmitouflé dans un pardessus beige, le visage émergeant avec peine d'une écharpe pelucheuse aux mailles distendues, Virgile s'embrouilla un peu plus dans son trousseau de clés, incapable de saisir la bonne.

Derrière lui, les épaules en dedans et l'air mauvais, Jaume pesta encore :

« Ce que vous pouvez être maladroit, tout de même... C'est un monde ! »

Le bistrotier parvint enfin à faire coulisser le verrou d'acier. D'un bloc, il se retourna vers le professeur et répliqua :

« Malgré tout le respect que je vous dois, je... »

Aussitôt, le reste de sa phrase s'étrangla dans sa gorge. Blême, il toisa Jaume lentement. Face à lui, dans l'aube glaciale, le buveur de cafés crème élégant qu'il avait côtoyé durant quarante années sans jamais lui parler réellement n'était plus que l'ombre de lui-même. À dire vrai, il n'était plus qu'une ombre. Une courte buée s'échappait de ses lèvres pincées qui semblaient se recroqueviller sur ses gencives. Ses yeux, au contraire, donnaient l'impression d'être à l'étroit dans leurs cavités orbitales et l'on ne voyait d'ailleurs plus qu'eux, dans ce visage hâve, émacié, saccagé de rides profondes.

Avec un petit rire narquois, Jaume grinça :

« Qu'est-ce qu'il y a ? On dirait que vous avez vu le loup. Ou un fantôme, peut-être ?

– Ce n'est pas ça, non.

– Qu'est-ce que c'est, alors ? Et pourquoi m'observez-vous avec cette mine de vierge effarouchée ? J'ai donc déjà tant changé que cela ?

– Non ! Pourquoi auriez-vous changé ? Rien n'a changé, au contraire. Tout est comme avant. C'est ça : tout est exactement comme avant. »

Pendant que le bistrotier remisait son trousseau de clés dans sa poche, le professeur haussa les épaules et se voûta encore un peu plus. Puis, il considéra Virgile par en dessous et finit par esquisser un sourire teinté d'amertume. C'était donc ça ? Au plus profond de lui, il croyait – du moins, il l'espérait – qu'il avait encore un peu de temps devant lui. Du temps, il en avait eu à revendre, trois siècles durant. Et voilà que, maintenant, il venait à lui en manquer. Il avait sûrement trop parlé, trop raconté, trop donné.

D'une voix qui le surprit lui-même, tant elle semblait voilée et rouillée dans son goitre maigre, il tenta de plaisanter :

« Je sais parfaitement que ma physionomie a quelque peu changé. Ce n'est pas parce que je deviens vieux que je suis pour autant sénile, mon ami. »

De mauvaise foi, Virgile grommela :

« Vieux, vous ? Mais où allez-vous chercher des idées pareilles ? C'est le volnay qui vous fait déparler. Vous êtes tout le contraire. Un vrai jeune homme…

– Je vous ai déjà dit que vous étiez naïf et que je tiens cela pour une qualité première. En revanche, j'ignorais que vous mentiez terriblement mal.

– Pourquoi dites-vous que je mens ?

– Parce que c'est la vérité. Et vous le savez. Je vois bien mon visage dans la vitre de votre café. Il faudrait être aveugle pour ne pas voir que j'ai déjà un pied dans la tombe et que l'autre ne tardera plus à aller le rejoindre.

– Oh !

– Il faudrait être aveugle, oui. D'ailleurs, je ne vous distingue plus très bien. Vous – ou bien l'autre, celui qui tient le stylo et que l'on ne voit jamais – allez certainement me dire que c'est à cause de la lumière, de la nuit sans sommeil qui brouille l'esprit et la vue, ou des bouteilles que nous avons vidées. Et je ferai semblant de vous croire, mais je ne suis pas dupe. Allez, donnez-moi votre bras, si cela ne vous gêne pas. Avec une telle épaisseur de neige, je ne voudrais pas me briser le col du fémur. C'est un long chemin qui m'attend et j'aurai besoin de toutes les forces qui me restent. »

Sans rien dire, de façon maladroite, Virgile tendit son bras solide à Jaume. Bien que celui-ci s'appuyât de tout son poids, il ne ressentit aucune pression et se demanda même, en son for intérieur, s'il ne serait pas plus sage de l'attacher à lui comme on le fait pour les ballons de baudruche aux poignets des enfants. Au moindre coup de vent, le professeur pourrait sans cela s'envoler, disparaître et se perdre, tout là-haut, dans les nuages.

Obéissant à un brusque accès d'impatience qu'il ne se connaissait pas, Jaume tempêta encore :

« Alors ? Y allons-nous ou pas ? Je ne vois vraiment plus rien qui me retienne ici.

– Nous y allons, monsieur le professeur. Je vais bien vous tenir, ne vous inquiétez pas. Puis, on ne va pas loin. L'église Saint-Sulpice, c'est juste à côté.

– Pour vous, peut-être. Pour moi, c'est presque de l'autre côté du monde. J'ai beau avoir voyagé sur toutes les mers du globe, cette dernière course est vraiment la plus longue. Mais vous ne pouvez pas comprendre. Non, vous ne pouvez pas. Mais ce n'est pas de votre faute. Vous, vous n'êtes pas encore mort. Vous avez encore des quantités de choses à faire, avant de partir. Tandis que moi… »

À petits pas, les deux hommes se risquèrent enfin à avancer dans la rue Saint-André-des-Arts. Bras dessus, bras dessous, ils effectuèrent les premiers mètres dans un silence craintif. Paris, la ville d'ordinaire gueulante et pétaradante, noire et empuantie de vapeurs d'essence, Paris ne s'appartenait plus, à cet instant de l'aube. Les angles cassants des trottoirs, les arêtes rectilignes des façades, tout cela avait disparu. Une épaisse couche de neige poudrait chaque chose. Les panneaux de circulation s'étaient coiffés d'une collerette instable d'un blanc immaculé. La capitale, plus encore que lors des canicules aoûtiennes, semblait délicieusement désertée et vierge. Même les oiseaux s'étaient tus. Dans tout ce silence de cathédrale, les pas du professeur et du bistrotier crissaient, simplement rythmés par le souffle court de Jaume et le cliquetis tout juste audible du trousseau des clés de Virgile qui s'entrechoquaient dans sa poche.

À l'angle de la rue Saint-André-des-Arts et de l'Ancienne-Comédie, les deux hommes s'accordèrent une halte. Jaume s'appuya à un mur et tira son paquet de cigarettes de sa veste. Alors qu'il calait une blonde entre ses lèvres, maintenant complètement disparues, Virgile crut bon d'intervenir :

« Vous ne trouvez pas que vous avez déjà assez fumé pour cette nuit ?

– Pardon ?

– Je veux dire… Vous croyez que cette cigarette est bien nécessaire ? »

Pour toute réponse, le professeur fit jouer son briquet d'acier dans le silence et une flamme bleue et jaune fit crépiter le tabac. Après avoir aspiré une première goulée, il répliqua :

« Monsieur Virgile… Je vous prierai tout d'abord de bien vouloir ne pas gâcher mon plaisir et de ne pas vous joindre à la bande hurlante des bien-pensants. Je fume parce que cela me plaît de fumer. Je sais très bien ce que je fais. Au lieu de les sermonner, les gens qui ne fument pas ou qui ne boivent pas feraient bien mieux de profiter des fumeurs et des buveurs tant qu'ils sont encore de ce monde. »

Tout d'abord interdit, le bistrotier finit par s'ouvrir d'un sourire. Puis, il rétorqua :

« Alors… Vous m'en offrez une, professeur ?

– À la bonne heure ! »

La cigarette aux lèvres, les deux hommes reprirent leur avancée et s'engagèrent à main gauche dans la rue de l'Ancienne-Comédie. Avec un sourire rendu difficile par le froid, Jaume murmura :

« Avant de vous confier mon dernier souvenir – du moins, le dernier qui me semble valoir la peine d'être raconté –, je voulais vous dire que vous m'étonnez, mon ami.

– Moi ?

– Oui. Il y a une faille dans toutes mes histoires et je ne comprends pas que vous ne l'ayez pas notée.

– Pardon ?

– Oui, une faille. Ou un défaut, une incohérence, un anachronisme. Vous pouvez appeler ça comme vous voudrez. »

Baissant les yeux, Virgile rétorqua :

« J'ai bien compris la leçon, monsieur Jaume. Ce n'est pas parce que vous êtes vieux que vous êtes sénile. Mais ce n'est pas parce que je n'ai rien dit que je n'ai rien vu.

– Comment ça ?

– Dame ! Si vous ne mourez pas et que vous ne vieillissez pas depuis trois siècles, comment se fait-il alors que vous ayez eu l'air d'un homme de 50 ans pendant quarante années, alors que vous avez bu la potion de Morgue à l'âge de 22 ? »

Face au silence et à la mine ébahie du professeur, le bistrotier s'enhardit :

« Il faut donc bien que vous ayez pris trente ans, à un moment donné ou à un autre.

– Comment expliquez-vous cette anomalie ?

– J'ai dit que je l'avais vue, pas que je pouvais l'expliquer… »

D'une pression de sa main droite sur l'avant-bras de son acolyte, Jaume fit cesser la marche. Puis, il expliqua :

« Je vais éclairer votre lanterne, si vous le permettez. Après l'épisode désastreux de la promenade des cadavres du boulevard des Capucines, j'ai continué à rouler ma bosse, bien entendu. J'ai tout d'abord quitté la rue des Mathurins pour m'installer non loin de chez vous, rue de Savoie. Là, j'ai assez vite passé le costume de clerc de notaire. Ce n'était pas que le métier me passionnait, non. Mais les notaires de cette époque, bien souvent, étaient vieux et poussiéreux dès leur naissance. Ils étaient comme ces meubles qui ne vieillissent pas, qui se fondent dans le décor et que l'on ne remarque pas, même après leur disparition. J'attribue d'ailleurs cette bizarrerie de la nature au fait qu'ils sont souvent eux-mêmes fils et filles de notaires et qu'ils passent l'essentiel de leur existence à débattre de causes et de dates de décès, de testaments holographes et de dernières volontés sans jamais voir du monde autre chose que des visages éplorés ou colériques et un soleil barré par des fenêtres étroites. Mais cela est une autre histoire. Bref, compte tenu de ma nature extraordinaire, je me posai donc dans cette étude quelques décennies, fondu dans les bureaux d'un immeuble peuplé de fantômes. Toujours est-il que, à force de tremper la plume dans l'encrier et de noircir des pages entières de pattes de mouches formant des phrases absconses et tarabiscotées, inintelligibles à l'immense majorité des mortels, il me vint l'idée un jour de continuer à écrire, certes. Mais, cette fois, pour moi... »

Aussitôt, le visage rougi de froid de Virgile s'éclaira de plaisir. Pendant que Jaume reprenait son souffle, il s'exclama :

« Je le savais ! Vous avez été écrivain ! Avec tout ce que vous avez vécu, ça ne pouvait pas être autrement !

– Je n'ai pas écrit bien longtemps.

– Pourquoi ?

– Parce que je n'avais aucun talent. Ce n'est pas parce que l'on a beaucoup vécu que cela suffit pour écrire des histoires. Je n'avais pas le don. Je m'emmêlais les idées, je me perdais dans les détails, j'écrivais à la manière de. Je ne créais donc rien de neuf.

– Quel dommage...

– Nous étions presque en 1900, mon ami. À cette époque, la littérature française n'avait pas besoin de moi, je vous le garantis ! »

Après un toussotement discret, le professeur considéra en silence la mine défaite du bistrotier et reprit :

« Quoi qu'il en soit, même si j'écrivais mal, j'écrivais tout de même. Et cet acte seul, apparemment inoffensif, celui qui veut que l'on pose des souvenirs sur le papier, cet acte-là a provoqué chez moi des conséquences que je n'aurais jamais osé imaginer.

– Lesquelles ?

– Plus j'écrivais mes souvenirs, plus je vieillissais.

– Vous plaisantez ?

– Pas le moins du monde. Le fait était strictement inexplicable, mais il ne pouvait pourtant pas être contredit. À chaque fois que je me délestais des événements qui avaient rythmé mon existence, quels qu'ils soient, je vieillissais. Au début, bien entendu, je ne me rendais compte de rien. Nous vivions à une époque qui ignorait superbement cette obsession que nous avons aujourd'hui de vouloir à tout prix rester jeune. Nous ne passions pas nos journées à nous examiner sous toutes les coutures – pas plus que nous ne nous prenions en photo pour une postérité qui, de toute façon, est bien courte et illusoire. Je continuai à écrire jusqu'au 14 avril 1900, date de l'ouverture au public de l'Exposition universelle de Paris. Le thème en était d'ailleurs, c'est amusant, "Le bilan d'un siècle"… »

En jetant son mégot dans la neige, qui le digéra et le fit complètement disparaître, Virgile ne put réprimer un sourire. Jaume, les mains dans les poches, se reprochant en silence d'avoir oublié son écharpe blanche sur la banquette de moleskine de la Table, poursuivit :

« Le jour de l'inauguration, effectué avec une solennité extrême par le président Loubet, une foule de quatre-vingt mille personnes s'était massée à l'entrée du Champ de Mars. C'était à qui arriverait en tête aux chapiteaux présentant les rayons X capables de transpercer la matière, les escaliers mécaniques, le moteur révolutionnaire marchant à l'huile d'arachide inventé par Rudolf Diesel, la plus grande lunette astronomique jamais construite – un télescope de soixante mètres de long permettant de fouiller les secrets du ciel. Il y en avait pour tous les goûts, pour tous les fantasmes. Lorsque les cordons sont tombés, j'étais parmi les premiers à courir pour aller admirer l'exposition des photographies d'Afrique – sans oublier un diaporama, que l'on disait exceptionnel, car il mettait en scène les plus beaux spécimens de Négresses et de Nègres de Madagascar dans un zoo humain.

– Quelle horreur !

– Taisez-vous ! Vous ne faites que répéter ce mot, à tout bout de champ ! C'est agaçant, croyez-moi.

– Mais un zoo humain, tout de même… C'est ignoble, non ?

– La vie tout entière est façonnée par des ignominies et des injustices, je vous l'ai déjà suffisamment expliqué, il me semble. Sans quoi, je ne désirerais pas y mettre un terme. Je ne suis pas fou, ne vous en déplaise !

– Calmez-vous, monsieur Jaume. Vous avez sûrement raison. Alors ? Qu'est-ce qu'il s'est passé, au Champ de Mars ? »

Le professeur s'arrima à nouveau au bras de son compagnon. Avant de poursuivre leur chemin, il expliqua :

« Comme tout le monde, je m'étais mis à courir. Hélas, mes jambes qui ne m'avaient jamais trahi jusqu'alors, mes jambes ne me portaient plus comme avant. J'avais beau pousser, forcer, tendre mes muscles, allonger mes pas, rien n'y faisait. Des gamins de 20 ans me dépassaient et semblaient ne même pas me voir.

– Qu'est-ce que vous aviez ?

– Mais j'avais plus de 30 ans, mon ami. Rien de plus… »

Ce jour-là, Jaume repartit sans même avoir visité l'Exposition universelle, en proie à un trouble profond. Vieillir était donc aussi simple que cela. Il suffisait d'écrire. Tout ce que l'on posait sur le papier était retranché de la réalité. À la terrasse d'un Café de Flore désert, il but coup sur coup trois cafés arrosés de rhum et observa longuement le pouce et le majeur de sa main droite, encore tachés d'encre noire. S'il voulait mettre un terme à son immortalité, il lui suffisait de rentrer chez lui et de remplir des pages avec ses souvenirs, de se raconter sans rien taire des événements les plus importants ayant marqué son existence.

Serrant un peu plus le bras de Jaume contre le sien, Virgile lança, sur un ton qu'il voulut tout à la fois badin et détaché :

« Si vous aviez dans les 30 ans en 1900 et que, tout à l'heure encore, vous en aviez environ 50, ça veut dire que vous avez continué à écrire. Je me trompe ?

– Non. Après mes trois cafés arrosés de rhum, je suis rentré chez moi et je me suis mis aussitôt à mon bureau. Là, à la lueur de la lampe à gaz, j'ai écrit des jours et des nuits durant, ne me rendant même plus à l'étude notariale.

J'ai raconté certains épisodes de ma vie que je ne vous ai pas dévoilés avec une espèce de rage, me jurant de ne m'arrêter que lorsque la grande faucheuse viendrait me cueillir. Parfois, j'éclatais de rire, comme un dément. Je riais en me disant à moi-même que le monde était absurde. Il y avait tant de littérateurs qui écrivaient pour entrer à l'Académie française et devenir des Immortels alors que, justement, pour être immortel, il me suffisait, à moi, de ne pas écrire ! »

Les deux hommes reprirent leur promenade lente dans la neige vierge. Jaume, alors, continua de sa petite voix chevrotante :

« Je n'ai pas eu le courage d'aller jusqu'au bout. Lorsque j'ai atteint ce qui m'a semblé être la cinquantaine, j'ai soudain été assailli par un terrible doute. Écrire me faisait vieillir, c'était incontestable. Mais écrire me ferait-il mourir ? Est-ce que je n'allais pas vieillir seulement jusqu'à devenir un vieillard cacochyme, débile, incapable de tracer les dernières phrases qui, elles, me feraient enfin passer de vie à trépas ? Est-ce que je n'allais pas être à l'image de ces bougies qui se consument mais ne s'éteignent jamais totalement, au mépris de toute logique, et qui ont besoin qu'on souffle sur leur mèche pour les faire mourir à jamais ? »

Montant du boulevard Raspail, les premières sableuses pétaradaient déjà. Avant de traverser le boulevard Saint-Germain, Virgile reconnut :

« C'est vrai que, raconté comme vous le faites, on peut se poser la question.

– Je me la suis posée, vous voyez. Et j'ai donc décidé de

ne plus jamais écrire une ligne relatant mon passé le jour où j'ai atteint ma cinquantaine.

– Pourquoi pas avant ? Ou après ?

– 50 ans, à condition que la maladie ne prenne pas trop de place, est un bel âge. C'est l'âge de la maturité et de la sagesse. Puis, 50 ans, c'est aussi un âge idéal pour séduire les femmes.

– Encore ?

– Que voulez-vous ? Le sujet est infini. »

Après avoir franchi le carrefour de l'Odéon, le professeur expliqua avec une gourmandise teintée de nostalgie :

« À 20 ans, lorsque l'on est jeune et beau, l'on peut avoir toutes les femmes du monde dans son lit. Malheureusement, il ne s'agit que des femmes qui ont plus ou moins cet âge-là, et l'on finit par s'en lasser, à la longue. Puis, il y a les autres. Celles dont la chevelure blanchit sous les couleurs et qui ne rechignent pourtant pas à pétrir à pleines mains les chairs fermes de la jeunesse. Mais elles ne sont pas légion, loin de là.

– Vous aimez donc les femmes mûres ?

– Aujourd'hui, oui. Je les aime avec un corps qui raconte une histoire, leur histoire. J'aime leurs pattes d'oie dans lesquelles l'on peut déchiffrer leur passé tumultueux comme on pourrait le faire avec un parchemin.

– C'est beau, ce que vous dites.

– Les gamines, c'est jeune et c'est ferme, je n'en disconviens pas. Mais elles sentent encore le lait de bébé, ne connaissent rien de la perversité et leurs corps ne racontent rien. Vous me direz peut-être que ces raisins sucrés sont trop bons pour des goujats. Peut-être. Je vous répondrai, moi, que ces raisins-là ont fini par m'indisposer. Amoureusement, s'entend. Mais à m'indisposer tout de même… »

La fontaine Saint-Sulpice semblait morte. Figée par le froid, l'eau qui giclait d'ordinaire des tuyaux et des becs verseurs était devenue solide et les statues des quatre évêques donnaient l'impression de geler sur place dans leurs robes de pierre. Parvenu au pied d'un arbre dénudé et offert aux frimas sans la moindre pudeur, Jaume s'arrêta à nouveau mais, cette fois, il ne tira aucune cigarette de ses poches. L'air lui manquait. Ses yeux étaient maintenant emplis de larmes. Celles-ci, pourtant, ne devaient rien au chagrin, pas plus qu'à la sensation que la vie acceptait de le quitter enfin.

Une épaule appuyée contre la cage de fer protégeant l'arbre nu, une main toujours posée sur l'avant-bras de son compagnon, il soupira :

« J'ai parlé sans discontinuer. Je me suis même, peut-être, un peu trop raconté. Le temps a passé plus vite que je ne le voulais. L'heure… L'heure est enfin venue, mon ami.

– Ne dites pas de bêtises, monsieur Jaume. D'ailleurs, on va rentrer, vous ne voulez pas ?

– L'heure. Il fallait bien qu'elle arrive, puisque… Puisque je lui cours après depuis trois siècles. »

En guise de réponse, le bistrotier ôta son écharpe de laine et la passa autour du cou du vieillard qui n'esquissa d'ailleurs pas le moindre geste pour refuser l'offrande. Pendant qu'il l'arrangeait de son mieux et la faisait monter jusque sur le menton, Virgile grommela :

« Vous êtes sûr de vous, au moins ? Je veux dire… Vous êtes bien décidé ?

– Parfaitement.

– Vous ne regretterez rien de ce monde ?

– Non, rien. Pas la moindre poussière. Pas le plus petit sourire. Nos vies ne sont que des fantaisies de la nature auxquelles il convient de ne surtout pas trop accorder d'importance, croyez-moi.

– Et moi ? »

Jaume demeura interdit, l'espace d'un instant. Puis, tout en haussant les épaules, il lâcha :

« Vous ? Mais vous avez votre navire, mon ami. Votre goélette, votre felouque. Vous voyez-vous vraiment abandonner votre drakkar ?

– Quoi donc ? La Table ?

– Oui, parbleu ! Sinon, quoi d'autre ? Vous n'y avez pas encore achevé votre temps, mon cher Virgile. Il vous reste encore pas mal de coups de rames à donner pour avancer. C'est un voyage immobile, certes. Mais c'est un voyage tout de même. Et il mérite d'être accompli, jusqu'à son dernier mètre.

– Mais je vais m'ennuyer, sans vous…

– Vous vous êtes ennuyé durant quarante années et vous n'avez jamais protesté, que je sache. Vous n'êtes même jamais sorti de votre ennui. Alors, pourquoi commencer maintenant ? »

De longues secondes, les deux hommes restèrent sans rien dire. Non loin, les grondements des moteurs des saleuses avaient pris possession de l'espace sonore. En accompagnement obstiné, les premiers coups de klaxons finissaient de déchirer le silence. Sur le parvis, s'arrimant toujours à l'avant-bras de Virgile, Jaume grimaça avec un sourire forcé :

« Allez... Comme l'on dit, il n'est de meilleure compagnie qui ne se quitte.

– Vous ne voulez pas rester encore ? Juste un peu, quoi.

– Je vous ai dit non. Je suis las de cette existence qui n'en finit plus. Puis, à vous... À vous, je peux bien l'avouer. La nature humaine m'est devenue odieuse.

– Tant que ça ?

– Et pire encore. La cruauté et la bêtise de mes semblables m'ont achevé. J'ai foi en l'homme – et surtout, en la femme –, mon ami. Sinon, que me resterait-il ? Mais je ne crois plus en l'humanité. C'est bien cela. L'humanité est bête et cruelle. Lorsqu'elle atteint le fond de la cruauté et le fond de la bêtise, cela ne lui suffit pas. Il faut qu'elle creuse et qu'elle creuse encore, afin de descendre toujours plus bas. La vie est injuste, dès son commencement. Prenez le nouveau-né. On l'appelle bien l'innocent, n'est-ce pas ? Et pourtant, dès son premier souffle, cet innocent est condamné à mort. Quelle faute a-t-il commise pour mériter, dès sa naissance, un sort aussi cruel ? »

Pour tenter de gagner un peu de temps, Virgile répliqua :

« Mais vous m'aviez promis deux souvenirs, monsieur Jaume. Il m'en manque donc un...

– Vous en êtes sûr ?

– Absolument. Après la promenade des cercueils, il y a bien eu l'Exposition universelle. Mais ça ne peut pas compter comme un souvenir. C'était trop court.

– Bien. Je vous dois donc un dernier souvenir. Mais je crains hélas qu'il ne soit trop tard. Il me reste tout juste assez de force pour marcher jusqu'à l'église et pour pousser la porte.

– Une promesse est une promesse, monsieur le professeur.

– C'est pourtant vrai… »

Un instant, Jaume promena son regard embué de larmes sur le parvis de l'église. Puis, il murmura :

« Les forces me manquent décidément trop, mon ami. Mais que diriez-vous de confier la tâche de raconter mon dernier souvenir à l'autre ?

– Qui ça ? Celui qui tient le stylo ?

– Pourquoi pas ?

– Je préfère quand c'est vous.

– Ah… Alors, disons qu'il va en ébaucher les grandes lignes. Et c'est moi qui conclurai. Qu'en dites-vous ? »

À son tour, le bistrotier haussa les épaules. Puis, avec une moue boudeuse, il finit par consentir, du bout des lèvres :

« Comme ça, ça me va… »

Avec la naissance du XXe siècle, Jaume se sentit à nouveau l'âme voyageuse, l'humeur vagabonde. Pour fuir le fracas de la Grande Guerre qui s'annonçait, il effectua un long périple tout autour du globe, poussé par la curiosité de savoir si, là-bas comme ici, le monde n'était bâti que de souffrances et de déceptions, parfois agrémentées de rares moments de grâce. Ce voyage lui apporta la réponse attendue. Du Japon à l'Australie, des plaines de l'Oural à l'Argentine, de l'île de Pâques à Mexico, ou encore du Proche-Orient à la Scandinavie et de Bombay à la Cordillère des Andes, il ne croisa que des populations désolées, résignées à survivre et à enfanter dans l'espoir illusoire que leur progéniture, elle au moins, connaîtrait un avenir meilleur. Hélas, les parents faisaient des enfants qui devenaient des adultes engendrant à leur tour de nouvelles générations, mais rien ne changeait, jamais.

Avec malice, le professeur crut bon d'ajouter :

« Mais j'ai connu aussi des femmes merveilleuses et des amis, aussi fidèles et francs que possible. Et le plaisir de manger du poisson jaune avec des piments rouges et du jus d'*açaï* à pleins gobelets, sur les rives du fleuve de Belém, au petit matin. Ça compte, ça aussi... »

Désespéré par ses semblables, et après avoir occupé un temps la charge de gardien de chats dans les sous-sols du palais de Saint-Pétersbourg, Jaume finit par retourner alors au Portugal. Durant de longues années, il se fit à nouveau simple pêcheur dans le village de Parede, non loin de Cascais, et gagna sa vie le plus honnêtement du monde, sans jamais espérer être riche ni pauvre, sans jamais lorgner du côté du bonheur ni même du malheur. Durant son temps libre, il chercha longtemps le vallon ombreux et parfumé, planté de jacarandas d'un bleu flamboyant où il avait connu et aimé sa chère Zélia. Mais il ne parvint jamais à le retrouver. De guerre lasse, il partit un jour à bord de sa barque et descendit en cabotage les côtes du Portugal et celles de l'Espagne jusqu'à toucher le continent africain. Ce fut à Brazzaville, sur les berges du fleuve Congo, qu'il rencontra Innocent pour la première fois.

Devançant la question de Virgile, le professeur précisa :

« Oui, c'est bien ainsi qu'il se nommait. Innocent. Tout simplement, Innocent. Ou monsieur Innocent. C'était selon. Mais vous allez voir la suite… »

Innocent était un gaillard solide, robustement bâti, qui, du haut de ses 23 ans, observait la vie qui passait devant lui et considérait ses semblables avec une égale bienveillance. Issu de la tribu des Kongos Bokos, il ne haïssait rien moins que la guerre et la violence. Pourtant, lorsque l'Allemagne nazie envahit brutalement la France, en 1940, cela déclencha en lui une fureur qu'il ne s'expliqua pas lui-même. Jaume, qui l'embauchait chaque matin pour l'aider à tirer les filets et partageait avec lui une case sans confort, mais à la propreté irréprochable, ne sut jamais les raisons véritables de cette exaltation. Son peuple, ainsi que la majorité de ceux composant l'Afrique, avait été réduit en esclavage par les Français, les Belges, les Portugais, les Anglais, les Espagnols, les Hollandais, les Italiens, les Allemands – et cela n'était que l'amorce d'une trop longue liste. Leur culture avait été souillée et humiliée par la colonisation. Leurs femmes avaient été violées, leurs enfants assassinés, leurs frères déportés dans le Nouveau Monde et torturés. De plus, ce nouveau conflit mondial se situait à des milliers de kilomètres au nord et Innocent n'avait même jamais mis les pieds en Europe. Jaume lui expliqua tout cela. Pourtant, il fut l'un des premiers à s'engager dans l'armée de Brazzaville, capitale de la France libre et combattante d'alors. C'était une armée faite de bric et de broc, sans tenue et presque sans armement. Malgré cela, Innocent mit tout son cœur à faire ses classes et à obéir à la voix du général de Gaulle qui grésillait parfois dans les haut-parleurs du camp et qu'il ne tarda pas bientôt à appeler, familièrement mais avec un infini respect, « Papa de Gaulle ». Lorsque Jaume lui demanda pourquoi il venait en aide à une nation qui avait réduit en esclavage tant d'Africains dans le seul souci de s'enrichir, encore et toujours, le grand gaillard ne put lui répondre que par cette phrase, laconique et sans appel :

« Parce que ma France a besoin de moi. »

Une nouvelle fois, le professeur jugea bon de rappeler :

« Les peuples n'ont pas de mémoire, mon bon Virgile. Et, s'ils ne se souviennent pas d'où ils viennent, comment voulez-vous qu'ils sachent ce qu'ils font, et où ils vont ? »

Afin de ne pas quitter Innocent, pour qui il s'était pris d'amitié au fil des semaines et des mois, Jaume abandonna sa barque et sa pêche et se fit embaucher comme sans-filiste dans la radio montée par l'armée française, chargée de relayer la bonne parole venue de Londres. Le contingent des tirailleurs sénégalais – comme on l'appelait alors – compta rapidement plusieurs dizaines de milliers d'hommes. Contrairement à Innocent, très peu venaient de leur plein gré se ranger sous la bannière tricolore. Les rapts et les enrôlements forcés fournirent le plus gros des troupes. Il y avait du caoutchouc à récolter pour alimenter les usines d'armement anglaises. Les pioupious et les troufions ne montrant pas assez de zèle ni d'application dans le maniement de la machette ou des armes – remplacées lors des exercices quotidiens par de simples bâtons – payaient le prix fort, pour l'exemple. Rechigner à saigner l'hévéa pour la gloire de la France équivalait au passage devant le peloton d'exécution. Déserter engendrait la même punition, augmentée cependant de quelques séances de torture préalables, toujours pour l'exemple.

« Pas de mémoire, je vous dis… »

Un jour de 1942, la nouvelle tomba. Innocent, au comble de l'excitation, vint trouver Jaume et, avec force gestes de ses longs bras pour donner encore plus de poids à ses paroles, il lui expliqua que les fusils allaient enfin remplacer les bâtons. La reconquête de la France allait pouvoir débuter et durerait jusqu'à Strasbourg, au moins. C'était Leclerc qui l'avait promis, le grand vainqueur de la bataille libyenne de Koufra. Dans la case, ce soir-là, Innocent but beaucoup et fit des pieds et des mains pour que, dès le lendemain, Jaume l'accompagne jusqu'au Maroc afin de rejoindre les goumiers. Le professeur hésita, bien sûr. Mais l'enthousiasme de son compagnon fut si puissant et communicatif qu'il finit par accepter de le suivre. Débouchant une nouvelle bouteille, ils trinquèrent et, au petit matin, ils rejoignirent le camp. Là, les armées américaines fournirent au contingent des uniformes et des armes dignes de ce nom, mais aucun Africain n'eut jamais le droit de monter à bord d'une jeep ou d'un blindé. Ce privilège était, sans aucune exception possible, réservé aux Blancs. Les Blancs et les Nègres ne se mélangeaient pas, pas plus en temps de paix qu'en temps de guerre.

Cette fois-ci, monsieur Innocent ne dit rien et accepta en silence d'être séparé de Jaume. À partir de ce jour-là, les tirailleurs sénégalais se contentèrent de marcher, de se battre et de mourir en simples fantassins. À chaque bataille remportée, Innocent se sentait empli d'une fierté qui gonflait dans sa poitrine et dans sa gorge, jusqu'à l'étouffer. Sa France avait été injustement envahie. Grâce à lui, sa France outragée, sa France brisée, sa France martyrisée, sa France serait libérée !

La longue marche se poursuivit jusque dans les Vosges, à un rythme de forcenés. À chaque ville libérée, le grand et fier Africain et ses amis tirailleurs défilaient, bien entendu. Mais ils le faisaient à la suite des soldats blancs. Jaume, à chaque fois qu'il le put, tenta de lui faire sentir l'injustice de cette situation, mais le grand pêcheur du fleuve Congo ne voulut rien savoir. Avec ses frères, il était venu pour se battre. La liesse populaire, les baisers, les vivats et les récompenses, il y aurait droit. Il n'avait aucun doute là-dessus. Mais ce serait pour plus tard, pour Paris, pour le grand feu d'artifice. En attendant cette consécration, il devait continuer à avancer et à lutter, pied à pied. Depuis Londres, Papa de Gaulle le regardait. Depuis Londres, Papa de Gaulle comptait sur lui. Il ne pouvait pas décevoir Papa de Gaulle.

Ce fut en arrivant dans les forêts des Alpes que Jaume et monsieur Innocent durent se rendre à l'évidence. Une après-midi où les forces en présence avaient décidé de façon tacite d'observer une trêve, les tirailleurs sénégalais furent convoqués dans une clairière voisine, avec armes et paquetage. De façon martiale, un gradé leur ordonna de se mettre en ligne et d'attendre. Quelques instants plus tard, par petits groupes hésitants, des gamins sortirent du bois et s'avancèrent. Le plus âgé n'avait pas 25 ans. Mal nourris, novices, vêtus en paysans pour la plupart, ils vinrent s'aligner devant les soldats d'Afrique. Celui qui faisait face à Innocent avait le visage mangé d'acné, des cheveux graisseux tombant en mèches sur les épaules et une poitrine malingre. Il arborait au bras droit un brassard portant les initiales FFI qui, trop lâche, lui tombait sur le coude. Il rendait une bonne tête au soldat Innocent et ne se présenta pas, ne lui adressa pas même un mot. Il ne le regarda jamais dans les yeux. Jaume, depuis la tente abritant le PC des transmissions, assista impuissant à la scène.

Au premier coup de sifflet, le gringalet se déshabilla avec des gestes maladroits et empruntés. Puis, il resta là, en caleçon long, tremblant de tous ses membres. Au deuxième, le gradé ordonna aux tirailleurs sénégalais d'en faire de même. Ils s'exécutèrent sans comprendre et sans même réfléchir. Au troisième, les petits Blancs endossèrent les uniformes encore chauds des Africains. Au quatrième, ceux-ci firent de même avec les effets des gamins – et Innocent se trouva bien ridicule de constater que les pantalons ne lui descendaient que jusqu'aux mollets et que la chemise était si étroite qu'il ne parvenait pas à la boutonner. Au dernier coup de sifflet, la nouvelle armée de libération ramassa les paquetages et les armes des tirailleurs. Puis, plus fiers encore que s'ils avaient conquis Berlin, ils allèrent se mettre au garde-à-vous devant les autorités françaises.

« Qu'est-ce que vous me racontez là ? s'emporta Virgile.

– La stricte vérité, mon ami. L'indigne vérité de la guerre. Celle du blanchissement de l'armée de libération de la France. »

Tremblant subitement de froid, Jaume bredouilla :

« Churchill, Eisenhower et de Gaulle avaient tranché. La France ne devrait être libérée que par des Blancs. Question de prestige colonial. Peur du métissage, surtout. Hitler avait claironné que la France, avec ses colonies, était une nation abâtardie. Il ne fallait pas lui donner raison. À aucun prix. La France était gauloise et devait le faire savoir. Sur ce plan-là, mon bon Virgile, c'est bien le Führer qui a gagné la guerre.

– Que sont devenus les tirailleurs sénégalais ? Et monsieur Innocent ?

– Moi, j'ai dû aller jusqu'à Paris. Ils ne m'ont pas laissé le choix. Eux, on les a forcés à revenir sur leurs pas. On les a parqués dans le Sud. On leur a dit qu'ils étaient inaptes au froid. On les a entassés dans des camps, parfois jusqu'en 1947. On leur a interdit de participer à la libération de Paris. On leur a volé leur victoire et l'on ne leur a pas payé leurs soldes, bien entendu. Ni leurs primes. Quant à Innocent…

– Eh bien ?

– Monsieur Innocent a déserté, une nuit. Il a volé un uniforme et s'est fait passer pour un soldat afro-américain. Puis, il s'est rendu à pied jusqu'à Paris. Pour libérer la France. Pour me retrouver, aussi. Le 25 août 1944, on était tous les deux du défilé sur les Champs-Élysées. Lui, il est même parvenu à se glisser près du général de Gaulle. Son Papa de Gaulle…

– Tout de même ! »

Dans un frisson, Jaume conclut :

« Dès que le service de sécurité a vu Innocent, ils l'ont saisi au collet. Comme il refusait de se laisser emmener et voulait plus que tout au monde acclamer le général, ils l'ont roué de coups et l'ont envoyé croupir en prison, au motif qu'il portait un uniforme qui n'était pas le sien. Il ne fallait pas d'Africains, sur la photo. D'ailleurs, il n'y en a pas sur les photos officielles. Quant à moi, ils m'ont étendu d'un coup de crosse. Puis, ils m'ont décoré... Innocent a passé quelques mois à la Santé, avec les collabos et les droits communs. Je suis allé le visiter plusieurs fois, mais il ne m'a jamais plus adressé la parole. L'injustice avait fait naître en lui la haine des Blancs. Et j'étais blanc. Ils ont fini par le renvoyer avec d'autres en Afrique du Nord, à bord d'un Dakota de l'armée de l'air. J'ai appris qu'il avait été des événements de Thiaroye, au Sénégal. On l'a abattu d'une balle en pleine tête. »

Alors que Virgile restait immobile, incapable de prononcer le moindre mot, le professeur lâcha l'avant-bras du bistrotier et gronda, les yeux au sol :

« Vous l'avez, votre dernier souvenir. J'ai tenu ma promesse. Maintenant, partez.

– Déjà ? Ce n'est pas raisonnable, monsieur Jaume. Je ne vais quand même pas vous...

– Partez, j'ai dit ! »

Malgré la faiblesse de la voix, les mots du professeur avaient claqué avec violence dans le silence de la neige. Comme Virgile ne bougeait toujours pas, il ajouta :

« Allez, filez.

– Mais...

– Je veux vous voir quitter cette place. Et ne vous retournez pas. Sous aucun prétexte.

– Monsieur Jaume…

– Sous aucun prétexte, je vous dis. Nos chemins doivent se séparer ici. Ne vous inquiétez pas. J'ai encore assez de forces pour aller jusqu'à l'église et me faire ouvrir les portes.

– Vous êtes sûr que…

– Soyez mon ami, monsieur Virgile. Laissez-moi partir en paix. Je vous ai raconté ma vie car il fallait bien que je la raconte à quelqu'un. Il fallait que je me déleste. C'est tombé sur vous, c'est le destin. Vous avez eu la patience de m'écouter. Je sais que vous aurez l'élégance de me laisser disparaître. »

ÉPILOGUE

Monsieur Jaume ne revint jamais prendre son petit crème quotidien à la Table des Arts, à l'angle de la rue des Grands-Augustins et de la rue Saint-André-des-Arts. Les premiers jours, Virgile l'attendit. Puis, il l'espéra. Il quitta même son comptoir pour arpenter les rues du quartier, mais il ne revit jamais la silhouette du professeur.

Au lycée Fénelon, une employée pressée le reçut entre deux portes. Elle avait déroulé toute sa carrière dans cet établissement et elle n'avait jamais entendu parler d'un professeur de philosophie répondant au nom ou au prénom de Jaume, ni même de Jérôme. À l'église Saint-Sulpice, une grenouille de bénitier affirma devant Dieu que personne n'était entré dans le monument, le lendemain de la grande neige. Les lourds vantaux de bois étaient d'ailleurs restés coincés trois jours durant, le temps que les services municipaux viennent les dégager à grands coups de pelles et de poignées de sel jetées sur le sol.

En désespoir de cause, Virgile téléphona à tous les hôpitaux puis à toutes les morgues de la ville. Là encore, l'on ne trouva aucune trace d'un nommé Jérôme, Jaume ou monsieur Jaume.

Quelques mois plus tard, Virgile prit sa décision. Il vendit son bar à une franchise et en retira suffisamment d'argent pour pouvoir se payer une petite maison dans le Quercy, non loin de Cahors, dans une campagne nommée Saint-Cirq-Lapopie. Il allait enfin pouvoir réaliser son rêve de vivre seul et dans le silence, préoccupé seulement par les mystères et les secrets insondables de la pêche à la mouche, dans la rivière du Lot.

En quelques heures, il fit donc ses cartons et n'emporta de la Table des Arts que la vieille machine à distribuer les cacahuètes et l'horloge murale. Il mit à la benne la totalité des pièces composant son Louvre des pauvres, plia avec soin l'écharpe blanche que le professeur avait oubliée sur la banquette de moleskine sang de bœuf. Puis, il prit le premier train en partance pour le Sud-Ouest.

Jamais Virgile ne chercha à démêler le vrai du faux dans les histoires que monsieur Jaume lui avait confiées. Jamais non plus il ne tenta de reproduire la mixture de Morgue. Jusqu'à son dernier souffle, il évita avec un soin scrupuleux de mélanger le rhum, le miel et l'eau des fleuves qui passent et ne s'arrêtent jamais.

Achevé d'imprimer sur les presses de CPI en mai 2018
Dépôt légal : août 2018 • ISBN 978-2-84742-392-1 • Imprimé en France
N° d'impression : 2036311